新무협 판타지 소설

[금강金剛 作]

대풍운연의

大風雲演義

11

대풍운연의 11
금강 新무협 판타지 소설

초판 1쇄 찍은 날 § 2003년 6월 12일
초판 1쇄 펴낸 날 § 2003년 6월 20일

지은이 § 금강
펴낸이 § 서경석

편집장 § 문혜영
편집 § 장상수 · 유경화
마케팅 § 정필 · 강양원 · 이선구 · 김규진 · 홍현경

펴낸곳 § 도서출판 청어람
등록번호 § 제1081-1-89호
등록일자 § 1999. 5. 31
어람번호 § 제2-0212호

주소 § 경기도 부천시 원미구 심곡1동 350-1 남성B/D 3F (우) 420-011
전화 § 032-656-4452 팩스 § 032-656-4453
E-mail § eoram99@chollian.net

ⓒ 금강, 2001

값 7,500원

ISBN 89-5505-703-2 04810
ISBN 89-5505-228-6 (SET)

新무협 판타지 소설

[금강金剛 作]

대풍운연의

大風雲演義

완 결 □
위대한 이름 □

11

도서출판 청어람

목차

심모원려(深謀遠慮)

―사랑을 위하여
아직 밝혀진 것은 아무것도 없다

심모원려(深謀遠慮)

뿌연 새벽빛이 어둠을 뚫고 힘을 찾아간다.

해가 떠올랐음에도 사방이 아직도 어둑한 것은 아직 못다 뿌려낸 빗물을 머금은 구름들이 하늘에 떠 있는 까닭이리라. 그러나 이따금 세찬 바람이 불어오니 곧 구름은 흩어지고 세상은 아침임을 알게 될 터이다.

한효월은 사방을 덮고 있는 아침 안개를 뚫고 단숨에 십여 리를 내달렸다. 그는 전신의 모든 공력을 짜내어 경공을 전개하였기 때문에 그 속도는 정말 놀랍도록 빨랐다.

만약 누군가가 그를 뒤쫓고 있다면 전력을 다해서 뒤를 쫓아야 할 것이고, 자신을 드러내지 않고서는 도저히 방법이 없을 속도였다. 단순히 경공이 높은지 아닌지를 말할 수준이 아니었다. 어떤 경지를 넘어선 단계에 이르러서는 일반적인 무공 수준으로 그 척도를 삼을 수가 없기 때문이다.

주위를 둘러본 한효월은 길옆으로 나 있는 숲으로 들어가는가 싶더니 곧장 위로 솟구쳤다. 설혹 누가 뒤를 쫓았다 할지라도 단숨에 숲에 가려 종적을 잃어버릴 수밖에 없는 고명한 신수(身手).

나뭇가지를 스치면서 몇 군데를 돈 그가 날아간 곳은 숲 속이되, 주위가 다 내려다보이는 거목의 중간. 높이만도 칠, 팔 장은 되어 보이는 곳인데 크고 작은 나뭇가지들이 얽혀 아래에서는 위를 보기 힘든 형세다.

놀랍게도 유성이 그곳에서 그를 기다리고 있었다.

그의 옆에는 커다란 포대 하나가 길쭉하게 놓여 있다.

나뭇잎이 무성한 나뭇가지 사이에 숨겨진 그 포대를 가로막은 채로 유성은 긴장된 표정으로 주위를 살피고 있다가 한효월을 맞았다.

"이제 오세요?"

"아무도 눈치 채지 못했느냐?"

"그거야 당연하죠! 귀신도 모르게 빼왔으니까. 원 세상에…… 이놈의 늙은이는 뭘 먹고 살았길래 이렇게 무거운 건지 허리가 빠지는 줄……."

"쓸데없는 소리는. 잘 살펴봤느냐?"

한효월이 묻자 유성이 정색을 한다.

"예. 제가 보기로는 진짜인 거 같은데요? 아무리 봐도 변장을 한 흔적이나 흉터 같은 건 없어요."

유성이 뒤에 있던 포대를 앞쪽으로 옮기며 주둥이를 열었다.

놀랍게도 그 속에서 나온 것은 사라졌던 공일도의 시신이었다.

"으음……."

한효월은 공일도의 시신을 세심히 내려다보았다.

이미 생명이 떠난 그의 시신, 하지만 부릅뜬 그 눈은 여전히 한효월을 쏘아보는 것만 같다.

"아직 죽은 거 같지 않아요. 기세가 남아 있어서……."

"일정 수준을 넘어서면 내공이 전신을 흐르지. 사람이 죽어도 그건 금방 사라지지 않는다. 사후 경직도 그만큼 늦게 일어나게 되고."

그의 맥을 짚어본 한효월은 잠시 눈을 감았다가 떴다. 여전히 뭔가를 생각하는 듯한 모습이다.

"대체 왜 이 인간을 아무도 몰래 데려오도록 하셨어요?"

아무래도 참을 수가 없는 듯 유성이 물었다.

정말 모래밭을 기는 개처럼 기어서 접근을 했었다. 강기가 날아다니고 검기가 용솟음쳐 한순간만 잘못하면 머리통이 날아갈 판. 그 외중에 마지막에는 폭발까지 일어나 거의 황천으로 직행할 뻔하면서 겨우겨우 공일도의 시신을 빼왔다.

아무리 생각해도 왜 그래야 하는지 이해가 가질 않았다.

모두가 같은 편이 아닌가.

동료가 아니라면 왜 같이 행동을 한단 말인가. 그들 중 유성이 보기에 의심을 할 만한 사람은 아무도 없었던 것이다.

"확인할 것이 있었다."

그리곤 입을 닫아버리는 한효월.

'쩝…….'

유성은 암암리에 한숨을 내쉬었다.

한효월이 저렇게 하면 아무리 졸라도 말해 주지 않을 것을 잘 알기 때문이다.

“이제 어떻게 해요?”

“따라오너라.”

한효월이 앞서 몸을 날렸다.

그가 이렇게 훌쩍 가버릴 줄은 뜻밖이라 유성은 당황해 급히 포대를 묶고는 투덜거리면서도 죽어라 한효월의 뒤를 따르기 시작했다.

한효월은 무섭게 빨랐다.

쉬엄쉬엄이 아니라 죽을힘을 다해 달리는 것처럼 보였고 유성은 조금만 느리면 한효월을 잃어버릴 것 같아서 숨을 내쉴 틈도 없이 앞으로 내달렸다. 코에서 단내가 난다는 것을 느낄 만큼.

세찬 바람이 그들을 가르며 뒤로 날아갔다.

“대체 왜 저렇게?”

한 번도 저렇듯 무섭게 달리는 것을 보지 못했던 유성은 괴이하기 짝이 없었지만 그 뒤를 따를 수밖에 없었다. 소리 내어 부를 여유가 없을 만큼 한효월의 속도는 빨랐고 그렇지 않아도 달리는 경공으로 죽은 공일도까지 들쳐 멘 유성은 그 뒤를 따르느라고 죽을 맛이었다.

마침내 한효월의 모습이 가물거리며 눈앞에서 사라지는가 싶더니 꺼져 버렸다. 속도가 워낙 빠르기 때문에 순간적으로 놓치게 되면 픽! 꺼지는 것과 같다.

“고, 공자…… 공자님!”

다급해진 유성이 한효월을 소리쳐 불렀다.

원래의 숲을 벗어난 지 오래, 이미 몇십 리를 벗어난 다음이다. 그럼에도 산골은 여전하고 숲의 우거짐도 덜하지 않다. 안개가 손가락을 보기 힘들게 짙음도 여전하지만 그 위로 떠오른 해가 빛난다. 곧 안개가 걷히기 시작할 것이다.

그러나 잃어버린 한효월은 찾을 수가 없다. 이대로는.

"말도 안 돼. 왜 이런 일을……."

뻔히 자신이 따라오기 힘든 것을 알면서도 이처럼 무식하게 달려서 자신을 떨구어 버리다니?

이 빌어먹을 시체를 어떻게 하라고.

투덜거리며 비 오듯 흘러내리는 이마의 땀을 소매로 훔치던 유성의 안색이 불현듯 굳어졌다.

무엇인가 소리를 들은 것이다.

어디서 생긴 힘인가. 방금까지 때려죽인다고 한들 못 움직일 것처럼 보였던 유성이 바람처럼 앞으로 달려가다 소리쳤다.

"공자!"

한효월.

그가 나무 한 그루에 기대어 가쁜 숨을 몰아쉬고 있었다.

"어, 어떻게 된 겁니까?"

기겁을 한 유성이 포대를 팽개치고 한효월을 부축했다.

"다…… 왔다. 저기 있는 집 안으로 들어가자……."

한효월이 식은땀을 흘리며 말했다. 얼굴은 창백하고 말소리는 쥐어짜는 듯했다.

앞으로 나뭇잎 사이로 한 채의 목옥(木屋)이 보였다.

"여기가 어디죠?"

한효월을 부축해 그곳으로 가면서 유성이 물었다. 한효월에게 훈련을 받은 그인지라 망설임없이 목옥으로 향해 시간을 죽이지 않았다. 그러면서도 세심히 주변을 살피니 능수(能手)라 할 만하였다.

"여기는……."

한효월이 낮은 음성으로 답하다가 말끝을 흐렸다.

목옥은 간단한 담이 있는 둥 마는 둥 하고 통나무로 지어져 짐승들을 막을 수 있는 구조였다. 숲에 있는 것으로 보아 사냥꾼이나 나무꾼의 거처인 것 같지만 아무도 보이지 않았다.

'언제 여기서 만나기로 약속을 하신 거지?'

유성은 괴이한 얼굴로 한효월을 부축, 문을 열고 안으로 들어섰다.

단칸의 방이 있고 역시 나무로 만든 침상이 안쪽에 놓여 있다. 한효월을 거기에 앉힌 유성은 한쪽 팔에 걸쳤던 공일도의 시신을 목옥 구석에다 처박았다.

"공자!"

한효월을 살펴보던 유성이 놀라 소리쳤다.

하지만 그는 이내 입을 다물어야 했다.

한효월이 손을 젓고 있었기 때문이다.

"소리 내지 말고 밖을 경계해라. 누가…… 보이더라도 다가오지 않으면 상관하…… 지…… 말거라."

쥐어짜는 음성.

"뭐, 뭘 하면 되죠? 약! 무슨 약이 필요한지……."

"……."

한효월은 말없이 머리를 저었다.

그리고는 나무로 된 침상에 앉아 눈을 감았다. 백지장처럼 창백한 얼굴이다. 좀 전보다 더 창백해서 마치 시체를 보는 것만 같았다. 숨조차 쉬지 않는 것 같았고 꼿꼿한 자세를 유지하지 못하고 등을 벽에다 기대고 있어 금방이라도 옆으로 쓰러질 것만 같다.

"대체 무슨 일이……."

유성은 한효월이 가끔 힘들어하는 것을 잘 알고 있다.

하지만 저런 모습까지는 본 적이 없다. 이제서야 그가 그처럼 급하게 서둘렀던 이유를 알 것 같았다. 그렇게 급하게 달리지 않았다면 도중에서 쓰러졌을 테니.

"……."

유성은 초조한 얼굴로 창을 반쯤 열어놓고 주변을 살폈다.

하지만 일방 한쪽 눈은 한효월에게서 떨어지지 않아 그의 초조한 마음을 짐작케 한다. 철이 들면서부터 모셔온 상전이다. 게다가 얼마 남지 않은 생을 알려주면서 자신을 문도(門徒)로 삼아준 사람이었다.

말만 그렇지, 실제로는 형과 같고 아버지와 같았던 사람.

한효월의 그런 모습을 보자 그는 이제 한효월이 말했던 마지막이 정말 현실로서 가까워져 옴을 실감하고는 가슴이 미어졌다.

그 자리에서 통곡을 하고 싶었다.

그러나 울 수 있는 자리가 아니었다.

울 수 있다면 그럴 시간에 눈을 부릅뜨고 누가 접근하는지를 살펴야만 했다. 고춧가루를 뿌린 듯 가슴이 아리고 눈물이 쏟아지는 것을 유성은 처음 경험하면서 눈을 부릅떴다.

밖으로 나가 감시를 할까 했지만 한효월이 어떻게 될지를 몰라 그럴 수도 없으니 창가에 붙어 서서 눈만 부릅뜰 수밖에.

그 이후, 한효월은 움직이지 않았다.

숨을 쉬는 것 같지도 않았고 안색이 더 좋아지지도 않았다.

그저 그렇게 쉼없이 시간만 흘렀다.

새벽이 아침이 되고 아침이 점심때가 되도록.

그렇게 시간이 흘러 해가 중천에 떴을 때는 숲을 덮었던 안개도 사라진 다음이다.

유성은 여전히 창가에 붙어 있었다.

그러던 어느 순간 그의 눈에 긴장이 돌았다.

누군가가 소리없이 목옥으로 접근하고 있음을 보았기 때문이다.

긴장으로 심장이 목구멍 밖으로 튀어나올 것만 같았다.

유성은 품속을 더듬어 단검을 움켜쥐었다.

그때 들려온 너무도 뜻밖의 음성.

"사숙, 천형입니다."

너무도 익숙한 그 목소리에 유성은 자신의 귀를 의심해야 했다.

슬쩍 빗겨보자 창문으로 보이는 사람, 문밖에 우뚝 선 그 사람은 정말 감천형이었다. 그가 어떻게 이곳을 알고 올 수가 있단 말인가?

"맹주……? 사형?"

유성은 창문으로 고개를 내밀었다.

"음, 너도 여기 있었더냐? 사숙께선?"

감천형은 유성의 모습을 보자 미미하게 웃음 지으며 물었다.

"어, 어떻게 알고 여기에?"

유성이 더듬거리자 감천형의 안색이 갑자기 달라졌다.

"어떻게라니? 사숙께서 아무 말도 안 하시더냐? 여기서 만나기로 약속을 하셨었는데…… 왜, 무슨 일이라도 있느냐? 사숙께선 어디 계시는 거냐?"

"안에."

유성의 얼굴이 일그러짐을 보자 감천형은 땅을 박차고 안으로 날아들었다.

그렇다고 문을 부술 수야 없으니 문을 밀어보다가 열리지 않자 유성이 고개를 내밀고 있는 창문을 통해서 안으로 날아들었다.

"……."

그는 한효월이 침상에 넘어질 듯 기대고 있음을 보자 얼굴이 굳어져 유성을 바라보았다.

'어떻게 된 거냐? 부상을 당하셨느냐?'

상황이 심상치 않음을 느끼자 그는 대뜸 전음지성을 사용하여 물었다.

유성은 울상으로 머리를 저었다.

"그냥…… 갑자기…… 아마도 그때 말씀하신 고질이……."

"고질……!"

부지간에 신음처럼 그 말을 되뇌이는 감천형.

그도 실감을 한 적이 없었다.

그처럼 펄펄 나는 한효월이 곧 쓰러질 것이고, 다시는 돌아오지 못하리라는 말을 누가 실감할 수가 있을 것인가.

그런데 눈앞에 이런 일이 일어나다니!

'언제부터 이렇게 되셨느냐?'

암암리에 한숨을 몰아쉰 감천형이 다시 전음으로 물었다.

'새벽에…… 중앙서원을 떠나신 후에 바로…….'

'바로!'

감천형의 안색이 달라졌다.

시간이 얼마나 흘렀는데 그때부터 지금까지 인사불성이란 말인가?

"……."

망설이던 그는 천천히 한효월에게로 다가섰다. 그리고 그는 손을 내밀어 살짝 한효월의 맥문(脈門)을 잡았다. 한효월의 팔은 얼음처럼 찼다.

하지만 맥은 뜻밖에도 활발히 뛰논다.

"이건?"

이해가 가지 않아 한효월을 쳐다보던 감천형의 눈에 놀람이 가득 찼다.

한효월이 눈을 뜬 채로 그를 보고 있었던 것이다.

"상태가 어떤가?"

그가 힘없는 음성으로 물었다. 미소 띤 얼굴이었지만 그 얼굴을 보는 순간 감천형은 불쑥 가슴이 미어졌다.

"사숙!"

감천형이 소리치자 유성이 달려왔다.

"공자!"

"소란 피울 것 없다. 잠시 쉰 것뿐이니……."

한효월이 피곤한 빛으로 자세를 바로 했다.

"어떻게 된 겁니까? 괜찮으시겠습니까? 잠시 기다리시면 제가 지금 바로 약선 백 노선배께 갔다 오겠습니다."

"그럴 필요 없어. 곧 이곳을 떠나야 하네."

"이 몸으로 어디를……!"

"잠시 호법을 해다오."

말과 함께 한효월은 눈을 감고 자세를 바로 했다.

분명히 방금 전까지 자세조차 잡지 못하고 금방이라도 쓰러질 듯한 모습으로 쓰러져 있던 그가 아니었다.

얼굴에 혈색이 도는 것이 전혀 다른 사람을 보는 것 같았다.

"……."

침묵 속에서 유성과 감천형은 서로를 마주 보았다.

그리고는 고개를 끄덕인 유성과 감천형은 각기 창가와 문 옆으로 붙어 섰다.

혼수 상태에 빠졌던 것과는 달리 한효월은 잠시 시간이 흐른 다음 깨어났다. 조금 피곤해 보이긴 하지만 운기행공을 한 그의 얼굴은 생생하여 전혀 다른 사람을 보는 것 같았다. 도저히 방금까지 인사불성이었던 사람 같지가 않았던 것이다.

"어두워진 건가?"

창밖으로 스며드는 희미한 빛을 본 한효월이 물었다.

"예. 곧 날이 어두워질 겁니다."

감천형이 고개를 끄덕이자 한효월은 쓴웃음을 머금었다.

"또 밤에 움직여야 하겠군……."

그는 유성을 보더니 말했다.

"좀 쉬도록 해라. 내가 정신을 놓은 사이 전혀 쉬질 않았던 모양이니 그래서야 어떻게 밤길을 갈 수가 있겠느냐?"

"괜찮습니다. 전 공자께서 아프지만 않다면……."

유성은 말하다 말고 입술을 물었다. 억제하려고 해도 눈물이 돌고 목이 메었다.

"사제, 가서 쉬도록 해라. 길을 가면서 네가 짐이 되어서야 되겠느냐? 이 뒤에 작은 방이 하나 있으니 쉴 수 있을 게다. 먹을 것은 미리 준비해 둔 것이 있다."

감천형이 유성의 어깨를 두드렸다.

그 말이 뜻하는 바를 알고 유성은 묵묵히 고개만 끄덕이곤 나섰다.

"사숙……."

“길게 이야기할 시간은 없을 것 같군. 내 생각보다 시간이 너무 흘렀다. 자칫 생각한 것보다 시간이 늦게 되면 크게 후회할 일이 생길지도 몰라. 그래, 잘 살펴봤나?”

“예. 황 방주에게서 별다른 이상은 발견할 수 없었습니다.”

“음…….”

감천형은 잠시 망설이다가 입을 열었다.

“혹, 황 방주를 의심하십니까? 그가 공일도의 사라진 시신과 관련이라도…….”

“그의 시신은 여기 있다.”

한효월의 말에 감천형은 안색이 돌변했다.

“그게 무슨?”

그는 순간적으로 구석에 놓여진 포대를 바라보았다.

“설마……?”

“공일도의 시신이다. 내가 유성을 시켜서 빼냈다.”

“왜 그런 일을?”

감천형은 괴이하기 이를 데 없는 얼굴로 한효월을 바라보았다.

그로서는 영문을 알 수 없었다.

왜 그 자리에서 공일도의 시신을 빼냈단 말인가? 무엇 때문에 그런 일을 해야 했던가?

“설마?”

한효월을 보는 그의 얼굴에 충격이 서렸다.

“아무것도 단정할 수 없고, 아무것도 부정할 수 없는 것이 지금의 현실이다. 필요한 것은 어떤 경우의 수라도 모두 생각해서 변화에 대처하는 것이지. 시신은 감 사질이 보관하고, 의논했던 대로 모든 힘을 기

울여 상황을 살피도록 해. 봉신지약을 가진 남해용왕이 지금 어디 있
는지는 반드시 찾아내야 함은 잊지 말고. 어쩌면 그가 가고 있는 방향
이 내가 가려는 곳과 같을지도 모르니까……."

"지금 상황에서 그들과 마주치면 정말 큰일 납니다. 그들은 하나가
아니라 최소 두 명 이상입니다."

"세 명 이상일 거야."

"예?"

"두 명으로서는 봉신지약을 가져가지 못했겠지. 다른 사람들의 공격
을 막아낼 가능성이 없을 테니."

"그런 걸 알면서도 혼자 가신다는 겁니까?"

"내가 가는 곳으로 그들이 올 가능성은 전무해. 내가 마경의 위치를
알아내서 찾아가다가 만나면 몰라도……. 하지만 그런 일은 일어나지
않을 거야. 다른 사람을 만날 수야 있겠지만."

"다른 사람?"

"내 생각이 맞다면. 그보다 계획했던 대로 내가 돌아올 때까지 최대
한 힘을 모으도록 해. 내 예측대로면 건곤일척의 승부를 해야만 할 시
간이 가까워 오고 있으니. 그리고 무슨 일이 있더라도 비밀리에 내가
말했던 그분들을 찾아서 내 말을 전달해야 함을 절대 잊지 말고."

"사숙."

"음?"

"누굴 의심하는지 제게 말씀해 주실 수 없습니까? 사숙께서 생각하
는 모든 걸 다 말씀해 주시고 좀 편해지시면 안 되겠습니까? 굳이 사숙
혼자서 그 어려움을 다 짊어지시는 건……."

"아불입지옥(我不入地獄)이면 수불입지옥니(誰不入地獄呢), 내가 지

옥에 들어가지 않으면 누가 지옥에 들어가겠나? 라는 말이 있지. 아직은 때가 아니야. 때가 되면 모르고 싶어도 모를 수가 없게 되겠지. 나 또한 모든 걸 아는 게 아니니 기다려 볼밖에. 감 사질."

한효월은 손을 내밀어 감천형의 손을 잡았다.

"만약 말이야, 상황에 변동이 생기면 전에 내가 줬던 봉서를 읽지 말고 태워 버리도록 해."

"그게 무슨……?"

"지금은 그렇게만 아는 게 좋아. 때가 되면 저절로 알게 될 것이고 아마 그 일은 길어야 한 달을 넘기지 않을 거야."

한효월은 시선을 공일도의 시신이 든 포대에 두었다.

"저 시신을 잘 조사해 보게. 정말 공일도 본인이 맞는지. 내가 보기로는 맞는 것 같은데 혹 모르니…… 그가 죽은 것이 정말인가에 따라 앞으로의 대국에 큰 변동이 초래될 테니까. 어쩌면 그의 죽음 자체를 우리가 이용할 수도 있겠지."

"사숙께선 아직도 그의 죽음을 의심하십니까? 저 시신이 화신이라고?"

"아니. 이 시신은 아마 화신일 가능성이 매우 낮을 거네. 그는 내게 쫓기면서 그럴 만한 여유를 얻지 못했어. 그러나 그의 죽음을 우리가 쥐고 있으면 뜻밖의 패로 사용이 가능할 수도 있겠지."

말과 함께 한효월은 몸을 일으켰다.

"사숙."

그가 지금 떠나려 함을 알고 감천형이 놀라 그를 불렀다.

"요기를 한 다음에 조금 쉬고, 그런 다음에 떠날 테니 너무 걱정하지 않아도 돼."

그의 걱정을 아는 한효월이 그를 보면서 웃어 보였다.

그를 향해 감천형도 웃어 보였다.

하지만 그의 마음은 무거웠다.

*　　　　*　　　　*

하늘도 땅도 모두가 어둠에 묻혔다.

검게 변한 하늘에는 달이 뜨고 별이 빛난다.

은가루를 뿌린 듯한 하늘에는 수많은 별들이 있다. 그 별들의 무리는 중원에서 보던 것보다 훨씬 더 많아 보였다.

그렇게 텁텁하던 공기도 밤이 되면서 맑아졌다.

아니, 시원해졌다고나 할까.

그러나 그 별들을 바라보고 있는 서문운하의 얼굴은 어둡기만 했다. 공기와는 달리 답답하게만 보였다.

"이젠 그만 들어가자꾸나. 자야지!"

뒤에서 재촉하는 소리가 들려왔다.

그녀를 그림자처럼 따르는 송옥교가 그녀의 뒤에 서 있었다. 늘 그렇듯 걱정스러운 얼굴.

"난 괜찮아요."

"괜찮기는! 홀몸도 아닌데 이러다가 무슨 일이라도 생기면 어쩌려고? 어서 들어가자!"

"모모. 그가 죽어가요."

"……!"

송옥교의 전신이 굳어졌다.

"그의 수성(壽星)이 희미해졌어요. 어제만 하더라도 저렇듯 흐리지 않았는데 갑자기 변해 버렸어요……."

서문운하가 말끝을 흐렸다.

"그게 무슨 소리냐? 그럼 그 녀석에게 무슨 일이라도 생겼다는 말이냐?"

"아직은…… 아니겠죠. 하지만……."

그녀의 눈에 떨림이 일어났다.

'저대로라면 길어야 6개월을 버틸 수 없을 거예요. 아니, 어쩌면 단 2개월도 견딜 수가 없을지도…….'

그녀가 입술을 물었다.

그녀의 어깨에 손이 올려졌다.

"잘 견뎌줄 게다. 너의 이런 정성을 알고 있다면, 양심이 있다면 네가 돌아갈 때까지 버텨주겠지. 그래야 태어날 아이가 아빠의 얼굴을 볼 수 있지 않겠느냐? 가자. 가서 쉬어야 내일 화왕(花王)을 만날 수 있지 않겠느냐?"

송옥교가 부드러운 음성으로 말했다.

"모모……."

서문운하는 그녀의 품에 얼굴을 묻었다.

송옥교가 조용히 그녀의 등을 쓰다듬었다.

"걱정하지 말거라. 하늘이 돕겠지……."

"그럴까요?"

"그럼……. 길인천상(吉人天祥)이라 하였는데 하늘이 그런 인재를 헛되이 그냥 버릴 리가 있겠느냐?"

송옥교는 연신 고개를 끄덕였다.

“그래요. 그렇겠죠……. 그럴 리가 없겠죠…….”

서문운하는 송옥교의 품에 얼굴을 묻은 채로 고개를 끄덕였다.

하지만 그 바람이 헛된 것임을 그녀도 알고 송옥교도 안다. 그것을 알면서도 그녀들은 최선을 다할 수밖에 없다. 사랑하는 사람을 아무 일도 하지 않고서 그냥 떠나보낼 수가 없기 때문이다.

“그가 우리를 만나줄까요?”

문득 서문운하가 중얼거렸다.

“그럼. 그는 지난날 네 어머니께 진 빚이 있으니 그것을 잊어버리지 않았다면 절대로 너를 물리치지 않을 것이다. 까짓거…… 만약 만나지 않겠다고 한다면 이까짓 꽃밭, 모조리 불질러 버리고 말지!”

송옥교가 걱정 말라는 듯 큰소리를 쳤다.

화왕(花王)…….

운남(雲南)의 전설인 그는 꽃에 관한 한 누대에 걸쳐 가장 뛰어난 사람이었다. 그 예전에는 그도 천하십왕 중의 일 인이었다고 전해지지만 이제는 강호의 시비에 상관없이 오로지 꽃에만 매달린다는 기인.

내일 그를 만나 만화정(萬花精)을 얻을 수 있다면 한 가닥 희망을 걸어볼 수가 있으리라.

만화정이야말로 불사회혼단(不死廻魂丹)을 구성하는 삼대주약(三大主藥) 가운데 하나인 까닭이다.

과연 불사회혼단을 제련할 수 있을는지 알 수 없지만.

서문운하는 눈을 들어 아련한 밤안개가 흐르는 전면을 바라본다.

꽃이다.

발 밑에도 꽃이고, 눈앞에도 꽃이었다.

시선이 미치는 곳 모두가 다 꽃이었다.

가히 꽃밭의 물결.

심신을 취하게 하는 향기는 끊임없이 꽃밭에서 일어 일대를 덮고도 모자라 코끝을 간지럽힌다.

송옥교가 한 말이 자신에게 용기를 주기 위한 것임을 안다.

이 만화교염대진(萬花嬌艶大陣)은 그녀로서도 쉽게 파훼하기 어려운 것이고 설사 진세를 뚫고 들어간다 할지라도 화왕이 협조하지 않는다면 그를 강제할 수 없으리라.

아무리 은둔하여 강호상에 모습을 드러내지 않는 그일지라도 화왕일계(花王一系)가 천하십왕 중의 하나였었다는 사실은, 설사 지금은 그가 천하십왕에 속하지 않는다 할지라도 결코 쉽게 볼 수 없는 것이기 때문이다.

하지만 그렇다고 포기할 수야 없는 일.

어떤 대가를 치르고서라도.

*　　　　*　　　　*

중앙서원은 동정호와 중조산의 중간 지점에 있었다.

한효월과 유성이 밤을 도와 산길을 달리자 이틀 후에는 황하에 도달했고 그 다음날에는 중조산 경내에 들어서게 되었다.

그들은 밤에 길을 재촉했으므로 그들이 중조산에 도달한 것도 당연히 밤이었다. 좀 더 정확히 말하자면 밤이 끝나갈 즈음에 그들은 무우곡이 아닌 다른 곳에 도달했다.

쿠쿠쿠…… 쿵쿵…….

안개가 자욱하게 시선을 가리는 곳.

지축을 울리는 그곳에는 까마득한 폭포에서 쏟아지는 물줄기가 장관을 이루고 있다. 폭포의 높이만도 수십 장은 되어 보이는 그곳에 기암괴석이 어우러지고 하늘을 가린 삼천(森天)이 고오(高傲)하다. 발 밑을 흐르는 것이 구름인지 안개인지 알기 힘든 그곳에 이른 한효월은 주위를 돌아보았다.

"나로서도 응수(鷹愁)라 이름하는 곳이 어딘지 알 수 없으니……."

주위를 둘러보던 그는 유성에게 말했다.

"너는 이곳에서 내가 나올 때까지 주위를 감시하고 있거라."

"어딜 가시게요?"

"망혼동에를 잠시 다녀오마."

"망혼동이라면 그 괴팍한 노인이 있다는 곳 말인가요?"

"그렇다. 혹 강적을 만날는지도 모르니 절대로 모습을 드러내면 안 된다."

한효월의 말에 유성은 씨익 웃었다.

"걱정 마세요. 여기는 제가 자란 곳인데 아무려면 제 한 몸이야 못 지키겠습니까?"

"그래."

고개를 끄덕여 보인 한효월은 망설임없이 폭포를 향해 몸을 날렸다.

폭포 안 망혼동은 예와 조금도 다름이 없었다.

"어르신."

지하를 통과하여 산곡(山谷)에 이른 한효월이 동굴 앞에서 괴노를 불렀다.

답이 없다.

그가 안으로 들어갔지만 늘 그 자리에 있던 괴노인, 마교의 호법장로가 보이지 않았다.

"어르신!"

"아직도 살아 있느냐? 명이 질긴 놈이로구나!"

답이 들려왔다.

"어르신의 능력이라면 제가 아직은 죽지 않을 걸 알고 계셨을 텐데 군이 그렇게 기를 죽이실 필요까지야 있겠습니까?"

"크하하하…… 고얀 놈 같으니, 이젠 느물거리기까지 하는구나!"

넓은 동굴을 뒤흔드는 웃음소리.

하지만 괴이하게도 여전히 그의 모습은 보이지 않는다.

"무슨 일이 있으십니까?"

한효월이 주위를 둘러보면서 물었다.

이런 일은 한 번도 없었던 까닭이다. 그가 올 때마다 괴노는 늘 이 동굴 광장에 있었다.

"아무 일도. 이쪽으로 오너라."

음성이 지시했다.

앞으로 나가자 동굴은 왼쪽에서 안으로 다시 꺾어져 있었다. 이 동굴은 그가 보던 것이 다가 아니었다. 높이가 낮아지고 너비도 좁혀져 한 사람이 머리를 조금 숙여야 갈 수 있는 그 동굴은 얼마 가지 않아서 끝이 났다.

똑똑…….

어디선가 물방울이 떨어지는 소리.

너비가 두어 자가량 되어 보이는 작은 샘이 동굴 끝자락에 있는 듯 보였다. 빛이 스며들지 않지만 이 동굴 안 전체는 어딘지 모르게 희미한 빛으로 인해 아주 어둡지가 않았다.

장식도, 사람이 살면서 필요한 것들은 아무것도 없었다.

그저 달랑 돌을 다듬어놓은 석돈(石墩) 하나가 있을 뿐.

그 위에는 바로 마교의 호법장로라고 하는 그 괴노인이 앉아 있었다.

그를 본 한효월의 눈에 찰나간 놀람의 빛이 스쳐 갔다.

괴노인은 그를 쳐다보지도 않고 눈을 감은 채였다.

그런데 어딘지 전과는 느낌이 달랐다.

의혹을 느낀 한효월은 부지중에 괴노인을 살펴보았다.

겉보기로는 별로 달라진 것이 없었다. 누더기와 같은 옷도, 오랜 세월 손질하지 않고 버려두어 땅바닥에 끌리도록 산발이 된 그 장발까지 하나 달라진 것이 없었다.

그런데 자세히 보자 그의 그 장발 하나하나, 누더기가 된 옷의 실밥 한 오라기마다 모두가 생기를 머금고 은은한 빛을 뽑고 있는 듯했다. 놀랍게도 이 동굴을 어둠에서 지켜주고 있는 빛의 근원은 괴노인의 몸이었던 것이다.

게다가 전과는 달리 그의 괴팍한 얼굴은 화평해 보였다. 얼굴만 보아서는 전혀 다른 사람을 보는 것 같았다.

"그사이에 또 새로운 경지에 이르셨군요. 경하드립니다."

한효월은 이내 놀람의 빛을 갈무리하며 포권을 한 채로 허리를 굽혔다.

그의 말에 괴노는 감았던 눈을 반개(半開)하여 그를 보면서 걸걸 웃음을 터뜨렸다.

"밖에를 싸돌아다니더니 아첨만 배워왔구나?"

"무림사 수많은 마공고수들이 있었지만 누가 탈마해선(脫魔解仙)의 경지에 이른 사람이 있었겠습니까? 아첨이 아니지요."

그의 말이 뜻밖인 듯 괴노인은 멈칫 그를 보더니 쓰게 웃었다.

"놈, 어린놈이 도대체 모르는 게 없구나. 그러니 그 따위 천형을 얻는 게지……. 맞다. 얼마 전에 나는 마의 극제(克制)에서 완전히 벗어나 천지간의 구속에서 자유로워졌다."

"그런 깨달음으로 왜 굳이 이곳에 머물러 계시는 겁니까?"

"글쎄? 내가 지금 이 몸으로 강호에 나가서 무엇을 하라는 것이냐? 나더러 마교 부흥의 기치라도 세우고 피바람을 몰아보라는 말이더냐? 그렇게 되길 원한다면 한번 해볼 용의도 있다. 해보랴?"

한효월이 미미하게 웃었다.

"마경(魔境)을 벗어나시더니 말이 많아지셨습니다?"

"뭐라? 이런 고얀 놈 같으니……."

괴노가 짐짓 눈을 부릅떴다.

그때 한효월의 음성이 다시 들려왔다.

"혹, 이곳을 벗어나지 않으시는 것이 교장(敎藏) 때문입니까?"

그 말을 듣는 순간, 괴노의 안색이 달라졌다.

"어디서 그 말을 들었느냐?"

그의 눈에서 무서운 광망이 형체가 있는 듯 한효월을 향해 무찔러왔다.

펑펑펑!

한효월의 눈앞 반 자가량 되는 곳에서 맹렬한 폭음이 터져 나왔다.

놀랍게도 눈빛이 그를 공격한 것이다. 주변에 난데없는 태풍이 일면서 동굴이 온몸을 뒤틀며 으르렁거렸다.

"그만 하십시오. 절 죽일 작정이십니까?"

한효월의 외침에 괴노는 그때서야 눈빛을 거두었다.

"많이 발전했군……. 이젠 더 이상 아무런 방법을 쓸 수가 없겠구나……."

"어차피 좀 일찍 가는 것뿐인데, 소생이 먼저 간다고 해서 세상이 별로 달라질 거야 없지 않겠습니까?"

"크크크…… 남들이 보면 네놈이야말로 신선이 된 걸로 알겠구나."

웃음을 흘리던 그가 정색을 했다.

"교장을 어떻게 알았더냐?"

그의 물음에 한효월은 지난 일을 모두 이야기했다.

"교장을 지키는 자의 맥이 끊어졌단 말이냐?"

괴노의 얼굴이 일그러졌다.

"제가 알기론 그렇습니다만, 또 다른 후예가 있는지는 모르겠습니다."

"교장은 신비롭고 위험한 모든 것을 담고 있다. 아무나 맡을 수 있는 것도 아니고 여러 개가 될 수도 없다. 다른 후예가 있을 순 없어."

"교장을 교도가 아닌 다른 사람이 얻게 되면 어떻게 됩니까?"

"세상이 도탄에 빠질 수도 있겠지. 본 교에는 모두 세 개의 교장이 있었는데, 모두 산실(散失)되고 하나밖에는 남지 않았다. 어떤 수를 쓰더라도 외인이 그걸 얻을 순 없지."

"그래서 그걸 막기 위해서 이곳을 지키고 계신 거군요?"

"교활한 놈……."

"그렇군요. 군이 지난 세월을 이곳에서 보낸 이유가 그것이었군요. 아무리 생각해도 왜 마경을 벗어난 분이 여기에 머물러 계시는지 의아했더니 아직 마교를 잊지 못하셔서…… 그래서 마지막 허물을 벗지 못하시는 것이었습니까?"

"네놈 혼자서 다 해라."

한효월은 한 가지 물건을 꺼냈다.

"제가 이걸 가지고 있습니다. 그럼 안으로 들어갈 수가 있습니까?"

그 옛날 홍 낭랑이 그에게 주었던 옥패였다. 비천옥녀상이 조각된……

"옥녀패로군……"

힐끔 그것을 본 괴노는 머리를 저었다.

"그걸로는 신분을 증명할 수 있을 뿐이다. 천마강림패가 있어야 교장을 보호하고 있는 기관을 해제할 수가 있지. 그 두 가지가 한데 모이지 않으면 절대로 교장을 열 수 없다."

"아무도 들어갈 수 없다는 것이 확실합니까?"

"그렇다."

"하지만 제 짐작이 틀리지 않는다면 누군가가 교장을 노리고 이미 왔을 겁니다."

"그 교주란 놈이 죽었다면서 누가……"

"세상일이란 게 한 사람이 다 하는 게 아니니까요. 교장을 얻게 되면 마경을 찾을 수 있음이 사실입니까?"

"마경? 무슨 마경?"

그의 되물음에 한효월이 설명하자, 괴노는 미간을 찡그렸다.

"교장은 마교의 역사를 기록한 곳이다. 무림과 관련된 비급들에서부터 각종 제례(祭禮)까지…… 마교의 모든 것이 다 있지. 아마 뒤져 보면 마경으로 갈 수 있는 단서를 찾아낼 수도 있을 게다."

"어르신께서도 확실히 알진 못한다는 말씀이십니까?"

“…….”

괴노는 한효월을 바라보았다. 그 무섭던 불칼과 같은 눈빛이 어딘지 모르게 부드러워져 있었다.

“마경을 찾고자 하는 게냐?”

“마경이 아니라, 말씀드렸던 봉신방을 찾고자 함입니다.”

“봉신방이라…… 천하십성의 유진(遺眞)이란 말이지? 하긴 그것을 찾으면 너의 생을 연장시킬 방법이 있을는지도 모르지.”

“그것 때문에 봉신방을 찾는 게 아닙니다. 거기에 관심을 가지고 있었다면 굳이 세상의 풍파에 몸을 던지지도 않았을 것입니다.”

“건방진 놈 같으니…….”

괴노는 피식, 웃더니 길게 한숨을 내쉬었다.

“탈마하여 모든 구속을 벗어난 나조차 미련이 남는데 너와 같은 청춘을 가진 녀석이 그런 건방진 소리를 한다는 것은 정녕 쉽지 않은 일이지. 이 마당에 더 무엇을 숨기겠느냐? 사실 지난번에 네게 한 가지 알려주지 않은 것이 있었다.”

“……?”

“마교에는, 마경(魔境)이 세상에 다시 모습을 드러낸다면 마교가 부흥한다는 전설이 있다. 나는 모든 것에서 벗어났다고 하면서도 사실…… 마교가 다시 세상에 창궐하기를 바라는 마음을 일면 가지고 있었던 모양이다. 명옥마녀에 대해서 네게 알려주면서도 그것을 숨기고 말하지 않았으니…….”

“그것과 명옥마녀가 무슨 관련이 있기에?”

“완성된 명옥마녀는 무적의 힘을 지닌다. 호교지신(護敎之身)이 되어 마교를 수호하게 되는데, 그럴 수 있는 것은 명옥마녀가 스스로 마경을 찾아갈 능력을 지니고 있기 때문이다."

"스스로 마경을 찾아간단 말입니까?"

"그렇다. 흘러나오는 마기를 찾아 스스로 마경을 찾아갈 능력을 지녔고 숨겨진 마경을 세상에 드러낼 수 있는 힘을 가졌다고 알려진다. 어떻게 해서 그렇게 할 수 있는지는 알지 못하겠다만."

"그런……!"

한효월은 신음을 흘린다.

이제야 이해가 되었다.

마교의 시원(始原)은 바로 마경이다. 그 마경에서 흘러나온 마기야말로 마교를 만들어낸 원초(原初)이니까. 세간에 알려진 마교는 바로 그렇게 비롯된다.

태초의 악(惡)!

어둡고 무서운 그 마의 힘을 이어받은 저주의 사도(使徒). 어둠을 추종하는 무리들.

백련교나 기타의 종교를 마교라 이름하는 것은 바로 그들을 그런 종교의 무리라 지탄하는 것에 다름이 아닐 뿐, 실제의 마교와는 거리가 있었다. 마(魔)를 마(魔)라고 부르지 않고 힘을 추종하는 자들인 양 호도하는 것은 그릇된 인식이고, 어리석음의 소치일 따름이다.

무지(無知)한 자들의 잘못된 인식.

명옥마녀는 바로 그러한 마교를 되살리기 위해, 마경을 찾아내기 위해서 만들어졌다.

아마도 오랜 고심 끝에…….

"명옥마녀가 마경을 찾아내면 어떻게 됩니까?"

"마경을 열고 마기를 받아들이게 되겠지……. 아니라면 그 마기를 마주(魔主)에게 전해주게 되던지."

"마주?"

"명옥마녀를 조종하는 사람이지."

"그 마주라는 자가 마기를 받아들인다면 어떻게 됩니까? 마성(魔性)에 물들어 마인(魔人)이 됩니까? 아니면……."

"그건 그자의 본신 능력에 따라 다르겠지. 천하십왕 정도의 능력을 지닌 자라면 마성을 이길 수도 있고, 마성의 지배를 받는 현세지마(現世之魔)가 되어 세상을 마로 물들일 수도 있겠지."

"천하십왕이라도 마성을 이길 수 없다는 뜻입니까?"

"천하십성이라면 몰라도 천하십왕이 뭐 그리 대단하다고……."

괴노가 코웃음 쳤다.

한효월의 뇌리에 귀왕의 모습이 스쳐 갔다.

그가 그처럼 고심하여 독고경을 명옥마녀로 만들었다면, 그가 원하는 것이 무엇인지는 자명해진다. 이제 보니 그를 저지함도 정말 시급한 일이었다. 그러자면 반드시 마경의 위치를 알아내야만 한다.

"마경의 위치를 어떻게 하면 알 수 있습니까?"

"마교도가 아니라면 알 수 없다."

괴노가 머리를 저었다.

"어르신!"

"탈마를 하였다 한들, 내 본신은 마교에 속한 사람. 내가 마교의 근기(根基)를 흔들 일을 하리라 기대하진 말거라."

"어르신, 저는 교장에 출입할 수 있는 신패를 가지고 있습니다. 마교는 사람을 신용하지 않고, 오직 신패만을 인정함을 압니다. 제게 교장의 위치를 알려주십시오."

“그렇다면 네 스스로가 찾아보거라.”

“어르신!”

한효월의 부름이 채 끝나기도 전이다.

쿠쿠쿠…….

은은한 진동이 땅 끝에서 전해져 왔다.

달그락, 툭툭……. 여진이 길게 꼬리를 뒤틀면서 동굴의 천장에서 돌 조각들이 굴러 떨어진다.

“…….”

한효월이 굳은 표정으로 주변을 둘러보자 문득 괴노가 탄식을 흘렸다.

“미련을 끝내지 못하니, 결국 해선(解仙)을 미룰 수밖에 없는 것인가? 가보거라. 이 소리는 누군가가 교장의 기관을 파괴하는 소리다. 이곳은 교장의 중추와 연결이 되어 있다.”

절대고수(絶代高手)

―세상을 놀라게 하다
천하십왕이 강하되, 하늘 밖에 또 하늘이 있다

절대고수(絶代高手)

하늘을 향해 치솟은 만장단애.

구름을 뚫고, 햇살을 가리면서 솟구쳐 오른 깎아지른 절벽은 세간의 발길을 거부한다. 그 옛날 거대한 개벽(開闢)이라도 있었던 듯 깎아지른 절벽과 악마의 이빨과도 같은 툭툭 불거진 암벽들의 날카로움을 세차게 내려치면서 흘러가는 물살은 아우성이라 부르기에 전혀 부족함이 없다. 오죽하면 이곳을 일러 매도 건너기 시름에 겨워한다고 응수간(鷹愁澗)이라 이름하였을 것인가.

사방으로 물방울이 튀어 물안개가 피어올라 눈앞을 보기 힘들고, 검은 바위는 물살에 깎여 발 디딜 곳이 반들거리는가 하면 이내 칼날과 같은 기암괴석들이 툭툭 돌출한다.

참으로 험악하다.

그 응수간의 길이는 삼십여 리에 달한다.

삼십여 리에 달하는 웅수간의 끝에는 만장단애가 자리하는데, 여기저기서 쏟아지는 물줄기들이 사방에서 뒤엉켜 웅수간을 휘감은 물길을 형성한다.

일대를 덮는 물안개는 거기에서부터 시작된다.

오랜 세월을 두고 변하지 않는 그 광경.

그런데 오늘은 어딘가 달랐다.

그 단애의 한쪽이 거대한 도끼로 잘라낸 듯이 파괴되어 있었던 것이다. 그리고 계곡 자체가 반쯤 주저앉으면서 그 사이로 또 다른 계곡의 모습이 드러나 있었다.

무너진 계곡.

검고 날카로운 바위들이 무너진 그 계곡 사이로 드러난 계곡은 웅수간과는 전혀 달랐다. 아침 안개가 드리운 그 계곡은 산곡(山谷) 하나를 사이에 두고서 떨어져 다른 세계를 형성하고 있다가 졸지에 비명과 함께 실체를 드러내야 했다.

회색의 인영들은 그 새로 나타난 계곡으로 새벽 안개를 가르면서 바람처럼 밀려들었다.

한둘이 아니었다.

돌연.

"무엇 하는 자들이냐?"

앙칼진 고함.

시비 차림의 소녀들이 모습을 드러냈다.

녹의와 홍의를 한 그녀들이야말로 홍아와 향아. 이심환의 시비들이다. 대체 그녀들은 어떻게 이곳에 나타난 것일까.

"마교의 계집들이로군. 잡아라!"

냉엄한 호통과 함께 회의인들이 그녀들에게 날아들었다.

여자, 그것도 채 스물도 되지 않은 계집이라고 가벼이 생각했던 회의인 둘이 비틀거리면서 격퇴되었다. 하지만 뒤이어 들이닥친 회의인들의 무공은 그녀들로서 견디기 어렵게 고강했다.

"악!"

홍아가 비명과 함께 쓰러지자 향아가 날카롭게 부르짖었다.

"물러나지 못해!"

그녀가 홍아의 앞을 가로막으며 수중의 단검을 사력을 다해 휘두르자 삼엄한 검빛이 일었다.

홍아를 쓰러뜨린 회의인에게서 당황한 빛이 드러났다.

"흥!"

하지만 냉랭한 코웃음.

또 다른 회의인 하나가 불쑥 나타나 그녀가 휘두르는 단검을 향해 손을 내밀었다. 아예 그 단검이 눈에 뵈지 않는다는 태도.

향아는 이를 악물고 단검을 내리그었다.

현오획사(玄鳥劃沙)의 평범한 일식이지만 기세만은 날카롭기 그지없어 강철이라도 잘라 버릴 기세였다.

땅!

그러나 막상 나타난 결과는 전혀 달랐다.

놀랍게도 단검을 손으로 쳐버린 회의인은 바람처럼 덮쳐 가면서 향아의 가슴을 쳐버렸다. 전혀 망설임이 없는 손길이었다.

손목에 강력한 반탄력이 전해짐과 함께 심상치 않음을 느낀 향아는 신형을 비틀면서 소매를 휘둘러 상대의 손을 감으려 했다.

"제법이군?"

회의인이 뜻밖이란 듯 냉소를 흘렸다. 말은 그렇지만 그는 조금도 쉬지 않고 바람처럼 진격하여 향아의 운리수를 무력화시키면서 장영(掌影)을 쏟아냈다.

향아의 눈빛이 일그러졌다.

상대는 그녀가 맞서기 곤란한 고수였다.

바로 그 순간.

"감히 천운곡에 난입하다니!"

꾸짖음과 함께 한 사람이 두 사람의 가운데로 날아들었다.

펑!

맹렬한 폭음과 함께 향아를 공격하던 자가 뒤로 튕겨졌다.

"아가씨!"

향아가 자신을 막아선 여인을 보고 반색을 했다.

나타난 여인, 이심환은 서릿발 같은 안색으로 주위를 둘러보았다.

"어디서 온 자들이냐?"

너무도 뜻밖이었다.

곤하게 자고 있다가 맞은 날벼락. 천운곡은 외부와 단절된 곳이다. 진세가 바깥을 막고 있어 외부에서는 그냥 들어올 수가 없는데 난데없이 외벽이 허물어지면서 진세랑 상관없이 회의인들이 난입해 들어온 것이다. 채 잠옷도 벗지 못하고 달려나온 향아와 홍아가 제 능력을 발휘할 리 만무이고 이심환도 허겁지겁 달려나와야 했다.

"마교의 교장을 지키는 것이 계집들인가?"

냉엄한 음성.

한 사람이 회의인 가운데 모습을 드러냈다.

회의인들 가운데서 섭선을 휘적거리고 있는 중년인은 다른 사람이 아닌 봉황문의 문곡이었다.

"마교라니?"

이심환이 아미를 치켜떴다.

"하하, 이 마당에 시치미를 떼려 하다니? 조용히 교장을 연다면 해를 끼치진 않겠다. 하지만 허튼짓을 한다면 용서하지 않겠다!"

"난데없이 난입해서 협박이라니! 마교는 뭐고, 교장은 뭐란 말인가?"

이심환이 차갑게 말을 자르자 문곡이 냉소를 흘렸다.

"늘 그런 법이지. 권주는 마다하고 벌주만을 원하니……. 끓려라!"

회의인들이 일제히 날아들었다.

칠, 팔 명이나 되는데 개개인이 약수(弱手)가 아닌 데다 원래부터 연수 합격을 연습한 듯 움직임이 일사불란하니 상대하기가 쉽지 않았다. 적이 누구며 얼마나 되는지 알 수가 없어 이심환은 초조할 수밖에 없었다.

대체 이들은 어디서 온 것일까?

"물러나지 못할까!"

이를 악문 그녀는 호통을 치면서 수중의 통소를 쳐냈다.

시간을 끌수록 불리하니 최대한 빨리 상대를 물리쳐야 했다. 통소와 소매가 한데 어울리면서 마치 나비가 너울거리는 것처럼 회의인들을 맞아갔다. 그녀의 무공은 특이하고도 기고(奇高)하여 회의인들은 일류 고수였고 일곱이나 되면서도 그녀를 쓰러뜨릴 수가 없었다.

오히려 앞선 회의인이 그녀의 통소가 펼치는 대라소법(大羅簫法)에 맞아 쓰러지면서 전혀 다른 상황이 초래되고 있었다.

"멍청한! 물러나거라."

무거운 힘을 가진 꾸짖음이 터져 나왔다.

그리고는 한 사람이 이심환과 그들 사이로 날아들었다.

"……!"

이심환의 안색이 달라졌다.

나타난 사람은 적수공권(赤手空拳)!

맨손으로 그녀의 대라소법을 막아냈다. 뿐만 아니라 그 손에서 일어나는 가공할 권경은 흡사 사막에서 불어오는 용권풍과 같이 주체할 수 없도록 그녀의 전신을 뒤흔들었다.

"빨리 찾지 않고 뭘 하느냐!"

그가 꾸짖었다.

그러자 문곡은 황급히 회의인들을 지휘하여 천운곡 안으로 난입했다.

"대체 무슨 짓이오? 당신들은 누구길래 이렇게 함부로……."

이심환은 말을 멈추었다.

나타난 사람, 대한이 눈을 부릅뜬 채로 양손을 쳐내는데 그 권세가 너무 막강하여 도저히 말을 할 상태가 아니었기 때문이다. 가공할 기세가 일대를 온통 휘감아 피할 수조차 없었다.

스파파팟—!

이심환은 전력을 다해서 수중의 퉁소로 대라소법 중의 대라파천(大羅破天)의 일초를 펼쳐서 상대의 권세를 찢어내고 적의 예봉을 피하려고 했다.

그러나……

땅!

수중의 퉁소는 그 가공할 압력을 이겨내지 못했다.

정확히 말하자면 이심환의 공력이 따르질 못했다고 해야 하리라. 퉁소가 두 동강이 나는 순간에 이심환은 무서운 압력이 밀려듦을 깨닫고 안색이 흙빛으로 변했다.

적은 여자라고 봐주지 않았다.

팡! 파팡!!

그녀의 앞에서 맹렬한 폭음이 터졌다.

항거 불능의 힘에 주춤주춤, 밀려나는 그녀의 입에서 참지 못하고 핏줄기가 터져 나왔다.

"용권풍의 앞에서 그래도 버티다니 제법이군! 계집이라고 해서 봐주진 않는다. 무릎을 꿇으면 목숨은 살려주마."

대한이 냉엄히 꾸짖었다.

그는 승기를 잡았음에도 조금도 기세를 늦추지 않았다. 무서운 위세의 권경(拳勁)이 폭풍처럼 끊이지 않고 쏟아지는 폭포수처럼 이심환을 향해 밀려들고 있었다.

항복하지 않는 한, 죽음을 면치 못할 상황이었다. 바위라도 으깨고 말 힘을 가진 경력이 끊임없이 밀려오는 것은 공격 중에도 가장 무섭다. 그 끊임없는 힘을 막아내지 못하면 계속해 몰아쳐 오는 힘에 그대로 전신이 으스러져 죽고 말 것이기 때문이다.

물러설 곳도 없다.

이심환은 이를 악물고 전력을 다해 버티려 하였다. 다른 방도가 없었다. 그녀는 부드럽지만 또 강인한 성품의 소유자였다. 난데없는 이 상황에 누군지도 모른 채 무조건 항복할 그녀가 아니었다.

이 순간만 넘기면…….

하지만 상대가 너무 강했다.

콰쾅!

그녀의 앞에서 다시금 지축을 울리는 폭음이 터져 나왔다.

맹렬한 회오리바람을 맞으며 이심환은 두 눈을 크게 떴다. 자신의 앞을 가로막고 선 사람을 발견했기 때문이다.

방금의 격돌에서 충격을 받은 듯 백의의 그도 어깨를 흔들거렸다.

그처럼 강력하던 대한도 방금의 격돌로 인해 주춤, 한 걸음을 물러났지만 별다른 충격을 받은 것 같지는 않아 보였다. 그 대한은 나타난 사람을 보자 뜻밖이라는 듯 눈을 크게 떴다.

"빨리도 왔군……."

안색을 굳히는 그야말로 봉황문주이자 대막사왕인 완일이었다.

백의의 그, 이심환의 위기 상황에 그녀를 가로막으며 나타난 사람은 당연히 한효월이었다.

"역시 그랬었군……."

그는 차가운 눈빛으로 완일을 노려보면서 이심환에게 물었다. 얼굴은 돌리지 않은 채였다.

"괜찮습니까?"

"그, 그래요……. 어떻게 여길?"

너무도 뜻밖의 일에 이심환은 감격에 겨워 고개만 끄덕였다.

이런 절망적인 상황에 그가 나타나서 자신을 구해주리라고 어찌 상상이라도 하였을 것인가!

"호오, 서로 아는 사이란 말인가?"

대막사왕 완일은 뜻밖이란 듯 눈을 크게 떴다.

"그렇다면 이미 교장은 한 공자의 손에 들어가 있단 말인가? 대단하군. 어느새 그런……."

그는 설레설레 머리를 흔들었다.

"어쩔 수 없군. 서로 마주치지 않기를 바랬는데 그렇게까지 되었다니 더 이상은 피할 수가 없겠구만."

그의 눈빛에 음산한 살기가 서렸다.

한효월은 미간을 굳힌 채 준엄히 꾸짖었다.

"이것이었소? 당신이 바랬던 것이? 당신을 키운 사람을 배신하고 그 자리에서 사라져 허겁지겁 달려온 것이 그 대신 자신이 마경을 찾아, 봉신방을 찾아보겠다는 야욕 때문이었단 말이오?"

"야욕(野慾)이라……?"

대막사왕 완일은 머리를 저었다.

"그게 야욕인가? 천하를 아우를 힘을 얻게 되는데, 세상을 다시 몽고마의 발굽 아래 둘 수가 있는데 그게 헛된 욕심이라? 핫하…… 그렇다면 뭐가 사나이의 대망(大望)이지? 무엇을 위해서 살아야 된다는 건가? 세상 사람 모두가 한 공자처럼 나는 젖혀두고, 세상을 구하기 위해서 동분서주해야 한다는 건가? 말도 안 되는 소리!"

그가 눈을 부릅떴다.

"본왕의 기도(企圖)가 성공한다면 내 백성들은 다시금 천하의 주인이 될 것이고, 이제 두 번 다시 실패하지 않을 터인데…… 그걸 두고 야욕이라 한단 말인가!"

그가 발을 구르자 흙구름이 발 밑에서 피어올랐다. 진동이 주변을 뒤흔들었다.

과연 그는 천하십왕 중 한 사람다운 능력을 지니고 있었다.

"봉신지비를 풀어 천하를 발 아래 두고자 함은 지난 100년래 천하무림의 화두(話頭)였다! 그 앞을 가로막고자 한다면……."

그는 한효월을 살기 띤 시선으로 노려보면서 말끝을 흐렸다.

"누구라도 그냥 둘 수 없지!"

막강한 기세가 풀풀 일었다.

"나를 이길 수 있으리라 자신하나?"

한효월의 달라진 말투에 대막사왕 완일은 냉소를 흘렸다.

"천하십왕이 공연히 생긴 말인 줄 아나? 설혹 네가 본왕과 같은 능력을 지녔다고 할지라도 넌 혼자다. 본왕이 비록 급하게 오느라고 전력을 대동(帶同)치는 못했어도 봉황문과 대막의 고수 칠십이 같이 왔는데, 과연 버틸 수 있을 것 같으냐?"

"과연 그렇게 생각하나?"

침착한 한효월의 말에 대막사왕 완일의 안색이 조금 달라졌다.

"그건……."

"당신이 그간 보듯, 나는 쉽게 움직이지 않으며 또한 대책없이 일을 추진하는 사람이 아니지. 그런데 당신을 쫓아오면서…… 내가 이곳에 혼자 나타났을 것이라고 생각하다니."

"그렇지 않을 수도 있겠지. 하지만 다른 길이 없으니 선택도 없다. 친구가 되지 않는다면 가장 무서운 적이 너이니, 어찌 살려둘 것인가? 더구나 누가 함께 왔다면 그들이 나타나기 전에 너를 처리할밖에!"

말과 함께 그는 발동했다.

더 이상 시간을 끌지 않고 한효월을 공격하기로 작정한 것이다. 말그대로 한효월이 혼자 나타났을 가능성은 없었고 같이 행동하면서 그가 얼마나 무서운 사람인가를 이미 피부로 느꼈기 때문에 시간을 끌어서 좋을 일이 없다고 판단한 까닭이다.

더구나 교장을 이미 한효월이 가졌다고 오해한 바에야 더 더욱.

그가 수련한 용권풍은 대막의 절기다. 모든 것이 용권풍에서 시작해서 그 정화인 대풍장력(大風掌力)은 가히 사막의 모래바람을 연상케 한다. 막강한 힘으로 가로막는 모든 것을 부숴 버리는 것이다.

쿠쿠쿠—

한효월은 그와 맞서는 순간에 완일이 그간 자신의 전력을 다 보여주지 않았던 것임을 직감했다.

“역시 공일도와 같은 핏줄이라 숨길 건 숨겼다는 건가?”

코웃음을 친 한효월은 양손을 합쳤다가 자신을 향해 무섭게 밀려오는 용권풍을 향해 갈라쳤다.

대막사왕 완일은 한효월이 뜻밖에도 자신의 공세를 정면으로 맞받아오자 냉소와 함께 전력을 일으켜 쏟아 부었다. 그들과 같은 초절정 고수는 절대로 건곤일척의 대결을 하지 않는다. 한순간이 생사의 갈림길이 되기 때문이다. 그러나 지금은 달랐다. 양패구상(兩敗俱傷)이 된다 할지라도 혼자인 한효월이 결정적으로 불리하니까 그로서는 거리낄 것이 없는 유리한 입장이었다.

“아악!”

비명과 함께 향아가 피를 뿌리며 쓰러졌다.

문곡이 상황을 보고는 이심환과 시비들을 공격하기 시작한 것이다. 당연히 한효월의 심기를 어지럽히려는 심산. 그러는 일방 수하들을 지휘하여 사방을 수색하니 과연 그는 심기가 깊은 모사(謀士)였다.

쓰러진 홍아를 돌보고 있던 향아가 치명상을 입고 쓰러지자 이심환이 노하고도 다급하여 대라소법을 펼쳐 소영(簫影)을 뿌려냈지만 이미 가볍지 않은 내상을 입은 그녀는 자신조차 지키기 어려운 상황이었다.

콰쾅!

폭음이 일었다.

한효월은 양손을 갈라쳐 상대와 맞부딪치는 것처럼 했지만 실제로는 그 한 동작으로 대막사왕 완일이 쳐낸 대풍장력을 비틀어 쳐냈다. 가공할 경기가 소용돌이치면서 옆으로 미끄러졌다. 그 순간에 한효월은 그림자처럼 앞으로 날아들었고 그의 손에서는 천하독보의 수인지력이 섬광처럼 쏟아져 나가 대막사왕 완일을 공격했다.

순간적으로 벌어진 상황.

그가 이처럼 자신의 공격을 밀어버리고 달려들 줄은 몰랐던 대막사왕 완일은 대경해 하늘이 무너질 듯한 고함을 질렀다.

"어헝!"

그는 이미 한효월의 수인지력이 절세무비(絶世無比)함을 알고 있었던 지라 호통과 더불어 쏟아낸 장세를 비틀었다.

쿠쿠쿠…….

그가 쏟아낸 대풍장력이 거대한 회오리바람으로 압축되면서 방향을 틀어 한효월을 쓸어갔다. 수발(收發)이 자유로운 절세고수의 면모를 보여주는 한 수!

칙칙!

독보적인 위력의 연환수인지력은 대막사왕의 가슴으로 짓쳐들었다.

한효월이 그대로 대막사왕 완일의 가슴을 찌른다면 그의 등 뒤로 날아드는 공포의 일격을 견디기 어려울 것이었다.

그 결과는 동패구상(同敗俱傷)을 의미했다.

과연 어떻게 할 것인가.

하지만 누구라도 손을 거둔다면 그 순간 선기(先機)를 잃어버릴 것이 분명해서 손을 거둔다는 것은 정말 크나큰 결단을 필요로 한다. 절대고수의 싸움에 있어서 선기를 상대에게 넘긴다는 것은 한순간에 싸움이 끝날 수도 있음을 의미하는 까닭이다.

두 사람의 눈이 마주쳤다.

동패구상한다면 인원이 많은 대막사왕이 백 번 유리했다.

그럼에도 불구하고 한효월은 조금도 물러설 기미를 보이지 않았다. 마주친 그 눈은 괴이하게도 웃고 있는 듯 보였다.

'대체 저놈이 왜 웃는 거지?'

아무리 생각해도 이유를 알 수 없었다.

지금 상황은 백번천번을 머리 굴려도 한효월이 불리했던 것이다.

그때 문득 대막사왕 완일의 뇌리를 스치는 생각.

—당신이 그간 보듯, 나는 쉽게 움직이지 않으며 또한 대책없이 일을 추진하는 사람이 아니지…….

미치지 않은 다음에야 이 마당에 동패구상을 마다하지 않고 달려들 리가 없다. 대막사왕 완일은 갑자기 함정에 빠진 느낌에 가슴이 섬뜩해졌다. 뭔가 기분이 나빠진 대막사왕 완일은 쏟아낸 장세를 잡아끌면서 살짝 발끝을 밀었다.

그 간단한 동작만으로 쏟아냈던 장세, 가공할 회오리를 일으키는 장세는 그의 움직임을 따라왔고 그의 신형은 누가 집어 던진 듯이 찰나간에 옆으로 삼 장여를 이동했다.

가히 극에 이른 이형환위(移形換位)다.

마치 사람이 퍽! 꺼지면서 삼 장 옆에서 나타나는 것 같았다.

하지만 한효월의 수인지력은 따라가면서 여전히 대막사왕 완일의 가슴을 쳤다. 그리고 그런 한효월의 배후를 끌어당긴 대풍장력이 날아들어 때렸다.

대막사왕 완일이 장세를 잡아끌어 당긴 것은 자신을 따라오지 말라는 의미였지만 한효월은 망설이지 않았다. 동패구상을 무릅쓰고서 그를 따라가며 공세를 늦추지 않았던 것이다.

파팟! 쾅!!

맹렬한 경기의 소용돌이 속에서 터져 나오는 폭음.

두 사람의 대결은 정말 너무도 찰나적이라 그 움직임은 채 반 호흡도 되지 않았다. 손을 쳐드는 순간에 인영이 엇갈렸고 그것과 동시에 귀청을 떨어 울리는 굉음이 터져 나왔던 것이다.

당사자에게는 긴 시간이지만 실제로는 찰나라는 표현으로도 모자랄 엄청난 속도의 대결.

주춤하는 대막사왕 완일을 향해 한효월은 숨 쉴 틈도 없이 덮쳐 갔다.

철판보다 강력한 호신강기를 두른 대막사왕 완일의 가슴팍을 두드린 수인지력은 그의 가슴에서 피를 뽑게 했다. 그가 몸을 비트는 동작이 조금만 늦었다면 아예 등까지 구멍을 뚫었으리라.

그 가공할 위력에 대막사왕 완일은 등골이 서늘해졌다.

그는 천하십왕 누구에게도 자신의 능력이 떨어진다고 생각한 적이 없었다. 당연히 한효월이 자신의 상대라고도 생각하지 않았다. 물론 그가 강한 것은 인정했지만 천하십왕과 상대할 능력을 가졌다고는.

그런데 아니었다. 달랐다.

"본신의 능력을 감추고 있었단 말이냐?"

그는 노호하면서 다시금 전력을 기울여 대풍장력을 때려냈다. 용권풍을 운용하여 장세는 가공할 회오리를 일으키고 있었다.

방금 전 그는 한효월의 수인지력에 격중되었지만 한효월 또한 그의 장세에 등판을 얻어맞았으니 무사하지는 못하리라 믿고 공력의 우위로서 그를 밀어붙일 심산이었다.

그렇게 해서 조금이라도 밀리면 잃은 선기를 되찾고 아예 치명타를 가할 작정.

그런데…… 한효월은 그의 의도를 알면서도 덮쳐 오던 기세 그대로 밀어붙이는 게 아닌가.

마치 상처를 입고 달려드는 멧돼지를 보는 것만 같다.

콰쾅!

다시금 터지는 폭음.

"크윽!"

충격을 이기지 못하고 대막사왕 완일은 신음을 토해냈다. 기혈이 솟구치고 지독한 충격이 전신을 두드린다.

그는 어깨를 팅기듯 흔들고는 주춤 잇달아 서너 걸음을 물러났다.

힘을 이기지 못한 발 밑에서 부서진 돌 가루와 흙먼지가 세차게 피어올랐다.

"저, 정말……?"

그는 자신을 노려보고 있는 한효월을 보면서 신음을 흘렸다.

어깨를 흔들고 있긴 하다.

그러나 믿기지 않게도 물러나지는 않고 다시금 덮쳐 오려는 모습이 아닌가.

가슴이 섬뜩했다.

"뜻밖이오?"

그런데 한효월이 계속해 덮쳐 오지 않고 물었다.

그의 안색은 조금 창백해 보이지만 잇달아 물러난 데다 가슴에서 피를 흘리고 있는 대막사왕에 비할 바가 아니었다.

하지만 선기를 잡고도 그 황금과 같은 기회를 날려 버리는 이런 물음은 전혀 뜻밖인데다 바보 같은 짓이라고 하지 않을 수가 없어 대막사왕 완일은 얼떨떨한 얼굴로 한효월을 바라보았다. 한효월과 같은 사람이 왜 이런 일을 하는지 알 수가 없었기 때문이다.

그때였다.

펑펑!

"으악!"

"으아아……."

갑자기 잇달아 폭음과 고함, 그리고 단말마의 비명이 뒤쪽에서 터져 나왔다.

단애가 허물어진 바로 그곳이었다.

대막사왕 완일 등이 천운곡으로 들어온 곳이기도 했다.

그러니만큼 자연히 퇴로 확보를 위해서 지키는 사람이 있는 것이 병법의 기본이다. 그런데 그곳에서 잇달아 비명이 터져 나온 것이다. 그것도 한두 마디가 아니라 으악! 소리가 들리자마자 그곳을 지키는 사람들이 잇달아 물러났고, 그것도 모자라 비명과 함께 튕겨나듯이 쓰러지면서…….

항거 불능의 적이 나타난 것이 분명했다.

사람들의 시선이 모두 그곳으로 쏠렸다.

허름한 옷차림을 한 일단의 대한들이 날듯이, 무서운 기세로 대막사왕 완일의 수하들을 허물어뜨리면서 곡 내로 진입해 들어오고 있었다.

그중 특히 앞장선 산악과 같이 우람한 체구의 대한이 보이는 위력은 압도적이라 아무도 그를 막아내지 못했다.

"사숙! 소질이 늦지 않았습니까?"

그 대한이 벼락치듯 고함치면서 앞을 가로막던 자를 일권으로 날려 보냈다.

가공하게도 상대는 철벽에 부딪친 듯 피를 토하며 튕겨졌다.

"알맞게 왔다. 어떻소?"

한효월은 대답을 하면서 대막사왕 완일을 향해 씨익, 웃어 보였다.

완일은 곁눈질로 앞선 대한을 훑어보았다. 금방 토굴에서 기어 나온 듯이 허름한 옷을 걸치고 있는 그와 그 뒤를 따르는 자들의 숫자는 대충 오십쯤 되는 것 같았다. 그러나 행색과는 달리 그들의 기세는 성난 호랑이와 같아 대막사왕 완일의 수하들은 무너지는 둑과 같이 그들에게 밀리고 있었다. 게다가 원래 그쪽을 지키고 있던 것은 모두 해야 십여 명밖에 없었다. 그러니 오히려 수적인 면에서도 상대가 되지 않았다.

'대체 어디서 기어 나온 놈들이지?'

아무리 머리를 굴려봐도 저런 자들에 대해서는 들어본 바가 없었다.

"이제 보니 너는 사라졌던 맹주부의 셋째인 거령신권 천무로구나!"

그에게 알려주려는 듯 문곡이 외치는 소리가 들려왔다. 그의 다급한 지휘에 따라 계곡을 수색하던 자들이 천무와 그 수하들에게 달려오기 시작했다.

"으핫하하……! 알았으면 닭대가리를 내밀고 죽음을 기다리거라! 연후에 털을 뽑고 목을 비틀어주마."

거령신권 천무가 껄껄 웃으며 앞을 막는 자들을 향해 일권을 날렸다.

그를 막는 자들은 모두 일당백의 고수들이었다. 봉황문의 고수들은 수백 명이고, 완일이 대막에서 데려온 고수들도 수백 명이었다. 그런 그들 중 비밀 유지를 위해서 골라 데려온 자들이니 당연히 약자가 있을 리 없었다.

그런데도 천무나 그를 따르는 옛날 호맹위사들을 상대하는 대막사왕의 고수들은 쩔쩔맸다. 거의 누더기와 같은 옷을 입고 있는 그들이 그간 사라졌던 맹주부의 위사들임을 안다면 누가 놀라지 않을 것인가. 아무리 괄목상대(刮目相對)라지만…….

문곡은 상황을 살펴보고 안색이 일그러졌다.

갑자기 전혀 유리할 것이 없는 상황이 되었다. 대막사왕 완일조차 한효월에게 쩔쩔매고 있는 듯 보였다.

아군의 숫자가 좀 많지만 흩어져 있는 상황에 완전히 허를 찔린 듯했고 적은 송곳과 같이 뚫고 들어와 이미 그와 완일이 있는 곳까지 거의 도달해 있는 상황이었다.

"잡아!"

그가 소리쳤다.

그렇지 않아도 허덕이던 이심환을 잡으라는 명령.

여자인데다 이미 한효월과 아는 사이. 더구나 이곳을 지키는 계집이니 인질로 삼을 수 있으리라는 판단이 선 것이다. 나타난 자들이 강하다 해도 이쪽도 고수 중에서 골라 뽑은 고수들이니 결코 약자가 아니다. 흐름을 조금만 비틀어서 대치할 수가 있게 한다면 절대로 질 싸움이 아니었다.

"비켯!"

천무는 두 눈을 부릅뜨고서 고함쳤다.

눈앞을 가로막는 자들을 향해 철퇴와 같은 주먹을 휘둘렀다.

그는 유성의 연락을 받자마자 그간 폐관에 들어 있던 수하들을 모두 이끌고 달려왔다. 그 지옥 훈련을 견딘 것이 바로 오늘과 같은 날을 위해서다. 한효월이 만들어놓은 훈련 계획은 끔찍할 정도였고 그 무서움을 증명하듯이 모두 칠십 명이 폐관수련에 들어갔지만 실제로 출관한 사람은 여기 있는 오십이 명에 불과했다. 나머지는 죽거나 폐인이 된 상태였던 것이다.

그렇게 그들은 첫 출도를 한 셈.

천무는 세간에 무공을 제외하고는 아무것도 신경 쓰지 않는 무광(武狂)으로 알려져 있다. 하지만 실제로 그의 성격은 세심하기 이를 데 없어 기민함이 둘째인 좌백에 뒤지지 않았다. 천운곡에 진입한 천무는 자신이 지금 해야 할 일이 무엇인지 단숨에 알아낼 수 있었다.

해서 그는 이심환을 구하기 위해서 달려들고 있는 것이다.

그의 무공은 독고해의 세 제자 중 으뜸이라고까지 알려졌었다. 그런 마당에 그간 폐관수련은 불에다 기름을 부은 것과 같이 그의 무공을 일취월장의 경지로 솟구쳐 놓았다.

"크악!"

이심환을 공격하던 적의 수하가 득달같이 달려든 그의 일권을 견디지 못하고 피를 뿜어내면서 튕겨져 나갔다.

가히 만부막적의 위세.

"괜찮습니까?"

천무가 우렁한 음성으로 물었다.

"나는 괜찮……!"

그녀의 안색에 놀람의 빛이 떠올랐지만 그전에 천무는 이미 좌우에서 강력한 기운이 덮쳐 옴을 느낄 수 있었다.

"쥐새끼 같은 놈들이 암습을 하는구나!"

그가 호통 치면서 빙글 몸을 돌리는 가운데 양손을 바람개비처럼 휘두르며 잇달아 십여 권을 한꺼번에 후려냈다. 그가 죽도록 고련한 풍뢰연환권(風雷連環拳)이었다.

콰콰쾅!

폭음이 연달아 터져 나왔다. 그는 격한 충격에 어깨를 흔들면서 뒤로 물러나야 했다. 버티려고 했지만 충격이 너무 커서 도저히 버틸 수가 없었던 것이다.

그가 놀란 눈을 부릅뜨고 보니 그의 앞에서 두 명의 노인이 놀란 빛으로 뒤로 물러나고 있었다. 그와 거의 비슷한 충격을 받은 형상이다. 세찬 경풍이 그들의 사이에서 일어 방금 이 일전이 얼마나 강렬했는지를 말하는 듯했다.

그들의 무공은 제각기 발군의 양강지력이니 당연한 결과였다.

"조무래기가 아니군. 좋아, 좋아……. 다시 해보자!"

천무가 냉소를 치곤 꽉꽉 하는 소리와 함께 앞으로 걸어나갔다. 한 걸음마다 땅이 울리고 발걸음이 땅을 디딜 때마다 흙먼지가 퍽퍽 하늘로 치솟아올라 무슨 돌개바람이 앞으로 밀려나오는 것 같은 형상이었다.

그의 앞을 가로막은 두 노인의 눈에 놀람과 함께 긴장의 빛이 흘렀다.

싸움은 점입가경.

그것을 보는 문곡은 자신의 눈을 의심해야 했다.

'대체 이게 어떻게 된 거지? 천무가 어떻게 해서 대막에서 온 대막삼로(大漠三老) 중 두 사람을 한꺼번에 상대할 수가 있단 말인가?

대막삼로는 대막사왕 휘하의 가장 강력한 고수라 할 수 있었다. 그 아래로 다시 대막십팔룡이 있지만 그들과는 비교하기 어려운 절세고수였고 문곡이 알기로 그들은 절대 천무와 비교될 수 없는 전 세대의 고수들이었다.

그런데 혼자도 아니고 둘이 한꺼번에 달려들고도 우세를 차지하지 못하고 이젠 저 가공할 기세에 질린 빛이라니!

주변을 둘러보자 그들 일행은 어디에서도 우세를 점하지 못하고 있다.

'이래서는 안 되겠다……'

그는 한효월과 대치한 채로 굳어진 대막사왕 완일을 보자 결심을 하고는 암중에 다시금 지시를 내렸다. 그 지시는 천무가 호승심을 참지 못하고 앞의 두 사람을 덮쳐 간 바로 그 순간에 암중으로 이루어졌다.

천무와 좌백의 다른 점은 바로 거기에 있었다. 좌백은 어떤 경우에도 냉정을 잃지 않지만 천무는 절세무공과 마주치면 그 순간을 절제하지 못하기 때문이다. 천생의 투사라 할 만했다. 천무는 맹렬히 앞으로 돌격해 갔고 그 기세를 두 명의 노인은 겨우 막아냈다. 좀 더 정확히 말하자면 예봉을 피하고 반격을 노리는 상태라 할 수 있었다.

그 순간에 문곡의 지시를 받은 자들이 이심환에게로 달려들었다.

한효월에게는 대막사왕 완일이 손을 쓰기 시작했다. 거의 모든 공격이 일제히 이루어진 것이다.

하지만 그것은 천무를 너무 만만히 본 것에 다름이 아니었다. 천무 또한 지난 세월을 그냥 논 것이 아니라서 그가 앞으로 덮쳐 가자 그를 따라 곡 내로 진격해 온 수하들 십여 명이 이심환을 둘러싸 보호하면서 맞섰기에 싸움은 격렬해졌다.

팡! 파파팡!!

맹렬한 폭음과 함께 한효월과 대막사왕 완일의 주변에서 격렬한 회오리바람이 일어 주위를 휘감았다. 그 가운데에서 두 사람은 사력을 다해서 상대를 공격하고 있었고 누구도 결정적인 우세를 점하지 못했다.

정면으로 맞닥뜨리면서도 좀 전과는 달리 격돌을 하지 않았다. 그럼에도 두 사람이 뿜어내는 내경(內勁)의 가공함은 주위를 휘감다 못해서 천지를 온통 뒤집어 버릴 것만 같았다.

피차의 기세가 너무 강해서 피할 수도 없어 기호지세였다.

상대의 공격을 변초로써 흩트리는 가운데, 계속 기회를 엿보는 형태이지만 누구도 물러서지 않았다. 그랬다가는 정말 방법없이 되밀릴 것을 알기 때문이다.

전황은 유리하다.

하지만 한효월은 초조했다.

자신이 과연 얼마나 버틸지 알 수 없기 때문이다.

상대는 천하십왕 중 하나라서 쉽게 거꾸러뜨릴 상대가 아니었다. 과연이라는 소리가 절로 나올 그런 상대인 것이다. 만에 하나라도 자신이 쓰러진다면 심각한 사태가 벌어질 것이 분명했다.

대막사왕 완일은 평소 보이던 성미 그대로 절대로 물러나지 않았다. 끝까지 해보자는 듯이 정면 승부를 걸어오고 있어 한순간도 마음을 놓기 힘들었다.

바로 그때.

'바보 같은 녀석! 언제까지 그렇게 미련한 짓을 하고 있을 셈이냐?

네가 수련한 것이 무엇임을 잊었단 말이더냐?

그의 귀를 때리는 질타.

그 말에 한효월은 정신이 번쩍 들었다.

누가 한 말인지 알고도 남음이 있는 이야기. 바로 동굴 속의 괴노가 한 말인 것이다.

그가 수련한 주천무애신공은 선가(仙家)의 것이다.

마음을 수련함이 그 근본이고 무공 또한 그러하여 대막사왕 완일의 것과는 전혀 달랐다. 그럼에도 한효월은 마음이 급하여 부지간에 자신의 장점을 버리고 강력함이라는 단점으로 상대의 장점에 맞서고 있었던 것이다.

상대와 힘으로 맞서는 것은 그의 장기가 아니었다.

건곤무적 독고해는 그 무공을 자신에게 맞도록 개조하여 강력함으로써 천하에 군림했었다. 하지만 한효월이 수련한 것은 그것과 달랐다. 성격이 그와 달랐고 환경도 달랐다. 그런데 참으로 열혈남아였던 그 건곤무적 독고해. 그가 살았을 때는 얼굴도 본 적이 없었던 그 사형의 일생을 보면서 자신도 모르게 한효월 또한 강함을 추구해 버렸다.

그것이 그와 맞는 것이 아님에도.

이 절박한 순간에 그것이 그의 심금을 때렸다.

바로 하고자 하는 그 마음이 자신에게 장애가 됨을.

콰콰콰…….

그에게 거대한 경기가 노도와 같이 몰려들고 있었다.

그런데 한효월은 자신을 덮치는 그 경기를 보면서 피하거나 막으려 하지 않았다. 그것을 보지 못한 듯 그 자리에 우뚝 서 있을 따름이었다.

그것을 본 이심환이 놀라 봉목을 부릅떴다.

"위험해!"

그가 얼마나 강한지 이미 알고 있는 그녀다. 저런 능력이라면 마음만 먹어도 일반 고수들은 손도 대지 않고 죽일 수 있는 가히 전설적인 능력을 가진 대막사왕 완일이었다. 그런데 그런 그가 전력을 다해 손을 쓰는데 방비도 하지 않는 듯한 모습이라니…….

무념위종(無念爲宗)…….
—아무 생각을 하지 않음으로 기둥을 삼는다.

선의(禪意)를 가진 네 글자가 한효월의 뇌리를 꿰뚫고 있었다.

아니, 그 순간에 무상위체(無相爲體)라는 네 글자가 다시금 그의 눈앞에 떠올랐다. 그를 향해 달려드는 대막사왕 완일의 모습조차 보이지 않았다.

거기에 더해 무주위본(無住爲本)까지…….

그는 자신을 향해 가공할 경력을 밀어내고 있는 대막사왕 완일을 눈앞에 두고도 방금 들려온 괴노의 외침에 벼락을 맞은 것처럼 충격을 받고는 마치 정신을 놓은 사람처럼 그렇게 멍청히 서 있기만 했다. 아니, 그렇게 서 있는 것처럼 보였다.

하지만 멍청히 서 있는 듯 보이는 그의 뇌리에는 전광과도 같은 깨달음이 전율로서 도도히 흘러가고 있었다.

"죽고 싶다면!"

그 모습을 보자 대막사왕 완일은 냉소를 흘렸다.

절대고수들의 대결이니 전력을 다해 상대를 치는 일은 없다. 그런 힘을 발휘해서 상대를 공격했다가 선기를 빼앗기기라도 하면 그것처럼 치명적인 일이 없기 때문이다.

더구나 이런 절대고수들의 움직임은 상상을 초월한다.

손을 내고 발을 뻗는 그 한 동작이 모두 이치에 맞고, 그 움직임 또한 상궤를 벗어난다. 움직이지 않을 때는 천년풍상을 머금은 바위와 같지만 일단 움직이면 질풍신뢰(疾風迅雷)라 할지라도 따라오기 힘드니 이런 와중에 어찌 감히 소홀히 할쏜가.

한효월의 이런 태도는 목숨을 내놓았다고 해도 과언이 아니었다.

콰―콰콰!

가공할 용권풍이 한효월을 사정없이 휘감았다.

천지가 온통 먹빛 흙바람으로 휘감겼다.

"사숙!"

이심환의 비명에 놀란 천무가 그쪽을 바라보곤 놀라 고함쳤다.

누가 보아도 끝장이 날 것 같은 순간이었다.

그런데.

그런데 놀랍게도 한효월은 그 가공할 폭풍 속에서 끄떡도 없다.

마치 허공에서 솜사탕을 빚기라도 하는 듯이 장(掌)도 아니고 권(拳)도 아닌 그저 편한 모습의 손을 내밀어 미묘하게 그어내렸다. 아니, 그었다기보다 실패에다 실을 감는 듯한 형상이라고 해야 할까?

콰콰쾅!

대막사왕 완일이 쳐낸 것이 봄날 아지랑이가 아니라는 것은 거기에 쓸린 모든 것들이 산산조각으로 으스러지며 증명한다. 그럼에도 그 경력은 한효월의 움직임에 기묘하게 비틀어져 그를 치지 못했다.

한효월은 굽이쳐 쏟아져 내리는 급류에서 헤엄치는 잉어와 같았다.

“마, 말도…… 말도 안 돼!”

이 믿기지 않는 상태에 대막사왕 완일은 눈을 흽뜨고서 흩어지는 경력을 끌어 모아 한효월에게 집중시켰다.

콰콰콰—

그의 손짓에 따라 경력이 미친 듯 한효월에게로 몰아닥쳤다. 경력에 흽쓸린 모든 것이 가루가 되어 부서져 나갔다.

하지만 허공에서 부유하듯 움직이는 한효월의 손짓에 그 가공할 경력은 기묘하게 비틀어지며 한효월을 치지 못했다. 천지가 개벽하는 굉음을 내면서 그의 주위가 공포로 몸서리치지만 한효월은 아무런 타격도 받지 않았다.

쐬쐬쐬—

순간, 한효월이 손가락을 튕겼다.

절세의 연환수인지력이 다시금 그의 손가락에서 쏟아져 나갔다.

그것을 보자 대막사왕 완일은 사색이 되어버렸다. 그가 쏟아낸 경력은 가히 배산도해였다. 절금단옥(切金斷玉)의 보검이라 할지라도 그 경력을 베고 들어올 수 없을 것이고 검강이라 할지라도 마찬가지다. 그런데 그런 경력을 흩트리고 달려와 공격이라니!

파팡!

맹렬한 폭음과 함께 대막사왕 완일이 비틀거리며 물러났다. 가슴을 움켜잡은 그의 손가락 사이로 선혈이 솟구쳤다. 늘 당당하던 그의 얼굴도 창백해 핏기가 사라진 상태였다. 그리고도 아직 주춤거리며 뒤로 물러나는 그는 한효월에게 일격을 당한 다음이었다. 호신강기로 보호하고 있음에도 절세의 수인지력은 사정없이 그의 가슴을 때렸다.

그가 아닌 다른 사람이었다면 즉사하고 말았을 터이다.

그에 반해 한효월은 조금 창백한 얼굴로 우뚝 서 있을 따름이다. 세찬 경기에 백의를 날리고 선 그 모습은 임풍옥수라는 말에 다름이 아닌 형상이었다.

왼손으로는 지결(指訣)을 맺고 오른손은 그 지결 위에서 손을 감싸 쥔 모습으로 마치 무엇을 튕겨내려는 듯한 모습이라 전혀 충격조차 받지 않은 것만 같다.

"대, 대체 무, 무슨 일이……."

대막사왕 완일의 얼굴이 참혹하게 일그러졌다.

자신이 당한 일을 믿을 수가 없었던 것이다.

어떻게 갑자기 이런 일이 일어날 수가 있더란 말인가?

한효월과 그는 막상막하. 누구도 쉽게 우세를 점하기 어려운 격전을 벌이고 있었고 어느 누구도 실력을 감추지 않았었다. 그런데 갑자기 이런 결과가 나타나다니…….

그때였다.

"무슨 일이 일어난 건지 알고 싶으냐?"

그의 뒤에서 음산하고 냉랭한 음성이 들려왔다.

"……!"

대막사왕 완일의 눈에 경악이 폭죽처럼 튀었다.

어찌 그렇지 않으랴?

그의 능력으로 자신의 뒤에 누군가가 다가서고 있음을 알지 못했다니! 더구나 말소리가 들려온 것은 바로 그의 뒤였다. 도저히 믿기지 않는 일이 일어난 것이다.

'누가?'

그는 바람처럼 옆으로 신형을 튕기면서 시선을 돌렸다.

그 자리에서 뒤를 돌아보는 것은 전신을 그대로 적에게 노출시키는 바보 짓이니 그가 그런 일을 할 리가 없다.

하지만 그것이 아무런 소용 없음을 알기에는 전혀 시간이 필요치 않았다.

순간적으로 삼 장여를 이동하며 돌아선 그의 앞에는 괴기한 모습의 노인이 우뚝 서서 그의 눈을 노려보고 있었으니까. 괴노와 그의 거리는 채 반 장도 떨어지지 않아 언제라도 손만 뻗으면 닿을 거리라는 것이 그를 더욱 놀라게 했다.

그가 찰나적으로 이동한 거리만큼 상대도 이동했다는 의미였기에.

괴노의 눈은 공포스러웠다.

지옥의 겁화(劫火)와 같이 이글이글 타오르고 있었던 것이다. 마치 그 눈빛에 전신이 타는 것 같다. 아니, 그 정도가 아니라 아예 전신이 지옥의 겁화에 휩쓸려 타 들어가 버리는 것만 같았다.

"누, 누구냐!"

부지중에 심신이 공제됨을 느낀 대막사왕 완일은 심상치 않음을 느끼곤 벼락처럼 소리치면서 괴노를 향해 일장을 쳐냈다.

아무리 중상을 입었다 한들, 그의 일장이 어찌 범상한 것일까?

그런데 괴노는 그의 일장을 막으려 들지 않았다.

그저 무서운 눈으로 노려보고 있을 따름이었다.

그런데 가공할 일은 그 다음이다.

괴노의 눈에서 이글이글 타오르던 그 겁화가 눈에서 쏟아져 나와 그를 휘감은 것이다. 휘감고도 모자라 겁화는 세상을 온통 뒤덮었다. 이글거리는 검붉은 겁화는 살아 있는 것처럼 그렇게 이글거리며 세상의 모든 것을 삼켜 버리고 말았다.

그 외중에 대막사왕 완일의 일장은 흔적도 없이 소멸되어 버렸다.

공포의 빛이 대막사왕 완일의 눈에 떠올랐다.

형용키 어려운 기운이 그의 눈을 통해서, 저 무서운 괴노의 눈을 통해서 자신의 눈을 통해 그의 전신을 옭아매고 있음을, 자신의 몸 전체가 자신의 통제 하에서 벗어나고 있음을 느꼈기 때문이다.

"아, 안 돼……."

그가 쓰러질 듯 비틀거리면서 고개를 돌렸다.

하지만 그것은 헛된 몸부림.

대막사왕 완일은 고개를 돌릴 수도, 눈을 감을 수도 없었다.

그저, 부릅뜬 눈으로 홀린 듯 그렇게 괴노의 눈을 쳐다볼 수밖에 없었다. 지옥의 겁화와 같은 그 공포의 불길은 이미 그의 심신(心身)을 모조리 다 태워 버린 채로 그를 옭아매고 있었다.

'도대체 무슨 일이지?'

그 광경을 바라보는 문곡은 자신의 눈을 의심해야 했다.

보고 또 본다 한들 어찌 저것을 이해할 수가 있단 말인가? 대막사왕과 같은 절세고수가 어떻게 저렇듯 반항조차 못한 채로 허우적거리고 있단 말인가? 어떻게 저것이 말이나 된단 말인가?

그뿐 아니라 다른 모든 사람들의 생각도 그러하였다.

겉으로 보기에는 괴노인이 나타나고 대막사왕 완일은 서로가 무섭게 눈을 부릅뜬 채로 서로를 노려보고 있음에 다름이 아니었기에.

그런데 어느 순간인가부터 대막사왕 완일이 허우적거리고 있음이 눈에 들어왔다.

게다가 괴노가 성큼 다가가서 누더기 옷자락을 펄럭이며 그 깡마른 손을 들어 대막사왕 완일의 정수리를 움켜잡음에도 그는 괴로운 빛만 떠올린 채로 두 팔을 허우적거릴 뿐, 아무런 힘도 쓰지 못했다. 마치 어른이 위에서 머리를 잡아 누르면 아이가 두 팔을 허우적거리는 모습과 흡사했다.

그 믿을 수 없는 광경을 보고 문곡이 놀라지 않는다면, 다른 사람들이 놀라지 않는다면 오히려 이상한 일이 아닐 수 없다.

"쳐라!"

심상치 않음을 느낀 문곡이 고함쳤다.

그의 옆에서 그를 호위하고 있던 수신호위가 날아올랐다. 사정이 다급하자 그의 호위까지 출동을 시킨 것이다.

하지만 그들은 대막사왕이 있는 곳까지 갈 수 없었다.

바람처럼 날아드는 그들의 앞을 한효월이 가로막았기 때문이다.

바로 그때 음산한 음성이 무서운 힘으로 곡 내에 있던 모든 사람들의 귓속으로 심금을 울리며 파고들었다.

"흑암(黑暗)의 존(尊)이 명하노니, 꿇어라!"

산발이 된 긴 머리카락 사이로 두 눈을 빛내며 괴노가 소리쳤다. 그 음성은 사이하기 이를 데 없어서 절로 모골이 송연해지는 여운을 담고 계곡 전체로 퍼져 나갔다.

그러자 놀랍게도 억지로 버티고 있는 듯하던 대막사왕 완일이 부들부들 떨면서 천천히 무릎을 꿇는 것이 아닌가!

다른 사람이 보기에는 괴노가 머리를 내리눌러서 그 힘에 못 이겨 꿇어앉은 것 같지만 절대 그럴 리가 없음을 이곳에 있는 사람이라면 누구나가 다 알 수 있었다. 그 외침을 들은 모든 사람들이 순간적으로 무릎을 꿇고 싶은, 무릎을 꿇어야만 할 것 같은 항거할 수 없는 심령(心

靈)의 핍박(逼迫)을 받았던 것이다.

쿠쿠쿠…….

괴노와 그 아래 무릎을 꿇은 대막사왕의 주위에서 회오리바람과 함께 돌 가루, 흙먼지가 하늘을 가리며 일어났다가 그가 무릎을 꿇음과 함께 천천히 가라앉기 시작했다.

그 모습을 보는 사람들의 눈에 공포가 흘러갔다.

모든 싸움이 멎었다.

뚝뚝…….

그 자리에 묘한 음향이 미약하게 흘러 정적을 깨뜨린다.

대막사왕의 입에서 코에서 부릅뜬 눈에서 흘러내리는 핏물이 땅바닥에 떨어지는 소리였다. 그렇게 격렬히 저항했던 그의 눈에서는 이미 빛이 꺼졌다. 몽롱한 빛뿐.

괴노는 고개를 들어 한효월을 보았다.

"네가 데려온 애들을 이쪽으로 물러나게 하거라."

그의 말에 한효월이 말했다.

"천무."

"알겠습니다. 모두 이곳으로 모여라!"

천무가 소리치자 싸우던 위사들이 일제히 그곳으로 모여들었다. 그들이 모여드는 것과 함께 괴노의 신형이 허공으로 떠올랐다.

겁(劫)은 그렇게 시작되었다.

누구도 그의 움직임을 제대로 볼 수 없었다.

그의 움직임은 희뿌연 그림자조차 제대로 알아보기 힘들었다. 너무 빠른 데다가 괴이하여 시력을 집중시켜도 그를 볼 수가 없었다. 그의 움직임이 너무 빨라서 도저히 알아볼 수가 없었던 것이다.

하지만 그 결과는 그보다 더 가공했다.

그가 그렇게 희뿌연 귀영(鬼影)으로 화해 스치고 간 곳은 바로 대막 사왕 완일의 수하들. 문곡을 비롯하여 대막삼로, 대막십팔룡까지 세상에 내로라할 수 있는 그 고수들 모두가 하나도 횡액을 면하지 못했다.

뿌우연 귀영이 스치고 간 순간, 그들은 넋을 잃은 듯 칠공에서 피를 흘리며 뒤로 넘어갔던 것이다.

무서운 위세가 이는 것도 아니고 그냥 스쳐 가는데 그런 변괴가 발생하자 뒤에 있던 문곡이 대경실색하여 고함쳤다.

"쳐, 쳐라! 모두 공격해!"

하지만 그의 고함도 모두 무위였다.

그조차 앞으로 덮쳐 온 귀영의 마수에서 벗어날 수가 없었다.

머리를 불로 지지는 것 같은 느낌이 전해지는가 싶더니 극통이 머리 속에서 울리듯 튀어나왔다.

펙!

무엇인가가 머리 속에서 깨지는 느낌이 일며 까마득히 정신이 무너져 내렸다. 아무것도 생각나지 않았다. 생각할 수도 없었다. 다만 알 수 있는 것은 죽는구나! 하는 것뿐…….

일세를 풍미했던 그는 그렇게 무너졌다. 세찬 타격을 받아 튕겨져 나가는 것도 아니었다. 귀영이 스쳐 가자 그냥 격렬한 고통 속에서 머리 속이 터져 나가는 느낌. 그리곤 끝이었다. 그 자리에 허물어지듯이 그렇게 주저앉았다가 고꾸라지는 것으로 모든 것이 끝났다.

앞으로 고꾸라지는 자, 옆으로 쓰러지는 자, 뒤로 넘어지는 자까지 형태는 달랐지만 눈을 부릅뜨고서 칠공으로 피를 흘리며 무너져 내리는 모습은 조금도 다르지 않았고 그 누구도 그 가공할 귀영의 움직임에 저항하지 못했다는 점에서도 다른 점은 아무것도 없었다.

……

누구도 말을 하지 않았다.

할 수가 없었다가 맞는 말일 터이다.

천무조차도 멍하니 입을 벌리고 이 믿기지 않는 광경을 바라보고 있을 따름이었다.

모두 70명의 고수.

그 하나하나가 일류라 불릴 만한 고수였다.

그리고 그중 십여 명은 강호상에서 절세라고 불릴 놀라운 무공을 가진 자들이었다. 그런데, 그런 그들이 그야말로 순식간에 단 한 사람도 반항조차 하지 못한 채로 시체로 변해 나뒹굴었다.

즉사.

소리없이, 마치 유령이 모습을 드러내듯이 괴노가 한효월의 앞에 모습을 드러냈다.

숨조차 가쁘지 않았고 살기조차 보이지 않았다. 원래부터 그 자리에 있었던 것 같은 모습이었다.

"세상에 나오자마자 살계를 열었군……."

"……."

한효월은 잠시 침묵하다가 한숨을 몰아쉬었다.

"정말 무섭군요……."

그 말뿐, 한효월도 더 이상 말을 잇지 못했다.

"시간이 없으니 따로 선택할 여지가 없었다. 어떤 놈이 교장에 들어 몇 가지 문건을 탈취해서 사라졌다. 놈을 쫓아라."

그 말에 한효월의 안색이 달라졌다.

"누가? 이들 말고 누가 또 있었단 말입니까?"

"거의 같이 들어온 것 같은데, 교장의 중추를 건드린 건 이놈들이 아니었다. 그 짧은 시간에 교장의 비고(秘庫)에 들어 비장(秘藏)을 탈취하여 사라진 것은 보통 솜씨가 아니다. 해서 내가 천기를 헤아려 본 결과, 이로 인해서 천하에 무서운 겁난이 일게 되지만 그것은 하늘의 뜻이 아니니 어찌 좌시할 수가 있겠느냐? 어차피 내가 세상에 남아 있을 시간은 얼마 남지 않은 지금이니 호생지덕(好生之德)을 생각하지 않을 수 없는 일…… . 나머지 일은 네놈이 해주어야겠구나."

그가 굳은 표정으로 말을 했다.

방금 그렇게 무서운 살수를 쓴 그가 호생지덕이란 말을 쓰니 정말 어울리지 않았다.

하지만 한효월은 그가 이미 생사의 범위를 벗어난 초인(超人)임을 알고 있었다. 그가 이렇게 모습을 드러낸 자체가 크나큰 의미를 가진 것이다.

"마교도입니까?"

"그럴 수도 있고 아닐 수도 있다. 원래는 내가 나머지 일을 처리하고자 했지만 뜻밖에도…… ."

그는 잠시 말을 끊고는 하늘을 보았다.

"하늘이 정한 것은 참으로 공교하고도 괴이하니, 인간의 한계를 벗어났다고 생각한들 그 흐름을 따르지 않을 수 없어 나머지를 너에게 부탁할 수밖에 없을 것 같다."

"무슨 말씀이십니까?"

"나는 곧 비승(飛昇)하게 될 것이다."

"어떻게 그렇게도 갑자기?"

"모든 일은 천천히 진행되지만 결과는 갑자기 다가오지. 나는 평생을 두고 이날을 기다렸지만 막상 이날이 다가오자 한 점 아쉬움이 남아 살계를 열고 말았다. 너는 가서 마계가 열리는 것을 막고, 봉신방을 찾아 그들의 뜻을 알도록 하거라. 그곳에 당도하면 자연히 네가 해야 할 일을 알게 될 것이니 그때까지 저놈이 너에게 도움이 될 것이다."

그의 눈이 가리킨 것은 무릎을 꿇고 망연히 앉아 있는 대막사왕이었다.

그는 이미 넋이 나간 사람처럼 보였다.

"놈은 나의 겁백마안존(劫魄魔眼尊)에 공제되어 제정신이 사라졌다. 네가 명하는 대로 따를 터이니 여러 가지로 도움이 될 것이다. 놈의 능력이 생각했던 것보다 높아 나머지 놈들은 모두 없앨 수밖에 없었구나."

결국 대막사왕 완일을 제압하기 위해서 힘을 많이 썼기에 나머지 사람들은 그렇게 만들지 못하고 죽였다는 의미다. 말은 간단하지만 그 속에 담긴 의미까지 간단하지는 않았다. 당금 무림에서 그렇게 말을 할 수 있는 사람이 과연 존재하기라도 할 것인가.

"……."

모두는 가슴이 얼어붙는 심정으로 그 노인을 바라보았다.

누더기에 몸을 감고 봉두난발의 머리가 땅바닥에 끌리는 저 괴노인이야말로 세상에 모습을 드러내면 경천동지의 놀라운 위세를 보여주고도 남을 것이고, 어쩌면 무림사를 홀로 다시 쓰게 만들고도 남을 것이 분명하였다.

괴노는 시선을 돌려 이심환을 보았다.

"너는 몰랐겠지만, 천운곡은 마교의 교장을 지키기 위해서 존재하는 곳이다. 네 사부 또한 그 소임을 가지고 일생을 여기서 살았다. 하지만 내가 나머지를 모두 폐쇄할 터이니 너는 여기서 굳이 머무르지 않아도 된다."

"……."

이심환은 어안이 벙벙하여 그를 바라보았다.

그녀로서는 전혀 알지 못하는 일이었기 때문이다.

그제서야 문득 사부(師傅)인 천운모모가 임종 전에 무엇인가 말을 하려다가 만 기억을 떠올릴 수 있었다.

네게까지 무거운 짐을 평생 남겨주고 싶지 않구나라는 말과 함께.

"네 사부만 하더라도 나의 외조카 손녀뻘이니, 나로 인하여 오랜 세월 고생을 한 셈이다. 네 사도(師徒)의 짐은 여기까지로 족할 것이다. 물론 나머지 사안도 봉신방에 이르면 다 해안(解案)이 될 터이지 만……."

말끝을 흐린 그는 한효월에게로 시선을 돌렸다.

"너의 배움은 사실, 이미 네 나이 또래로 보자면 무림 역사상 아마 다시는 너와 같은 천재가 나타나기 어려울 게다. 더구나 지금 깨달은 것을 네 것으로 완전히 할 수 있다면 당대에는 적수를 찾기 어렵겠지. 그러나 그런 힘으로도 세월이 너를 가로막을 터이니 모든 것을 해결하 기는 어려울 터이다. 잠시 나를 따라오너라."

말과 함께 그는 그 자리에서 희미한 빛으로 화해 사라졌다.

그가 어디로 간 것인지는 한효월만이 알았다.

그가 사라지자 유성이 참지 못하고 물었다.

"저, 저분이 뉘십니까?"

"천무."

"예, 사숙."

천무가 급히 달려와 그의 앞에서 궁신했다.

"이 소저를 도와 이곳을 정비하고 주변을 살펴 경계하도록 해라. 잠시 다녀오겠다."

"알겠습니다. 걱정 마시고 다녀오십시오."

천무가 고개를 끄덕였다.

"……."

한효월은 멍멍한 표정으로 자신을 바라보고 있는 이심환에게 고개를 끄덕여 보이고는 그곳을 떠났다.

그의 그런 모습을 이심환은 홀린 듯 바라보고만 있었다.

그리고 묘하게 방향이 같게 무릎을 꿇고 앉은 대막사왕 완일이 멍청한 빛으로 그쪽을 바라보고 있을 따름…….

"다시 한 번만 묻겠다."

괴노가 한효월을 보면서 물었다.

"무엇으로도 네 천명을 연장할 수가 없다. 그것이 하늘이 정한 바라서 그것을 늘리려면 역천(逆天)의 마법을 동원해야 하며, 그렇게 하자면 마계가 열려야 한다. 그리고 그렇게 되면 명옥마녀가 완성되면서 마교가 어둠 속에서 되살아날 터이다. 그런 일이 있더라도 네 명을 연장하겠느냐?"

그 말에 한효월은 미소를 머금었다.

"왜 물어보십니까?"

뻔히 하지 않을 것임을 알면서도 왜 묻느냐는 의미다.

"멍청한 놈…… 네 나이에 생에 집착을 끊을 수 있다니……. 하긴 그렇지 않고서야 아무리 천재라 할지라도 어찌 네 나이에 그런 경지에 이를 수가 있었겠느냐? 내게는 시간이 별로 남지 않았다. 아직 많이 남은 줄 알았더니 얼마 있으면 마해(魔解)가 시작되어 내 모든 것이 흩어지고 등선지령(登仙之靈)이 태어나 이승의 존재를 벗어버리고 비승하여 선계에 들게 되리니 네게 전해줄 것도 한정될 수밖에 없다. 정녕 네 목숨을 돌보지 않으려느냐?"

"앞으로 백 년을 더 늘린다 한들, 바로 된 삶이 아니라면 의미가 없을 것이고, 천 년을 더 산다고 한들 그 또한 죽음을 잠시 더 늘리는 것이니 어찌 거기에 큰 의미가 있을 수 있겠습니까?"

"들으나마나 한 소리군……."

괴노는 냉소를 흘리더니 손을 뻗어 한효월의 천령개를 눌렀다.

"봉신방은 천하십성이 스스로 천계에 들며 그 자리를 봉쇄하면서 생겼다. 자세한 것은 네가 그 자리에 당도하면 알게 될 것이거니와, 네가 할 일을 하기 위해서는 어차피 역천의 대법을 한 번은 사용해야 할 것이다. 그것을 위해서 내가 너에게 천마강신지법(天魔降神之法)으로 한 줌 진기를 남겨줄 터이니, 언제 사용해야 하는지는 네 스스로가 알게 될 것이다. 후우…… 명옥마녀가 만약 마계에 들어 마기를 전달받았다면 죽이는 것 외에는 아무런 방도가 없다. 절대로 막을 수 없을 것이고 실제로 죽이는 것조차 쉬운 일은 아닐 것이다. 그러나 마계에 들기 전이라면 부동명왕공으로 충분히 그 마기를 깨뜨리고 구할 수 있겠지……."

한효월은 눈을 감았다.

천천히 이글거리는, 그러면서도 묘하게 평온한 기운 한줄기가 자신의 뇌리로 스며드는 것을 느꼈기 때문이다.

천무는 묵묵히 바위와 같이 팔짱을 낀 채로 주변을 살펴보고 있었다. 그의 수하들은 쉼없이 일을 하고 있었고 이심환의 부탁을 받아 무너진 계곡을 보수하여 진세를 설치하는 중이었다. 무너진 계곡을 원상 복구할 수는 없지만 진세로서 그것을 메우려는 생각이었고 실제로 그것은 가능한 일로 천천히 드러나고 있었다.

그녀의 심중을 알 수는 없으되, 쉬 이곳을 떠나려는 생각은 없는 듯 보였다. 이곳을 떠나겠다면 굳이 저렇게 보수하고 있을 리가 없기 때문이다.

"오래 걸리시는군……."

천무의 곁에서 왔다 갔다 하던 유성이 중얼거렸다.

"그 노인이 뉘신지 아느냐?"

"나도 모르죠. 얼핏 이야기를 들은 거 같긴 하지만 너무 엄청나서 지금은 아무런 생각도 안 나네요……."

천무도 달리 할 말이 없었다.

폐관수련을 하면서 이제 무공의 길을 보았다 느꼈었다.

그런데 나와보니 거거산(去去山)이라, 말 그대로 산 너머 산이니 갈수록 갈 길이 암담하게만 느껴질 따름이다. 아무리 생각해도 저 노인과 같은 경지에 이를 수 있을는지 자신을 가질 수가 없었다.

그때였다.

"앗!"

유성이 경탄의 소리를 흘려냈다.

뿌우연 빛이 안개를 뚫고서 사방을 비추며 어디선가 흘러나오고 있었다. 기이한 향이 코끝을 스치는 것 같기도 하고 뭔가 알지 못하는 어떤 느낌이 전신으로 밀려드는 듯했다.

　그 빛무리 속에서 한 사람이 천천히 걸어오고 있었다.

　한효월이었다.

무산지회(巫山之會)

—군웅들 모이다
사람들의 생각은 모두 다르다

무산지회(巫山之會)

하늘의 푸른빛은 세월을 더한다.

멀리 산자락에서는 운무(雲霧)가 아스라이 피어오르고 어디선가 산
새들의 울음소리가 또 들려오니 보이느니 자연의 평화요, 들리느니 자
연의 싱그러움이다.

물살은 포말을 피워 올리며 흘러간다.

조금 더 있으면 저녁 노을이 강변을 붉게 물들일 터이다.

작은 배 한 척이 강물을 거슬러 오르다 힘겨운지 잠시 강변에 정박
했다. 그 배에는 어부 한 사람이 선미에 앉아서 어깨를 두드리고 있다.
고물에 매달아둔 어망에는 겨우 몇 마리의 고기만이 담겨 있으니 오늘
은 그리 재수가 좋지 않았던 모양이다.

세월의 주름이 얼굴을 달려간 어옹(漁翁)은 밀짚 삿갓을 눌러쓰고는
고개를 숙이고 있을 따름이다. 어깨를 두드리고 있는 손만이 그가 지

금 졸고 있지 않음을 말할 뿐.

그러나 그런 그의 귀에는 전음지성이 전해지고 있었다.

'그들은 현재 무협(巫峽)을 지나고 있습니다. 원래의 의도는 무협을 지나는 것으로 추측하고 있었습니다만, 조금 전에 그들이 은밀히 무협에 내려 무산(巫山)으로 들어간 것 같다는 보고가 들어왔습니다.'

'무산에 내렸다고?'

'그렇다고 무산 방면에 잠복하고 있던 방중 고수들의 보고가 경영전식(鏡影傳息)을 통해서 방금 전달되었습니다. 자세한 것은 전서구가 와 봐야 알겠습니다만……'

'다 내렸느냐? 아니면……'

'남해용왕이 가장 나중에 내린 것 같습니다. 그가 배에 타고서 배를 몰고 있었기 때문에 하마터면 속을 뻔했다는 전언(傳言)이었습니다.'

어옹은 밀짚 삿갓 아래의 눈살을 찡그렸다.

'교활한 놈이긴 하지만 그런 정도로 쫓는 눈을 속여넘길 수 없을 건 잘 알 텐데 왜 그런 짓을 한 게지? 잠시라도 시간을 벌어야 할 만한 이유라도 있는 겐가?'

잠시 생각을 굴리던 그가 다시 전음지성으로 물었다.

'한효월은?'

'아직 돌아오지 않았습니다.'

어옹은 다시 생각에 잠겼다. 그의 얼굴빛은 매우 복잡했다.

'하지만 황 방주에게 감천형이 전해온 소식에 따르면 근일 중 당도할 것이라고 했다니 이미 움직인 것 같습니다.'

'감천형이 알고 있는 소식을 엽아가 모른단 말이냐?'

'감천형의 정의맹은 뜻밖에도 이미 상당한 조직과 힘을 가지고 있는 것으로 판단됩니다. 그토록 어수선한 가운데 그런 조직을 만들어낼 수 있었던 것으로 보아 그간 감천형을 너무 간단히 평가하고 있었던 것이 아닌가 합니다.'

'호부 아래 견자가 없다는 거로군……'

어옹은 고개를 끄덕였다.

'감천형은 지금 어디 있느냐?'

'의창성 부근으로 이동해 있습니다.'

'남해용왕 등의 뒤를 쫓고 있지 않단 말이냐?'

'그렇습니다. 뭔가를 기다리는 듯이 사람을 모으고 있는데 명확하게 자신을 드러내지 않고 있는 중입니다.'

"으음……."

어옹은 나직이 신음을 흘렸다. 뭔가 깊은 생각에 잠긴 듯 밀짚 삿갓 아래의 눈빛이 깊이 가라앉는다.

"용화의 영광은 이미 빛 바랜 옛날의 전설이니 더 무엇에 연연한단 말인가? 동양(한효월의 사부)이 너무 일을 어렵게 만들었군……. 그나저나 왜 하필이면 무산이란 말인가? 무산……?"

문득 의미 모를 말을 내뱉으며 고개를 든 사람.

허름한 밀짚 삿갓의 그늘 아래 자리한 그의 얼굴은 바로 개왕의 것이었다.

고개를 든 그의 시선이 미치는 곳.

세찬 물살로 흘러가는 이 강물이 조금만 더 달려가면 무협(巫峽)이 나오게 된다. 바로 무산인 것이다.

그도 무산에서 그리 멀리 떨어지지 않은 곳까지 와 있었다. 그리고 그의 눈에 갑자기 기이한 빛이 일기 시작했다.

오래전에 잃어버렸던 그 기억들이…….

*　　　*　　　*

그때 감천형은 개왕이 알고 있는 것과는 달리 이미 무산을 바라보고 있었다.

무산은 무협과 함께 세상에 이름이 높은 산이다.

무협은 장강삼협(長江三峽) 중에서도 험악하기로 이름 높다. 우구탄(牛口灘), 석문탄(石門灘) 등 무협의 그 길고 긴 80리 길들의 사방에 깎아지른 절벽을 올려다보면 어느새 무산을 보게 되니 이 무협이 또한 무산협이라 불림도 무리는 아니다.

원숭이도 오르기 힘들어한다는 그 절벽을 넘어서면 무산이 있고 그 무산에는 오늘도 그 옛날처럼 구름이 드리운다.

조운모우(朝雲暮雨)라 하여 전국시대 초나라의 대부(大夫)였던 송옥(宋玉)이 지은 고당부병서(高唐賦並序)에서 나왔던 바로 그 무산의 구름이다.

무산의 구름은 초의 초양왕이 송옥에게서 지난날 그 아버지인 초회왕이 무산에 당도하여 잠시 낮잠을 잤을 때 꿈에 나타난 미녀를 만나 즐긴 고사를 들었다는 데에서 나온 말이다. 그녀는 서왕모(西王母)의 23번째 딸로서 이름을 요희라 하고 운화부인(雲華夫人)이라 부른다 하였다. 잠에서 깨어난 초회왕은 그녀를 잊을 수 없어서 그 자리에 조운(朝雲)이라 이름하는 사당을 지었으니 오늘날 신녀묘는 바로 거기에서부터 비롯한다. 물론 남녀 사이의 화락을 뜻하는 운우지정(雲雨之情)이란 말의 출전이 그것임은 너무도 유명하다.

구름에 잠긴 무산을 바라보는 감천형의 얼굴은 조금 굳은 듯 보였다.

'사숙께선 저들의 발걸음을 잡으라 하셨는데 머물 것처럼 보였던 자들이 갑자기 이동하기 시작해서 잡을 수가 없었다. 결국 행보를 늦추는 것 정도가 최선이었는데…… 갑자기 이곳에서 멈춘 것은 무슨 의미라는 것일까?'

그의 주변으로는 십여 명의 사람들이 늘어 서 있지만 아무런 기척도 느낄 수 없었다.

"황 방주께선 어디까지 와 계시오?"

"이미 무산으로 들어가신 걸로 압니다. 저들의 뒤를 바짝 따르고 있고 아마 그걸 남해용왕 등이 모를 리가 없겠지요……."

새로 정의맹에 합류한 청류산수(淸流散手) 곽주경이 말했다. 그는 지난날 무림맹 신기당에 있었던 사람으로서 명민하여 정보 수집을 맡고 있었다.

"얼마나 많은 사람들이 따르고 있는 것 같소?"

감천형의 말에 청류산수 곽주경은 난감한 빛이 되었다.

"그걸 제대로 알아보자면 많은 인원이 필요한 데다 우리가 전면으로 드러나야 해서 명확하지 않습니다. 다만 대충이라도 원하신다면…… 적으면 백 명 정도일 것이고 아니라면 그 이상이겠지요."

"백 명이 넘는다?"

"사실 그들의 수하들을 생각한다면 천 명도 많은 숫자라고는 할 수가 없을 겁니다. 그간 잠잠하던 구대문파까지 사람을 보내온 것 같은데……."

"구대문파도?"

감천형이 뜻밖인 듯 그를 돌아보았다.

"그 불인부도(不仁不道)한 자들이 왜 또 나타난단 말인가? 봉신지약에 대한 소문을 듣자 또다시 탐욕이 동한 것인가?"

옆에서 한 사람이 분통을 터뜨렸다.

황의에 흰 수염을 가슴까지 드리운 사람. 주토빛 얼굴에 선인의 풍채를 가진 그는 황산노인(黃山老人) 전담이라고 한다. 젊어서 황산일조룡(黃山一條龍)이라 불렸을 만큼 강한 무공과 성격을 가져 타협을 모르던 사람인데 새로 정의맹에 합류한 전대 고수였다.

감천형은 이번 일이 전과는 달라 인원의 많고 적음이 아니라 고수의 숫자에 달려 있음을 잘 알기에 모든 방법을 동원하여 고수들을 끌어모았고, 그들 모두를 이끌고 남해용왕의 뒤를 따랐다.

"구대문파가 잘못을 저질렀지만 또다시 그런 우를 범하지는 않겠지요……."

감천형이 중얼거렸다.

"그런 인면수심의 개차반들이 그사이 무슨 깨달음을 얻었겠소? 절간에서는 술에 고기를 처먹으면서 불경을 외었을 것이고 도관에서는 계집질을 하면서 선악을 논쟁하지 않았겠소? 구대문파라는 이름은 이미 썩은 지 오래되었소!"

옆에서 회의중년인이 못 참고 다시 내뱉었다.

그 또한 무림맹의 고수 중 한 사람이다. 구대문파에 속하지 않았던 그는 화산대회전 이후 무림맹을 박차고 나온 사람이었다.

"적은 너무 강합니다. 필요하다면, 그들에게 회개의 기회를 줘야 할런지도 모릅니다."

감천형의 말에 황산노인 전담이 눈을 부릅떴다.

"설마…… 그자들을 용서하고 받아들이기라도 하겠다는 게요?"

"……."

감천형은 대답 대신 담담히 미소를 짓고 말았다.

"그만들두시오. 구대문파의 배신에 가장 치를 떨 사람은 바로 감 맹주가 아니겠소?"

노인 한 사람이 모습을 드러냈다.

동정어은이었다.

그의 신분은 낮지 않은 데다가 그의 말 또한 사실이니 모든 사람들이 입을 다물었다.

"무슨 소식이 있습니까?"

"남해용왕 등이 무엇인가를 찾아 움직이는 것 같다고 하는데……뭔지는 알 수가 없소이다."

바로 그때.

푸드득—

날갯짓 소리와 함께 흰빛 하나가 감천형에게로 날아들었다.

전서구였다.

구구거리며 감천형의 어깨에다 부리를 슥슥 닦는 전서구의 발목에 달린 작은 통에서 꺼낸 전서(傳書) 하나. 작게 말린 그 전서를 펴자 거기에는 단 한 자가 쓰여 있었다.

〈종(終).〉

누가 봐도 무슨 의미인지 알 수 없다.

무엇이 끝났다는 것일까?

하지만 그것을 본 감천형의 얼굴에는 미미하게 격동의 빛이 일었다.

그리고 그는 하늘을 올려다보았다. 손에 있던 전서는 순식간에 가루가
되어 흩어진다.

아직 해가 떨어지려면 두어 시진은 남았다.

산중이라 할지라도 어느 정도의 여유가 있는 셈이다. 그러나 더 떨
어진다면 산속에서 그들을 놓칠 우려도 있었다. 너무 적은 숫자로 간
다면 상대의 강대한 세력에 맥도 못 추고 쓰러질 것이니 천천히 일지
라도 적의 종적을 놓치지 않는 것은 매우 중요했다.

더구나 황엽이 이미 앞장섰으니 너무 처질 수도 없었다.

감천형은 뒤를 돌아보았다.

"제가 먼저 출발할 테니 일각 정도 시간이 흐른 다음 뒤를 따라 오도
록 하십시오. 그럼……."

말과 함께 감천형의 신형이 쭉 늘어나는가 싶더니 이내 그 자리에서
자취를 감추었다.

"감 맹주의 무공이 일취월장하여 이미 지난날과는 비교할 수가 없어
진 것 같군……."

그 경신술을 보고 황산노인이 연신 고개를 끄덕였다.

*   *   *

무산은 전기한 바와 같이 이름 높은 산이다.

망하(望霞), 취병(翠屛), 조운(朝雲), 집선(集仙), 취학(翠鶴) 등의 연속
된 무산십이봉은 구가견이삼부지(九可見而三不知)라는 말처럼 열둘 중
아홉은 보이지만 셋은 제대로 보이지 않는다. 조운모우라는 말처럼 아
침에는 안개가 잦고 오후에는 비가 자주 내리기 때문이다. 지금도 곧

비라도 내릴 듯 날씨는 우중충하여 그리 좋은 날씨는 아니었다. 하지만 아직 비가 내리는 것은 아니었다.

그 최고봉인 조운, 이 조운봉은 따로 신녀봉(神女峯)이라고도 불리는데 이 봉우리야말로 무산신녀의 전설을 낳은 곳이고 그 봉우리의 모습 자체도 사람의 형상이라 하여 그런 이름이 붙었다.

신녀봉 아래에는 신녀묘(神女廟)가 있지만 산 중턱으로 올라가면 또 하나의 신녀묘가 있다. 신녀봉의 중턱에 있는 선녀평(仙女坪), 깎아지른 절벽에 위치하는 이 선녀평은 오르기가 힘들지만 실제로는 제법 넓은 면적을 자랑할 뿐 아니라 그 규모도 작지 않았다.

또 하나의 신녀묘는 바로 거기에 있었다. 작고 퇴락한 그 신녀묘는 어쩌다 기도하러 오르는 사람을 제외하고는 출입이 너무 힘들어서 인적이 드문 곳이었다.

하지만 오늘은 달랐다.

선녀평 주위에는 적지 않은 수의 사람들이 은밀히 움직이고 있었다. 무엇인가를 찾는 듯한 그들의 움직임은 적지 않은 숫자임에도 불구하고 그저 있는 듯 없는 듯했다.

신녀묘 후전 쪽으로는 절벽이다.

무산이 사방으로 둘러 보이는 절경.

아직은 밤이 아니니 보이는 모든 것이 눈에 삼삼하지만 지금 이 자리에서 그 경치를 감상하는 사람은 아무도 없었다.

남해용왕. 그리고 서역법왕을 비롯한 가마에 몸을 싣고 있는 만박노유와 노라마. 그 두 사람을 제외하고도 십여 명의 사람들이 그들의 주변에서 보인다.

"제법 많은 놈들이 따라왔군……."

남해용왕이 중얼거리자 서역법왕이 못마땅한 듯 말했다.

"그러니 핵심 인원만 빨리 움직이자고 했지 않소? 무엇 때문에 이틀씩이나 지체를 하면서 그자들이 따라올 시간을 준 것이오?"

남해용왕이 혀를 찼다.

"저런, 말도 안 되는…… 우리만 가고 우리 세력은 버려두면 어떻게 하자는 것인가? 우릴 노릴 자들이 한둘이 아닌데 우리만으로 그들과 싸우자고? 어차피 아무리 빠르고 은밀히 움직인다 할지라도 모든 사람의 이목을 피할 가능성은 거의 없는 게 사실이니 그럴 바에야 차라리 모든 힘을 같이 움직여야 나은 게요."

"호불호야 결과가 말할 것이니, 지금 어느 걸 따질 수 있겠소? 그나저나 이곳에서 봉신방을 찾을 수 있겠소?"

"그거야 저들에게 달린 일이 아니오?"

남해용왕이 가마에서 머리를 맞대고 있는 만박노유와 노라마를 슬쩍 건너다보았다.

"봉신지약 하나 가지고 과연 봉신방을 찾을 수 있을지……."

"해보는 데까지 해볼 수밖에 없는 게 아니오? 그간의 기다림은 너무 힘들었고, 우리를 억압하는 용화회의 횡포도 견디기 어려우니…… 할 수 있다면 무슨 수단이라도 다 써봐야지."

그는 주변을 둘러보면서 말했다.

"석년(昔年:지난날)에 용화회는 천하십성을 따라 모두 세 번 모였었는데 그 첫 번째가 태백산 집회였고, 두 번째가 곤륜산 집회, 세 번째…… 마지막 집회가 바로 이 무산 신녀평이었었소."

그의 눈 깊은 곳에서 빛무리가 흔들렸다.

"저들의 말대로라면 여기에 봉신방이 있을 가능성이 매우 높소. 늘

모임 때마다 천하십성은 차례로 나타나곤 했었는데…… 이곳 마지막 집회에서는 거의 한꺼번에 나타났다고 하니…… 그 의미가 결코 간단히 보기 어려운 것이지……."

"당신은 천하십성의 후손인데, 정말 아무것도 모른단 말이오? 선조가 후손들에게 아무것도 남겨두지 않았소?"

서역법왕의 물음에 남해용왕은 냉소를 흘렸다.

"그러는 당신은 왜 선대에게서 받은 것이 없소?"

"불가의 전승(傳承)과 직계손에게 내려가는 것이 어찌 같을 수가 있단 말이오? 자신의 가문에 진전을 남기는 것은 중원에서 흔히 있는 일인데……."

"갑자기 왜 그런 멍청한 소리를 하는 게요?"

"멍청이라니……."

서역법왕이 눈을 휩떴다.

"그렇지 않고! 만약 그런 일이 있었다면 왜 봉신지약이 필요하고, 그 오랜 세월 동안 천하십성의 후예들이 천하를 헤맸으며 용화회가 그렇게 잠동(潛動)을 했단 말이오? 그걸 몰라서 그 따위 쓸데없는 소리를 지금 이 자리에서 하는 게요?"

"움마니반메훔……."

서역법왕은 길게 진언을 외우며 답하지 않았다.

쑥스러운 건지 아니면 화를 참기 위해서인지 그 표정으로는 무엇도 추측하기 어려웠다.

문득.

"혹시나 했었지만……."

가마에 몸을 싣고 있던 만박노유가 입을 열었다.

"혹시나 했더니?"

긴장된 표정으로 남해용왕이 그를 보았다.

"으음…… 이곳은 역시 아닌 듯싶소. 용화회에서도 이곳을 비롯한 지난날 모임을 가졌던 세 곳을 샅샅이 조사를 해보았지만…… 아무것도 발견하질 못했었소."

"그런…… 그런데, 왜 여길 오자고 하신 게요?"

남해용왕이 얼굴을 일그러뜨렸다.

"어차피 방법이 없지 않소? 봉신지약은 두 개가 하나가 되지 않으면 아무런 소용이 없단 말이오."

"하나만 있어도 알 수 있다고 하지 않으셨소?"

"가능성을 말했었을 따름이니, 추궁하지 마시오. 천하십성이 어떤 사람들인데 하나로 될 일을 두 개로 만들어 세상에 남겨두었을 것 같소? 봉신지약이 가짜가 아니라면 하나로는 아무것도 할 수 없소. 우리가 가진 것에는 지도가 새겨져 있어 그럴 수 있다고 생각했는데 보면 볼수록 모호하여 도저히 위치를 찾아낼 수가 없소. 아마 두 개가 합해져야만 하나의 지도가 완성이 될 수 있을 게요."

"그럼 불가능하단 말씀이오?"

"또 하나를 찾기 전에는."

만박노유는 말을 잘랐다.

"움추 추하우……."

옆에서 노라마가 그렇다는 듯 머리를 끄덕인다.

"지금 누굴 놀리자는 말씀이오? 노유께서 아무리 본왕의 선배라고는 하지만 이런 식이라면……."

"죽이겠소?"

만박노유는 씨익, 웃었다.

"죽는 게 겁날 나이는 이미 오래전에 지났소. 어차피 이곳은 확인을 위해서 한 번은 와봐야만 할 곳이오. 지형을 보건대, 봉신지약에 새겨진 곳이 아니라는 것을 확인한 것으로 이번 발걸음은 충분할 게요."

"그럼 이젠?"

남해용왕의 물음에 만박노유는 짐짓 눈을 끔벅였다.

"음? 기다릴게 아니었소?"

"기다리다니?"

"어차피 하나가 없으면 안 되는 상황이라면 이곳에서 나머지 하나를 기다려야 할 게 아니오? 그러기 위해서 여기에 자리를 잡고 수하들을 끌어 모은 게 아니었단 말이오?"

"……!"

그를 보는 남해용왕의 눈빛이 굳어졌다.

그의 심중을 정곡으로 찔렀기 때문이다.

"역시 만박노유라는 이름은 그냥 얻은 게 아니시군."

남해용왕이 조금 싸늘한 음성으로 입을 열자 만박노유는 흘흘 웃음을 흘려냈다.

"무슨 그런 금칠을…… 이 나이가 되면 모든 게 다 눈에 뵈는 법이오. 그럼에도 천하십성의 의중을 읽지 못하니…… 그게 궁금해서, 과연 그들이 무엇을 얻었는지, 어디로 가버렸는지, 그걸 찾고자 이렇게 자리를 떠나 설치고 다니는 게지만서두."

그는 휘익, 불어온 바람에 춥다는 듯 어깨를 떨면서 옷깃을 여몄다. 낮지 않은 무공을 지니고 있었지만 무공보다는 아무래도 학문에 전념했던 그인지라 나이가 들면서 무공은 쇠퇴하여 추위를 느끼는 것이다.

그때,

"그렇다면 하나 물어보도록 합시다. 정말 나머지 봉신지약을 가진 자가 나타날 것으로 생각하시오?"

"그때 봉신지약에 감응을 느꼈었다고 하지 않았소?"

"그랬던…… 것 같았소."

"그렇다면 나타나야겠지. 그간 살펴본 바에 따르면 봉신지약에는 기묘한 점이 있어서 두 개가 합쳐져야만 효능을 발휘할 수 있으며, 다른 무엇으로도 그걸 대체할 수는 없도록 만들어져 있소. 지도도 마찬가지라서 지세가 희미하게 드러나 있지만 누구도 그 지세를 알아볼 순 없어 가히 신의 솜씨라 할 만하지. 두 개가 합쳐져야만 선이 교차하면서 지세가 드러나고 뭔가 다른 의미가 모습을 드러내게 된 걸로 보이는데 우리 두 사람이 의논해 본 바로는 그게 어떤 진세(陣勢)의 통과 방법인 것 같소."

"진세?"

"봉신방이 그냥 존재한다면 용화회 회원들에게 발견되지 않았을 리가 없었겠지……. 아마도 이 세상에 존재한 적이 없었던 그런 진세가 그들이 남긴 유진(遺眞)을 감싸 보호하고 있을 게야. 그렇지 않고서야 어찌 그처럼 오랜 세월을 두고 천하를 헤매도 종적을 드러내지 않을 수가 있었겠소?"

그는 대답을 기다리지 않고 말을 이었다.

"다른 봉신지약을 가진 자가 나타났다면 그걸 문외한이 가졌을 리는 없을 테니, 그가 봉신지약을 버릴 생각이 아니라면 어쩔 수 없이 나타날 수밖에 없겠지. 그 외에는 다른 방법이 없을 테니까."

"다른 방법이 없다……?"

그 말을 되뇌이는 남해용왕의 눈이 침잠히 가라앉는다.

"움마니반메후움……. 그렇다면 역시…… 그 소문은 우리를 끌어들이기 위한 것이란 말인가?"

옆에서 듣고 있던 서역법왕이 중얼거렸다.

"가진 자일 수도, 아닐 수도. 그저 단순히 우리의 발길을 잡아두기 위한 간계(奸計)였을 수도 있을 것이고…… 남은 아이들이 조사를 하고 있으니 곧 보고가 있겠지."

남해용왕이 대꾸했다.

*　　　　　*　　　　　*

감천형은 바람처럼 신형을 날렸다.

그의 무공은 이미 일취월장하여 지난날 사부의 죽음 이후, 한효월을 처음 찾아갈 때와는 비교할 수 없이 진보한 상태였다. 고수들이 속속 모습을 드러내는 것을 보면서 심한 자괴감에 시달리던 그는 뼈를 깎는 노력을 기울여 자는 시간, 밥 먹는 시간조차 아끼면서 무공에 매달렸다. 거기에 그의 진도에 맞춘 한효월의 지도가 간간이 이어지면서 기초가 탄탄했던 그의 무공은 정말 단시간 내에 믿기 힘들도록 진보한 상태라 그의 신형은 세찬 바람을 일으키면서 숲을 가로지르고 바위를 날아 건넜다.

그의 행보는 너무 눈에 띄는 것이고, 다른 사람의 눈을 전혀 의식하지 않는 행동에 다름이 아니었다.

평소의 그라면 생각하기 힘든 모습이다.

'감 맹주!'

달리는 그의 귀로 전음지성이 파고들었다.

이처럼 달리는 그의 귓전에다 대고 말하듯 전음을 보낼 수 있는 사람의 무공은 물론 두말할 필요가 없다.

그가 달리고 있는 숲 왼쪽에서 회백색 인영이 어늘거린다.

감천형을 따라 달리고 있는 것은 바로 황엽이었다. 그는 숲의 지형지물을 이용하여 신형을 숨기면서 그를 따라오고 있었다.

"황 방주님."

급하게 손짓해서 감천형을 숲으로 불러들인 황엽은 굳은 표정으로 그에게 물었다.

"무슨 일이오?"

"별다른 일은 아닙니다."

감천형의 말에 황엽은 어이가 없는 표정으로 물었다.

"별다른 일이 아니라니? 그런데도 그렇게 날 보라는 듯이 내놓고 마구 달린 거란 말씀이오?"

미미한 웃음이 감천형의 얼굴에 피어났다.

"그럴런지도 모르겠군요."

감천형은 금방 말을 이었다.

"그래서 이렇게 바로 방주님을 찾지 않았습니까?"

"나? 나를 찾기 위해서 그렇게 달렸단 말씀이오?"

"그런 셈입니다."

아무리 들어보아도 요령부득이다.

두 사람은 이미 긴밀한 연락 체계를 갖춘 다음이고 이미 수시로 서로의 동정을 알 수 있어 필요하다면 언제라도 상대를 찾을 수 있었다. 그런데 자신을 찾아서 저런 말도 안 되는 일을……

"지금 무산에 얼마나 많은 사람들이 모여들었는지 아시오?"

"많겠지요. 하수라면 아예 따라오지도 못했을 테니…… 몰려든 자들은 모두가 고수일 것이고. 그중 천하십왕의 숫자도 적지는 않을 겁니다."

"그걸 알면서 이런 식으로 모습을 드러내다니, 왜 이런……?"

필유곡절이다.

감천형 같은 사람이 공연히 그런 일을 했을 리는 없다.

"사숙의 부탁을 받았습니다."

"사숙의 부탁이라면, 한 공자가 그렇게…… 했단 말이오?"

"그렇습니다."

"왜……?"

"이목을 끌기 위해서라고 들었습니다. 이목을 끌기 위해서는 사실 이보다 더 좋은 방법이 없지요. 저 바람에 황 방주까지 노출이 되셔서 죄송합니다만……."

"한 공자는 지금 어디 있소?"

황엽이 참지 못하고 물었다.

"곧 도착할 걸로 압니다만, 저도 어디 계신지는 모릅니다. 떠나시기 전부터 좀 다른 사람처럼 행동을 하셔서요. 지금부터 제가 하는 일은 사숙께서 미리 일러주고 가신 대로 하는 거지요. 순간적인 판단은 제가 해야겠지만……."

말끝을 흐린 그는 황엽에게 물었다.

"지금 저들은 어디 있습니까?"

"저쪽 위 선녀평에 진을 치고 있는데 뭔가를 찾는 것 같소. 적지 않은 인원이 동원되어 움직이고 있는 중이오."

“저랑 같이 가시겠습니까?”

“같이?”

어리둥절했던 황엽은 순간, 미간을 찡그렸다.

“설마 남해용왕 등을 지금, 찾아가겠다는 말은……?”

“맞습니다. 그들을 찾아가려고 합니다.”

“그런……!”

황엽의 입이 마침내 벌어지고 말았다.

대체 이게 무슨 말도 되지 않는 일이란 말인가.

*　　　　*　　　　*

“무슨 짓을 하려는 거야?”

낮지만 날카로운 음성에는 날이 서 있었다.

“막지 마. 한 번만 더 내 일에 간섭한다면 아무리 너라도 그냥 두지 않겠다!”

부해교는 이를 갈며 앞을 쏘아보았다.

“그냥 안 두면 날 베기라도 할 참이란 거야?”

“못 믿겠나?”

냉엄한 부해교의 말에 그의 앞을 가로막은 홍의여인, 운중연 부해옥은 흠칫, 그를 바라보았다. 너무 뜻밖의 말이었기에.

자신을 쏘아보는 부해교의 눈빛이 이글이글 끓고 있었다.

“왜지? 무엇 때문에 할아버지의 명을 어기고까지 여길 빠져나가려는 거야?”

“명을 어기는 게 아냐. 누가 봉신지약을 가지고 있는지 알아볼 생각일 뿐이다. 여기 이대로 하릴없이 기다리는 것보다는 그게 훨씬 나아. 이 산골에 틀어박혀서 바깥의 정보를 놓치면 자칫 큰 실수를 하게 될 런지도 몰라. 비켜!"

부해교가 싸늘히 억눌러왔다.

부해옥은 살기를 느끼고는 미간을 찡그렸다.

"그런 일이라면 왜 할아버지의 허락을 받지 않고 가려는 거지? 설마 할아버지께서 네가 생각한 걸 생각하지 못한다고 하진 않겠지?"

"이 계집애가 끝까지……."

부해교는 수중의 만보풍운선을 움켜쥐면서 한 걸음 성큼 나섰다. 삼엄한 기세가 살기를 품고 일었다.

하지만 부해옥은 조금도 위축되지 않았다.

"흥, 내가 네 헛소리 뒤에 숨은 진짜 이유를 모르리라고 생각해?"

"진짜 이유라니?"

"한효월."

그녀의 말에 부해교의 얼굴이 굳어졌다.

"호호호…… 거봐? 맞지? 넌 지금 한효월을 찾아보려는 거야. 거기에 더해 미처 요리를 만들지 못한 독고경을 찾아볼 생각까지…… 멍청하긴! 지금 그게 가당키나 해? 한효월이나 경매는 현재의 네가 넘볼 수가 없는 존재란 말이야. 그걸……!"

부해옥의 안색이 급변했다.

부해교의 만보풍운선이 사납게 그녀를 쳐오고 있었던 것이다. 막거나 피하지 않는다면 정말 큰일 날 기세로서.

"날 죽일 셈이야?"

그녀가 빙글 몸을 돌려 옆으로 황급히 물러나면서 소리쳤다.

“한 번만 더 막는다면!”

부해교가 물러난 그녀를 통과하면서 말했다.

“미쳤군. 네 맘대로 간다면…….”

말하던 그녀가 입을 다물었다. 그리고 앞으로 걸음을 떼어놓던 부해교도 걸음을 멈추었다.

“남해용왕 선배께 안내해 줄 수 있겠나?”

난데없이 들려온 소리.

그들이 있던 곳은 선녀평의 입구 좁은 길. 그 길의 한쪽은 절벽에다 바윗덩이들이 제멋대로 이리저리 부비고 서 있고 다른 한쪽은 짙은 숲이라 사람이 다니기조차 어렵다. 하지만 그 길을 조금 벗어나 숲에서 다투고 있던 두 사람은 한 사람이 겨우 걸을 수 있는 그 길로 성큼성큼 걸음을 옮겨오고 있는 사람 하나를 볼 수 있었다.

그가 누구인지 두 사람은 알고 있다.

‘패도 감천형…….’

그를 발견한 부해교의 얼굴이 싸늘히 식었다.

“혼자 여기까지 오다니, 간이 부었군…….”

그의 중얼거림에 어느새 그들의 앞에 당도한 감천형은 미소를 지었다.

“혼자 오면 안 된단 말인가?”

“건방진…… 누구에게 하대를!”

부해교의 얼굴이 일그러졌다.

“남해용왕 부 선배와 내 사부님이신 건곤무적께선 동배이셨다. 그래도 왜 하대를 받는지 모르겠단 말이냐?”

“같은 반열로 일컬어졌을 뿐이지, 어떻게 해서 동배란 말이냐!”

“하하…… 억지를 쓸 참이냐?”

“강호에서 필요한 것은 힘이지, 입이 아니다!”

부해교가 다짜고짜 감천형에게 만보풍운선을 쳐냈다. 만보풍운선이 무서운 기세를 일으키면서 벼락처럼 반 장가량의 거리에 있던 감천형을 찔러갔다. 번개처럼 번뜩인 그 한 수는 찰나간에 감천형의 가슴을 찔렀다.

하지만 일은 생각대로 되지 않았다.

감천형은 손에 들었던 패도를 뽑지도 않았다. 그저 칼집째 들어 올리는 동시에 조금 몸을 비틀었을 따름이다.

그 묘한 동작에 패도의 칼집에 부딪치며 만보풍운선은 튕겨져 나가야 했고 부해교 가슴의 허(虛)가 여지없이 드러날 판.

부해교의 입에서 냉소가 터져 나왔다.

슬쩍 섭선을 거둬들이는가 싶더니 이내 촤악, 소리와 함께 펴든 섭선을 비틀어 경력을 뿜어내면서 패도를 쥔 손을 잘라갔다.

그 초식의 변화는 눈부신 바 있어 과연 명가의 솜씨.

그런데 그때 감천형은 오히려 한 걸음을 앞으로 성큼 나섰다. 동시에 내밀었던 패도를 조금 더 치켜 올렸다. 그렇게 되자 패도는 손잡이째로 만보풍운선을 쳐 올리게 되었다. 그의 변초 또한 너무 빨라 쭉 밀어낸 만보풍운선을 그냥 쳐 올린 것처럼 보일 지경이었다.

팡!

둔탁한 소리와 함께 만보풍운선을 튕겨낸 감천형은 낭패한 기색인 부해교를 향해 냉정한 음성으로 말했다.

“재룡은 집에 가서 부리도록. 네 할아버지의 얼굴을 보지 않았다면 넌 죽었다.”

그의 말에 부해교의 얼굴은 창백해졌다.

즉각 반발을 하면서 재차 공격을 시도해야 했지만 만보풍운선이 위로 튕겨져 나가는 순간에 가공할 살기가 감천형에게서 뿜어져 나왔던 것이다. 그것은 무서운 예기로서 부해교를 짓눌렀고 감히 움직일 수가 없었다. 이미 선기를 잃어버린 채로 상대에게 제압을 당한 것이다. 여기서 벗어나려면 강렬한 투기(鬪氣)를 뿜어내어 상대에게 대항하면서 재차 공격을 감행해야 하는데 감천형은 그런 여지를 전혀 주지 않았다. 그가 움직이려고 한다면 그 순간 감천형은 살수를 발동할 것이었기 때문이다.

'마, 말도 안 돼……'

부해교의 얼굴이 참혹하게 일그러졌다.

그의 무공으로, 어떻게 싸워보지도 못하고 상대에게 제압을 당한단 말인가? 그 놀라운 할아버지와 맞서도 백 초는 충분히 버틸 수 있다고 자부했던 자신의 무공이었는데…….

그렇다면 감천형의 무공이 이미 남해용왕을 넘어섰단 말인가?

그 광경에 부해옥의 얼굴도 굳어졌다.

그녀도 이런 결과는 미처 예상하지 못했던 것이다.

"물러나요!"

창!

그녀가 등 뒤에 멘 쌍검을 뽑으면서 소리쳤다.

부해교는 밉든 곱든, 그녀의 형제인 것이다. 팔이야 안으로 굽을 수밖에 없다.

"싸우자고 온 게 아니니 검을 거두시오."

감천형은 무거운 음성으로 말하면서 한 걸음 뒤로 물러났다.

그러자 부해교는 그 무서운 기세의 짓눌림에서 벗어나 한숨을 돌릴
수 있었고 다음 순간에 급급히 뒤로 물러나 자세를 가다듬었다. 그는
자신의 이 창피를 도저히 인정할 수가 없었다.

감천형의 무공 수위는 이미 세상에 알려진 바다. 절대로 자신의 위
가 아닐 것이다. 그런데 그 무공에 일초라니?

일그러진 얼굴로 그가 만보풍운선을 움켜쥘 때였다.

"교아, 그를 데리고 오너라."

냉정한 음성이 들려왔다.

그것이 누구의 것인지 잘 아는 부해교는 일그러진 얼굴로 횅하니 신
형을 돌릴 수밖에 없었다.

신녀지회(神女之會)

—감천형 일어서다
적과의 한시적 동침(同寢)이 시작되다

신녀지회(神女之會)

남해용왕은 신녀묘 앞에서 감천형을 맞았다.

신녀묘 주변으로는 그의 수하들과 섞여서 라마들의 모습도 간간이 보이고 있었다. 그들이 연합한 것을 감출 것도 없으니 감천형의 눈을 의식하지 않는 것이다. 하지만 서역법왕의 모습은 보이지 않았다.

"……."

그는 아무 말 없이 감천형을 바라보고만 있었다.

하나 우뚝 선 그에게서는 기세가 무럭무럭 일어나 감천형을 짓눌러 왔다. 어지간한 사람이라면 숨도 쉬지 못할 기세였다.

무언의 재촉인 것이다. 왔으면 말을 하라는.

"답을 하려고 왔습니다."

감천형이 입을 열었다.

'답?

의아한 빛이 남해용왕의 눈에 일순 스치고 지나갔다. 그의 기억으로
는 그가 감천형에게 뭘 물어본 적도 없었고 그럴 일도 없었다. 그런데
답이라니?

"이곳에서 또 하나의 봉신지약이 나타나길 기다리고 계신 걸로 압니
다만, 그렇지 않습니까?"

그 말에 남해용왕의 안색이 달라졌다.

"그럼 네가 다른 하나를 가지고 있단 말이냐?"

그가 참지 못하고 입을 열어 물었다.

"그렇습니다."

너무도 태연한 감천형의 말에 남해용왕의 눈빛이 빛을 뿜기 시작했
다.

"어디 있지?"

"그런 위험한 물건을 그냥 들고 올 수야 없는 일이지요. 서로 조건
이 맞아야 내놓을 수 있음을 설마 모르신단 말씀은 아니실 텐데?"

"으흐흐…… 네놈이 감히 본왕의 앞에서 조건을 논하겠단 말이냐?"

순간.

아무런 움직임도 없는 가운데 한 가닥 경기가 소리도 없이 남해용왕
에게서 쏘아져 감천형을 휘감았다.

팡!

감천형의 앞에서 맹렬한 폭음과 함께 흙먼지가 크게 일었다.

마치 지진이 일어난 것만 같은 광경이었다. 바닥이 깊이 패이고 회
오리바람이 좌우로 퍼져 나갔다. 그러나 감천형은 어깨를 부르르 떨다
가 반 걸음쯤 뒤로 물러났을 뿐, 침착한 표정을 변치 않았다.

"과연 듣던 대로 놀라운 능력이군요. 나를 이 자리에서 죽일 작정이

십니까?"

그의 태연한 태도에 남해용왕은 미간을 찡그렸다. 그의 심중에는 놀람이 들끓고 있었다. 그의 심인상인(心印傷人)의 절학을 맞이하고도 불과 반 걸음이라니!

"죽일 생각은 없다. 하지만 감히…… 본왕의 앞에서 협상을 하고자 하다니…… 그러고도 무사히 이 자리를 벗어날 수 있으리라고 생각하느냐?"

"오고자 해서 왔으니, 가고자 한다면 갈 수 있는 것. 강제로 막고자 한다면 뚫고 나갈 수밖에. 하지만 아직 답을 듣지 않았으니 지금은 갈 때가 아니라고 생각합니다만?"

감천형은 당당한 모습으로 그를 쏘아보았다.

남해용왕이 아무리 무섭게 노려보아도 감천형의 기세를 꺾을 수는 없었다.

'대체 이놈들은 독고해나 그 어린 놈(=한효월)이나 이놈이나 어떻게 해서 한 놈도 시원찮은 놈이 없는 거냐? 이대로 둔다면 향후 천하는 모조리 이놈들의 것이 되어버리고 말 게 아닌가?'

문득 그의 눈에 살기가 동한다.

그것을 보자 감천형은 갑자기 껄껄 웃었다.

"듣기로 남해용왕이 효웅의 기질이 있어서 더불어 논할 만한 사람이라고 하여 찾아왔더니, 이제 보니 속 좁은 범부(凡夫)에 불과하니 내 어찌 이 자리에 더 머물 필요가 있을까?"

그는 양손을 맞잡아 예를 표했다.

"감 모는 이만 물러가겠소."

"감히…… 네 마음대로 이 자리를 벗어날 수 있을 것 같으냐?"

"못할 것 같소?"

감천형의 말투도 변했다.

"으하하하…… 네놈 혼자서 말이냐?"

그 말에 감천형이 미간을 찡그렸다. 난감한 듯한 표정이지만 실제로는 그 표정이 자신감에서 우러나오는 것임을 부해옥은 알아볼 수 있었다.

'대체 저 사람은 뭘 믿고 저렇게 뻣뻣하게 나오는 거지?'

부해옥은 신기한 눈으로 감천형을 바라보았다. 보면 볼수록 사내다움이 특별한 사람이다. 사내를 가소롭게 보던 그녀에게 있어 한효월 이후 다시 만난 특별한 사내인 것이다.

"내가 혼자라고 누가 그랬소?"

그의 말에 남해용왕이 냉소를 흘렸다.

그 순간.

"본 방주도 끼워주시오."

한 사람이 감천형의 옆으로 날아들었다.

황엽이다.

"하하…… 고작 거지두목 하나를 더한다고 달라질 것 같으냐?"

"두목에다 왕초를 더하면 그리 만만한 것도 아닐 것이오. 겉으로 드러난 것으로 어찌 모든 걸 단정하려고 하시오?"

감천형이 말한 왕초가 개왕임을 안 남해용왕이 미간을 찡그렸다. 개방은 몰라도 개왕이 궁가방을 이끌고 왔다면 머리 아픈 일이다. 주변에 몰려든 자들이 어찌 한둘이겠는가?

잠시 감천형을 노려보던 그가 입을 열었다.

"좋아……. 거지왕초의 체면을 봐서 일단 네 말을 들어보기로 하지.

네가 또 하나의 봉신지약을 가졌다는 것을 어떻게 믿으라는 게지?”

“봉신지약은 두 개. 서로의 거리가 가까워지면 감응을 한다고 들었소. 내가 신호를 올리면 봉신지약을 가진 사람이 가까운 곳에 이르게 될 것이오. 그럼 자연히 확인이 될 테지.”

태연한 감천형의 말.

하긴 이 상황에 그가 이렇게 나타나서 거짓말을 해서 얻을 것은 아무것도 없다. 게다가 이렇게 나타나서 나한테 봉신지약이 있소, 라고 밝히는 것 또한 왜인지 이해하기 어려운 남해용왕이다.

“좋아, 신호를 보내봐라.”

남해용왕은 감천형이 상대하기 어려운 존재임을 인정하지 않을 수가 없었다.

휘익!

감천형이 길게 휘파람 소리를 울려냈다.

날카로운 그 소리가 울렸지만 호응이나 어떤 다른 징후는 보이지 않았다.

…….

잠시 침묵이 흐른 뒤, 남해용왕이 미간을 찡그렸다.

“언제까지 기다리라는 것이냐?”

순간.

“감응이 있소!”

다급한 외침과 함께 만박노유가 신녀묘에서 뛰쳐나왔다.

움켜쥔 그의 가슴팍이 진동하는 가운데, 기묘한 빛이 뿜어져 나오고 있음은 누구라도 볼 수 있었다.

“정말이오?”

"보고도 모르겠소? 봉신지약이 서로를 느껴 부르고 있소! 분명히 십리 이내에 또 다른 봉신지약이 있는 것이오!"

만박노유가 흥분한 빛으로 소리쳤다.

가슴을 움켜쥔 그의 손, 그 옷 밖으로 신비로운 광채가 뿜어져 나오고 있었고 손가락이 덜덜 떨리고 있었다. 옷 속에 있는 봉신지약이 요동을 치는 것이다.

"어디 있느냐?"

남해용왕이 들뜬 모습이 되어 다그쳐 물었다.

"먼저 해야 할 일이 있소."

감천형이 말했다.

"먼저? 거지들을 믿고 네가 감히 본왕의 앞에서 조건을 논하겠다는 것이냐?"

남해용왕의 눈에서 사나운 빛이 쏟아졌다.

"날 죽인다고 해서 봉신지약이 여기 나타날 것 같소?"

"십 리 이내에 봉신지약이 있다면 찾지 못할 것도 없다."

남해용왕이 냉소했다.

"움마니반메후움…… 물론이지……."

진언을 외며 서역법왕이 모습을 드러냈다.

그들이 전력을 다한다면 원군이 이르기 전에 두 사람은 위험에 처할 가능성이 높았다.

황엽은 감천형이 대체 무슨 일을 하고자 하는지 납득키 어려웠다. 굳이 이렇게 위험을 무릅쓸 이유가 없었던 것이다. 여기에 이르기까지 그는 아무런 말을 하지 않았고, 만난 자리에서 갑자기 도와달라고만 하였었다. 자세한 것은 일이 끝난 다음에라는 사죄의 말과 함께.

그가 긴장의 빛을 드러내며 암암리에 공력을 끌어올리는 순간이다.

"나이 어린 후배를 능멸하는 행태는 여전하군."

냉소가 들려왔다.

'이 소리는?'

안색이 달라진 남해용왕이 소리가 들려온 곳을 바라보자 한 사람이 팔짱을 낀 채로 나무에 기대 있음을 발견할 수 있었다. 그들과의 거리는 칠팔 장. 숲 속이라 그가 언제부터 거기 있었는지는 알아볼 수 없었지만 그의 모습을 본 남해용왕의 눈빛은 차가워졌다.

"한자리 끼겠다는 겐가?"

나타난 사람, 고려검왕은 냉랭한 음성으로 대꾸했다.

"별로. 다만 몇 푼 되지 않는 힘으로 남을 누르려는 구태의연한 작태가 보기 싫다는 것뿐이지. 그보다 먼저 자신의 힘을 헤아리는 게 어떨까 싶기도 하고……."

그는 말끝을 흐리며 입을 닫았다.

나뭇가지에 선 그의 신형은 미동도 없지만 남해용왕은 곤란해졌다. 고려검왕은 천하십왕 중에서도 신비한 사람이고 능력자다. 그가 가세한다면 상황은 쉽게 예측하기 어렵다.

그가 서역법왕과 눈을 마주한다.

'내가 그를 맡지.'

서역법왕이 전륜법음(轉輪法音)으로 전음을 보내왔다. 일종의 심어지법으로 서역불문의 절학이다.

서역법왕이 그를 맡고 자신이 손을 쓴다면 승산이 없는 건 아니었다. 상대는 감천형과 개방의 방주. 저들의 원군이 온다 하더라도 그전에 끝낼 자신이 있었다.

하지만 그의 그런 저울질은 이내 더 이상 의미가 없어졌다.

"손을 쓰고 싶습니까? 검왕 선배를 한 분이 맡고 다른 한 분이 우리 둘을 요리하는 것으로? 자신있습니까?"

감천형이 불쑥 허를 찔러왔던 것이다.

이렇게 단도직입으로 묻자 제아무리 남해용왕도 멈칫하지 않을 수가 없었다.

거기에 이어지는 말.

"그래서 무슨 이득을 얻을 수 있다고 생각합니까? 그런 간단한 것도 감안하지 않고 이곳에 나타났으리라 생각했다면 정말 실망스럽다는 말을 하지 않을 수가 없군요……. 천하의 남해용왕이 그처럼 용렬한 사람이었다니……."

"용렬이라?"

남해용왕은 멈칫하다가 이내 냉소를 흘리며 눈에서 살기를 드러냈다.

"과연 네가 우리를 감당할 수 있을 듯싶으냐? 먼 데 있는 물로는 가까운 곳의 불을 끌 수 없는 법이거늘……."

"내가 이곳에 올 때는 모든 계산을 하고 왔다는 것을 다시 말하지요. 그리고 나는 두 분 외에 또 다른 사람이 여기에 가세하고 있음도 알고 있습니다."

그 말에 남해용왕의 안색이 다시 달라졌다.

"하긴, 천하십왕 중 세 사람 이상이 손을 잡지 않고서야 어떻게 그 와중에 봉신지약을 가로채 갈 엄두를 낼 수 있었겠습니까?"

문득 괴이한 웃음이 감천형의 얼굴에 떠올랐다.

"그런 것을 알면서도, 내가 여기에 왔는데도…… 그래도 나를 처리

하고 봉신지약을 가져갈 수 있다고 믿는다면 실로 가소로운 일이 아니
겠습니까?"

"무후(武侯)가 이 자리에 와도 세 치 혀로 상황을 타개할 순 없을 것
이다. 본왕은 공성계 따위에 당할 사람이 아니다."

남해용왕은 여전히 저울질을 끝내려 하지 않고 코웃음 쳤다.

"공성계? 그럼 한번 해봅시다. 당신이 나를 공격하는 동안에 봉신지
약을 가진 사람이 얼마나 멀리 갈 수 있는지……."

"흐흐…… 백 리, 천 리 밖에 간들 네놈을 족치면 자연히 알게 되겠
지."

"저런. 미안하게 그럴 수는 없을 겁니다. 그분은 나로서도 잡을 수
가 없고…… 무공으로도 그분을 이길 수가 없으니까요. 아마 법왕께서
도 잘 아는 분일 겁니다."

감천형이 서역법왕을 힐끔 보면서 의미심장한 웃음을 지었다.

"한효월!"

서역법왕이 소리쳤다.

"놈이 봉신지약을 가지고 있단 말이냐?"

그는 이내 머리를 저었다.

"놈이 가졌던 하나는 이미 여기에 있는데 무슨 헛소리로 본불을 속
이려는 것인고! 고얀 중생이로다!"

서역법왕이 두 눈을 부릅떴다.

그러자 강력한 기운이 소리도 없이 감천형을 무찔러왔다.

"정말 해보자는 것이오?"

감천형은 맹렬한 기세로 가슴팍 어림에서 패도를 뽑아냈다. 그리고
그 겨눈 패도에서 막대한 도기가 쏟아져 나가 서역법왕이 은밀히 밀어

낸 밀종유가진력에 부딪쳐 갔다.

피할 수도 있고 초식으로 흩트리면서 예봉을 피할 수도 있을 것임에도 그는 그러지 않았고 정면으로 맞섰다.

콰쾅!

폭음이 감천형의 앞쪽에서 일었다.

맹렬한 기운이 일며 사방을 회오리의 와중으로 몰아넣었지만 정작 그 진원지인 감천형은 고리눈을 부릅뜨고서 앞을 노려보고 있을 뿐, 조금도 뒤로 물러나지 않은 채로 수중의 패도를 가슴에 세우고 있었다.

'놈의 무공이 저렇게 높다니?'

그가 서역법왕의 일격을 그 자리에서 받아내자 남해용왕은 내심 크게 놀랐다. 감천형의 무공이 상상을 뛰어넘는 것이었기 때문이다.

그가 공격을 당하자 황엽은 두어 걸음 앞으로 나서면서 그를 보호하고 나섰다. 황엽에게서도 강력한 기세가 구름처럼 뭉게뭉게 일어나고 있어 결코 쉽게 볼 수 있는 것이 아니었다.

감천형은 날카로운 눈으로 남해용왕과 서역법왕을 노려보았다.

"당신들은 나를 죽인다 할지라도 봉신지약을 얻을 수 없소. 게다가 아마 그럴 수도 없을 것이오."

그의 말에 남해용왕의 안색이 음침히 가라앉았다.

"그래? 시험해 보겠나?"

그가 한 걸음을 내딛었다.

그때 감천형이 입을 열었다.

"어부지리를 주고 싶소?"

그 말에 남해용왕의 신형이 멎었다. 그의 사나운 눈은 음침한 빛으로 감천형을 쏘아보기만 한다. 무언의 재촉인 셈이다.

"당신들의 힘은 이미 다 드러나 있소. 그럼에도, 내가 여기 온 것을 보고서도 헛된 욕심을 부린다면 용화회가 좋아하겠지. 그들이 힘이 없어서 봉신지약을 보고도 그냥 두었다고 생각하시오?"

"……."

남해용왕은 입을 열지 않았다. 용화회라는 말을 듣자 주춤하지 않을 수가 없는 것이다.

그런데 그때.

"그만두거라. 내가 말하지 않았더냐? 저 늙은이는 탐욕으로 눈이 멀어서 형세 판단도 못할 지경이니 내 말대로 모조리 쓸어버리고 봉신지약을 뺏아버리면 된다."

다시 한 사람의 음성이 들려왔고 말한 사람이 감천형의 옆으로 걸어왔다. 그냥 걸어오는데 한 걸음이 삼사 장 거리를 가로질렀고 대체 어떻게 그 경계를 뚫고 왔는지조차 알 수 없었다.

"또 당신이군……."

그를 본 남해용왕이 신음처럼 중얼거렸다.

"그때 깨우쳐 줘도 아직 깨닫지 못하니 미련하긴 소나 다름이 없군. 과연 당신 뒤에 누가 있는지 한번 패볼까? 나오나 안 나오나 보게."

나타난 사람의 입심에는 사정이 없다.

횃불 같은 눈빛을 부라리고 있는 그 사람은 바로 요동권왕이었다. 그가 나타남으로 해서 절정고수의 숫자에서는 대번에 문제가 생겼다. 아직 절대적인 숫자는 남해용왕 측이 많다고는 하지만.

뿐만 아니라 선녀평으로 올라오는 쪽에서 시끄러운 소리가 여기저기서 들려오는가 싶더니 한 사람이 다급히 나타나 남해용왕을 향해 허리를 굽히면서 전음으로 뭔가를 보고했다.

적이 나타났다는.

그 말이 아니더라도 여기저기 숲 속에 군웅들과 거지들의 모습이 보이는 것이 이미 적들이 코앞에 당도해 있음을 볼 수가 있었다.

"아직 해보고 싶으시오?"

감천형이 냉랭히 웃어 보였다.

"……."

내색코자 하지 않아도 남해용왕의 얼굴이 절로 일그러졌다.

"당신이 원한다면 아예 지금 봉신지약을 지닌 사람을 이곳으로 불러서 보여드릴 수도 있소. 아니…… 그럴 필요도 없겠군. 이미 오셨으니……."

그의 말에 남해용왕의 눈빛이 번쩍 빛을 발했다.

그것은 서역법왕도 마찬가지였다.

"아!"

운중연 부해옥이 탄성을 터뜨렸다.

한 사람이 손을 가슴에 세운 채 절벽에서 허공을 걸어 내려오고 있었던 것이다. 그것은 능공허도의 절정경공을 넘어서는 놀라운 불가의 절학 불존강세(佛尊降世)였고 그 사람은 과연 승복을 입은 승려였다.

"으윽?"

그를 본 서역법왕이 신음을 흘렸다.

너무도 뜻밖이었던 것이다.

나타난 것이 바로 전대 서역법왕이자 그의 사형인 혈불 찰도극, 무명승일 줄이야. 이제는 지난날의 이름을 버린. 그는 한 손을 가슴에 세워 반장(半掌)의 모습이다. 이미 한 팔을 동정호의 일전에서 잃어버린 다음이니 무심한 산상(山上) 바람은 그의 한쪽 소매를 세차게 휘젓고 있었다.

"사제가 아직도 미망에 사로잡혀 있다는 이야기를 듣고 후우……
노승은 증과(證果)를 미루어둘 수밖에 없었다네. 이제 미망을 끊고 나
와 함께 서역으로 돌아가지 않겠는가?"

"지금 본왕을 타이르려 하는 겐가!"

서역법왕이 눈을 부릅뜨고 노성을 질렀다.

그는 늘 사형에게 위축감을 느꼈었다. 하지만 그를 암해한 후에 그
가 죽었다고 알고 있었고 거기에서 벗어났다고 생각했었다. 그런데 막
상 앞에 나타난 그를 보자 그것이 착각이었음을 깨닫지 않을 수가 없
었다. 그것이 그를 화나게 했다.

"사제, 헐불이란 없네. 수미(須彌)에서 보면 형상에 대한 집착이야
뜬구름과 같으니 출가인에게 무엇이 더 필요하단 말인가? 여기 있는
것은 증과를 기다리는 한 사람의 출가인일 따름이라네."

그러나 그를 보는 무명승의 태도는 고요, 그 자체다.

그것이 서역법왕을 더욱 화나게 했다. 예전이라면 상대가 되지 않을
자신일지 몰라도 지금은, 더구나 그가 한 팔을 잃은 이상 절대로 지지
않을 자신이 있었다.

"흥! 정말 아무것도 필요없단 말이오?"

"삶이 소유일진대 허울을 벗는다면 더 무엇이 필요하리오?"

"좋소. 그렇다면 그 삶의 허울을 지금 이 자리에서 벗어보시오!"

서역법왕이 냉소를 터뜨렸다.

"이 자리에서 말인가?"

"그렇소!"

무명승은 미간을 찡그렸다. 잠시 생각에 잠긴 듯 물끄러미 서역법왕

을 바라보던 그는 길게 한숨을 내쉬었다.

"만약 내가 그리한다면 서역으로 돌아갈 텐가?"

흠칫했던 서역법왕은 냉소를 흘렸다.

"그렇소."

"좋네."

무명승은 감천형을 바라보았다.

"감 시주, 일이 이렇게 되어 끝까지 도와주지 못하게 되었으니 송구하구료."

"대사!"

"한 시주에게 전해주시오. 미안하다고…… 그리고 우린 다시 만날 수 있으리라고."

그는 미미하게 웃음 짓더니 한 손을 내저었다. 그 손에서 한 가닥 섬광이 감천형에게로 날아갔다.

"저, 저……!"

만박노유가 눈을 부릅떴다.

무명승의 손에서 날아가 감천형의 손에 들린 작은 철궤. 그것이 모습을 드러내자 만박노유의 가슴팍이 미친 듯 진동을 일으켰던 것이다.

남해용왕이 누군데 그것을 몰라볼 것인가.

"……"

그는 굳은 얼굴로 감천형의 손에 들린 철궤를 쏘아보았다.

하지만 함부로 움직일 수가 없는 형편이다.

천하십왕 중 둘이 그들에게 있었다. 아니, 어쩌면 나타나지 않은 자들이 또 있을는지도 몰랐다. 한 번의 판단 실수는 천 길 나락을 의미할 수 있어 신중할 수밖에 없는 것이다.

“사제. 잊지 말게. 고개를 돌리면 피안이란 말을. 나무아미타불 관세음보살……”

조용한 불호.

가슴을 울리는 불호와 함께 무명승은 고요히 그 자리에 주저앉았다. 그리고는 한 손을 가슴에 세운 채로 눈을 감은 그는 더 이상 움직이지 않았다.

그가 그렇게 무엇을 할지 몰라 그를 바라보고 있던 서역법왕의 얼굴이 묘하게 비틀어졌다.

“다, 당신은……”

…….

문득 싸아한, 말로 형용키 어려운 전단향(栴檀香)이 장중을 휘감아 돈다. 언제부터 이런 향기가 이곳에 있었단 말인가. 사람들이 그것을 느끼고 기이한 생각에 잠길 때 상서로운 빛이 무명승의 전신을 감싸고 고요히 빛난다.

그의 얼굴은 빛을 뿜고 있었다.

“대사! 대사님!”

설마 무슨 일이랴, 하고 있었던 감천형이 놀라 소리쳤다.

하지만 무명승은 다시 눈을 뜨지 않았고 그를 쳐다보지도 않았다.

놀랍게도 그는 이미 원적(圓寂)을 한 다음인 것이다.

일세의 흉마였다가 일대의 고승으로 살아온 그가 이 자리에서 이처럼 간단히 목숨을 끊고 열반에 들 것임을 누가 짐작이라도 하였으랴.

“……”

서역법왕도 멀뚱히 눈만 굴리고 있을 따름이다.

그러던 어느 순간.

"으아하하하하하······!"

갑자기 서역법왕이 미친 듯이 웃음을 터뜨리기 시작했다. 거기에는 울분과 한탄, 그리고 회한에서부터 갖가지 상념이 담겨 있어 공력이 약한 사람들은 이내 귀를 틀어막으며 그 자리에 무릎을 꿇어야 했다.

픽픽— 바닥의 돌 가루가 튕기고 흙먼지가 날아올랐다. 나뭇잎이 새파랗게 질렸다가 비 오듯 쏟아져 내린다. 가공할 충격파가 벼락을 뿌리듯 그 웃음소리에 실려 주위를 휩쓸고 있었다.

"법왕! 뭘 하는 게요? 무슨 짓이오?"

남해용왕이 미간을 찡그린 채로 소리를 높였다.

공력이 깃들인 그의 음성이 날아들자 서역법왕은 웃음을 그쳤다. 그래도 그의 눈은 바닥에서 열반한 무명승에게서 떨어지지 않는다. 그 눈은 깊게 가라앉아 있어 조금 전과는 전혀 달랐다.

"당신은 단 한 번도 나에게 기회를 주지 않는군······. 무엇들 하느냐? 법왕의 법신을 모시지 않고!"

갑자기 그가 소리쳤다.

그의 외침에 라마들이 어리둥절 서로를 돌아보았다.

"법체(法體)를 모시고 서역으로 돌아갈 테니 속히 모시도록 하거라. 죄송하오. 본왕은 이만 돌아가겠소. 더 이상 속진(俗塵)에 마음을 두지 않을 터이니 나머지는 부 시주께서 알아서 하시오."

서역법왕이 하는 말에 남해용왕은 멍청해졌다.

이자가 미쳤나?

하는 표정으로 그를 보면서 남해용왕이 절로 더듬거렸다.

"지금 돌아간다고 하는 거요? 모든 걸 버리고?"

"어차피 신외지물이니 내 것이 아닐 것이며, 이 몸 또한 빌려쓴 껍데

기일지니 미련을 두어 무엇을 하겠소? 옴마니반메후움……."

그는 길게 진언을 외더니 미련없이 몸을 돌렸다.

일단 그가 떠나고자 한다면 누가 막을 수 있을 것인가?

감천형조차 멍청한 표정으로 자신의 옆으로 스쳐 가는 거대한 몸집의 그를 바라보고만 있을 따름이고, 남해용왕은 떠나가는 그의 뒷모습을 붉으락푸르락 하는 괴이한 얼굴로 노려보고 있었다.

마음 같았다면 한매에 쳐 죽여도 시원치 않은 표정이지만 어찌할 것이랴.

눈만 끔벅이던 라마들은 자신들의 법왕이 타고 있던 가마에 대신 무명승의 법신을 태워 서역법왕의 뒤를 따라 사라져 버렸다.

너무도 뜻밖의 사태에 남해용왕은 꿀 먹은 벙어리가 되어 그 자리에 멍청히 서 있었고 그 점은 멀어져 가는 그들을 보는 감천형도 마찬가지였다.

그래도 먼저 입을 연 것은 감천형이었다.

"아직도 손을 써볼 생각이 남아 있으시오?"

그의 음성에 여유가 묻어 있는 듯함은 착각일까?

남해용왕이 입을 열기 전에 요동권왕이 걸걸 웃어댔다.

"손을 쓰는 게 아니라 어떻게 이 자리를 모면해야 할까 고민하고 있는 거겠지?"

"건방진 오랑캐 같으니……."

남해용왕이 냉랭히 중얼거렸다.

"서역법왕이 이렇게 떠나게 될 것은 짐작하지 못한 일이었지만 그가 있었더라도 결과는 달라지지 않았을 것이오. 보시다시피…… 하지만 내가 온 것은 싸우러 온 것이 아니오. 합작을 하기 위해서 온 것이지."

“……..”

“부 선배와 우리가 싸우고 누군가 승리한다면 적지 않은 상처를 입게 될 것이오. 그럼 뒤에서 기다리는 자에게 어부지리를 줄 뿐임을 부 선배께서도 모르진 않을 터, 봉신방을 찾을 때까지 한 배를 타는 게 어떤가 하는 것이 내가 찾아온 목적입니다.”

“마음에 들지 않아, 늑대와 굳이 한 배를 탈 이유가 있겠나?”

옆에서 요동권왕이 투덜거렸다.

“……..”

남해용왕은 착잡한 기색으로 감천형의 손에 들린 채 웅웅, 기향(奇響)과 함께 빛을 뿜어내며 요동 치고 있는 철궤를 바라보았다.

가슴팍을 움켜쥔 만박노유의 안색도 격동으로 물결친다.

“용왕, 받아들이시게. 어쩔 수 없는 일이 아닌가?”

그가 초조한 듯 권한다.

평생을 두고 소원했던 봉신방을 찾는 일이다. 어쩌면 생애에는 불가능할 것으로 생각했던 그것이 이제 눈앞에 있었다.

‘망할!’

남해용왕은 암암리에 길게 한숨을 내쉬었다.

이미 공이 상대에게 넘어가 있음을 인정하지 않을 수가 없었다. 막말로 힘으로 뺏자고 달려들면 이길 방도가 없는 것이 지금의 처지인데 더 이상 어떻게 버틸 수가 있을 것인가.

하지만 아직 모든 게 끝난 것은 아니었다.

정중지동(靜中之動)

―암중에 움직이다
내일을 위한 안배(按配)를 누가 알 것인가

정중지동(靜中之動)

무심히 구름은 흘러간다.

하지만 선녀평은 아연 긴장에 휩싸였다.

조금 전까지 서로 칼을 겨눌 듯하던 사람들이 한데 어울려—비록 조금의 거리를 두고 있었지만—주위를 경계한다. 개방도, 정의맹도, 남해의 고수들도…….

그리고 신녀묘 안에서는 긴장된 모습으로 감천형을 비롯, 황엽, 고려검왕과 요동권왕, 그리고 남해용왕과 만박노유 등이 둘러앉아 있었다. 가운데 탁자에 마주한 것은 만박노유와 감천형. 다른 사람들은 그 두 사람을 둘러싸고 있는 형세였다.

"이리 주게."

만박노유가 손을 내밀었다.

그의 왼손에는 빛을 뿜으며 기묘한 울음을 토하고 있는 봉신지약이 들려 있었다.

감천형은 주저없이 수중의 철궤를 내밀었다.

웅웅!

철궤를 받아 들자 철궤도 떨리고 만박노유의 손에 들린 봉신지약도 전신을 떨며 크게 울음을 토해낸다.

"정말 기물(奇物)이군!"

만박노유가 감탄을 하면서 철궤를 열었다.

기잉!

기이한 음향과 함께 철궤 속에서 또 하나의 봉신지약이 뛰쳐나왔다. 마치 누가 격공흡물로 잡아당기기라도 한 듯이 봉신지약은 허공으로 뛰쳐나와 만박노유가 들고 있는 다른 봉신지약에게로 날아갔다.

그 오랜 세월의 기다림을 한(恨)하듯이.

그런데……

정말 뜻밖의 일은 그 다음에 벌어졌다.

깅…….

묘한 소리와 함께 만박노유가 들고 있는 봉신지약을 향해 날아가던 봉신지약이 다른 봉신지약의 한 치 앞에서 딱 멈추어 버린 것이다.

"이건?"

괴이한 표정으로 만박노유가 손을 흔들자 공중에 멈춘 봉신지약도 그 모습 그대로 따라 흔들린다. 떨어질 기색은 아예 찾아볼 수 없고 그렇다고 더 이상 달라붙을 것 같지도 않았다. 한 치의 사이를 두고 공중에서 붙어버린 것만 같았다.

"그냥 자석이 아니라는 소리군. 정말 천하십성의 능력은……."

만박노유가 머리를 저었다.

　손에 든 봉신지약 두 개를 하염없이 노려보고 있던 만박노유는 미간을 찡그린 채로 곰곰이 뭔가를 생각하는 듯하더니 한쪽 봉신지약을 꽉 움켜쥐었다. 그리고 다른 손을 내밀어 허공에 뜬 봉신지약을 잡고 빙글 돌렸다.

　그리곤 힘을 주어 두 개의 봉신지약을 누르기 시작했다.

　거리는 불과 한 치.

　그런데 이마에 핏줄이 서도록 눌러도 봉신지약은 쉽게 다가가지 않았다. 손목이 떨리고 팔이 벌벌 떨리는 것이 보이는 걸로 보아 공연히 그러는 것 같지는 않았다.

　“설마, 그걸 붙이지 못한다는 거요?”

　한참 실랑이를 하는 광경을 지켜보던 남해용왕이 답답한 듯이 물었다.

　“해보시겠소?”

　만박노유가 후, 한숨을 내쉬면서 봉신지약을 남해용왕에게 내밀었다.

　남해용왕은 슬쩍 감천형과 다른 사람들의 눈치를 보곤 그걸 받아 들더니 가운데로 밀어붙였다. 이까짓 거야 하는 모습이었지만 이내 그것이 간단치 않음이 드러났다. 그냥 들고 있을 때는 모르겠는데 밀어보자 강력한 반발이 느껴졌던 것이다.

　“허?”

　탄성과 함께 남해용왕은 공력을 돋우어 봉신지약을 밀어붙였다. 그의 이마에 핏발이 곤두서는 것과 비례하여 봉신지약은 서서히 가까워졌다. 그러나 그뿐, 봉신지약은 쉽게 다가서려 하지 않았다. 억지로 밀어붙여 놓아도 서로 붙지를 않고 강력하게 반발하니 아무런 소용이 없어 남해용왕은 내려놓지도 붙이지도 못하는 진퇴양난이 되어버리고 말았다.

그때.

"남해의 진전(眞傳) 중에 아마 해왕신공(海王神功)이 있지요?"

감천형이 문득 입을 열었다.

그러자 남해용왕의 손에 푸른 빛이 일었다. 전신에서 이는 게 아니라 물빛의 그 기운은 남해용왕의 손에서만 빛나는데 그것은 그가 이미 공력의 운용이 자유롭기에 가능한 일이었다.

그런데 실로 놀라운 일이 일어났다.

딸깍.

기묘한 음향과 함께 봉신지약이 간단히 하나로 합쳐진 것이다. 환한 빛이 봉신지약에서 뿜어져 나왔다. 그토록 격렬히 저항하던 것에 비하면 너무도 쉽게 봉신지약은 하나가 되어버렸다.

"이게 어떻게 된?"

얼떨떨한 빛으로 봉신지약을 바라보던 남해용왕이 감천형을 바라보았다.

"봉신지비를 풀 수 있는 자격을 가진 사람은 오직 천하십성의 후에뿐이라는 말이 오래전부터 있었으니, 그렇다면 무림 중에서 그것을 확인할 방도는 하나밖에 없겠지요."

"천하십성의 독문심공(獨門心功)이란 말이로군……."

어이없다는 듯이 남해용왕이 중얼거렸다.

감천형, 이놈은 보면 볼수록 만만치 않다.

그는 암중에 미간을 찡그렸지만 그런 그의 모습을 바라보며 미소를 짓고 있는 사람도 있었다. 바로 제단의 입구에 선 채로 그 상황을 지켜보고 있는 부해옥이었다.

　그녀의 눈빛은 묘했다. 최소한 남해용왕처럼 적을 보는 눈빛은 분명히 아니었다. 호의가 담겼으니까.

　"좋아, 좋아…… 정말 대단하군. 정말 대단해……."
만박노유는 합쳐진 봉신지약을 보면서 연신 감탄을 한다.
　"뭐가 말씀이오?"
참지 못하고 남해용왕이 물었다.
　"잠시만……."
만박노유는 준비되어 있던 지필묵 중에서 종이를 들어 봉신지약을 감쌌다. 바닥에 그것을 놓은 그가 먹을 묻힌 솜을 들어 위를 가볍게 두드림을 보자 사람들은 그가 탁본(拓本)을 뜨려 함을 알았다.
　아주 조심스러운 모습으로 한참을 걸려서 탁본을 떠낸 그는 봉신지약을 감쌌던 종이를 탁자 위에다 펼쳐 놓았다.
　묘한 문양이 종이 위에 새겨져 있었다.
　"역시 그랬군……. 정말 감탄을 금할 수가 없군!"
그것을 내려다보고 있던 만박노유가 고개를 끄덕였다.
　"무슨 일인지 설명을 해주시오."
지켜보고 있던 남해용왕이 참지 못하고 물었다.
　만박노유가 수염을 쓰다듬으며 회심의 미소를 지었다.
　"천하십성은 참으로 많은 심력을 여기에 기울였소. 내가 알기로 이 봉신지약을 만들어낸 것은 천하십성의 부탁을 받은 고려인이라고 들었는데 아마 그가 누군지는 고려검왕께서 알고 계시겠지?"
　그는 처음부터 고려검왕의 답변은 기다리지 않았다. 그저 말을 이어

갈 따름이다.

"이 봉신지약에는 천기(天機)가 깃들어 있지. 우선 표면의 이 문양들은 진세 하나를 표현하고 있소. 아울러 산세(山勢)가 조각되어 있는데 아마도 이게 봉신방이 있는 곳을 가리키는 것일 게요. 그렇다면 이 진세는 봉신방을 세상으로부터 보호하고 있는 대자연진세(大自然陣勢)일 것이오."

"대자연진세? 그런 것도 있었소?"

남해용왕이 미간을 찡그리면서 다시 물었다. 그는 자부심이 강한 만큼 재주가 많아 기문진식에도 상당한 조예가 있었던 것이다. 그런데 그런 진세는 이름조차 들어본 적이 없으니 괴이한 것이 당연했다.

"하하…… 세상의 그 누구도 알지 못하는 고금 최고의 진이지. 대자연진세는 말이 진세지, 실제로는 세상에 존재하는 모든 것이오. 일단 펼쳐지면 진세 자체가 자연이라서 파훼 자체가 불가능한 게요. 깨져도, 그건 자연 그대로라서…… 전설로 천하십성이 그 대자연진세를 참오(參悟)하고 있다는 소리를 듣긴 했지만 이 진세가 세상에 실재할 줄은 노부도 정말 상상하지 못했군. 그러니 그처럼 천하를 헤매어도 봉신방의 위치가 지금껏 노출되지 않았던 것이 무리도 아니었어……."

그가 이렇게 장황하게 말을 늘어놓자 모든 사람들이 초조해졌다.

"그 진세가 그처럼 놀라운 것이라면 진입 자체가 불가능한 게 아닙니까?"

감천형이 물었다.

"아니. 그렇지 않네. 내가 살펴본 바에 따르면 이 대자연진세는 불완전해. 일부러 허를 남겨둔 것처럼. 물론 그것만으로도 출입로를 알지 못한다면 절대로 갈 수 없을 정도지만…… 완전히 봉쇄된 것과는 천지 차이지. 파괴시킬 수도 있으니까.”

“그럼, 저게 파훼법입니까?”

감천형이 눈으로 탁본을 가리켰다.

“핫하하하…… 역시 대단한 젊은이로군. 맞네, 맞아. 그들의 뛰어남은 여기에서도 드러나고 있다네. 산세와 진세를 봉신지약에다 남겨두면서 그 문양에 거꾸로 된 글자를 새겨 넣었다네. 문양 자체가 글자이고 그게 바로 진세의 위치와 출입 방법일 것이야. 하지만 글자가 거꾸로 되어 있어서 그냥 봐서는 절대로 알아볼 수가 없지!”

…….

모든 사람의 눈이 탁자에 놓인 탁본으로 향했다.

탁본만으로도 머리 아플 정도로 문양은 오밀조밀한 데다 기묘하여 저것이 과연 글자인지조차 알기 어려웠다.

“노부가 잠시 생각해 보면 아마 출입 방법과 위치를 찾아낼 수가 있을 거네. 어차피 알려주기 위한 비도(秘圖)라면 풀 수가 있을 거고 풀 수 있는 거라면 노부가 알아낼 수가 있겠지.”

“음, 그렇다면 이 봉신지약은 단지 위치를 알려주는 지도란 말이오?”

요동권왕이 물었다.

“그럴 리가! 어디에 쓰는지는 여길 살펴보고 그 자리에 가보면 알게되겠지. 일단 모든 걸 알아낸 것이나 다름없으니 나머지 해독이야 시간문제지 뭐가 걱정이겠나?”

만박노유가 웃으며 말했다.

“대체 여기서 말하는 봉신방의 위치가 어디란 말이오?”

요동권왕이 궁금함을 참지 못하고 다시 물었다.

"그건 아직 모르겠네. 이제부터 알아봐야지. 이 산세를 잘 조사해 보면 단서가 있겠지……."

"조사할 것 없소."

난데없이 들려온 음성.

모든 사람의 시선이 소리가 들려온 곳으로 향했다.

뜻밖에도 말을 한 사람은 고려검왕이었다.

그는 사람들의 시선을 아랑곳하지 않고 침착한 표정으로 말했다.

"봉신지약에 새겨진 위치는 천손지지(天孫之地)요."

"천손지지?"

"천손지지가 어디요?"

사람들의 얼굴에 의아한 빛이 떠올랐다.

"천손지지라니? 설마 태백산(太白山)이란 말이오?"

만박노유가 불신 어린 음성으로 말했다.

"맞소. 그 지세로 보아 천손지지가 맞을 것이오. 만약 천손지지가 맞다면 봉신방이 어디 있는지는 뻔하겠지……."

고려검왕의 말이 사람들의 의문 속에서 울려 퍼졌다.

'천손지지라니…….'

만박노유의 얼굴이 일그러졌다.

하늘의 자손이 내려왔다는 전설의 땅, 천손지지. 그곳은 바로 태백산을 가리킨다.

전설과 신비로 가득 찬 천손의 발원지.

하지만 중원의 자손으로 자부하는 만박노유로서는 그 천손의 전설을 인정하고 싶은 생각은 꿈에도 없었다. 뿐만 아니라 중원의 모든 사가(史家)들이 그러한 사실을 역사 속에서 지워 버렸었다. 오죽하면 이미 만들어진 사서까지 새로 만들어 날조를 일삼았을까.

그런데 봉신방이 천손지지에 존재한다니, 어떻게 이런 말도 안 되는 일이 있을 수 있단 말인가. 천하 각지에서 모여든 것이, 천하 각지에서 가장 강한 자들이 모인 것이 천하십성이다. 그런데 그런 그들이 왜 하필이면 천손지지에 봉신방을 만들었다는 말인가…….

*　　　　*　　　　*

한효월은 암중에 몸을 숨긴 채로 선녀평을 바라보고 있었다.

그의 뒤에는 유성과 천무가 숨을 죽이고 선녀평을 바라본다. 그들이 갖은 노력을 다하나 선녀평이 너무 멀어서 아른거릴 뿐 보이는 건 아무것도 없었다. 하기야 보려고 한들 신녀묘 안에 들어간 사람들이 보일 리가 없다. 그저 곳곳에 은신한 채로 사방을 경계하는 자들을 볼 수 있는 정도.

하지만 한효월은 달랐다.

그의 천조신안은 이제 최고조에 달해 가히 불가의 천시지청(天視地聽)을 능가하는 지경에 이르러 있었다. 그 모두가 바로 괴노가 마지막에 그를 깨우쳐 주어 단숨에 심득을 얻었기에 가능한 일이었다.

"……."

한효월은 묵묵히 선녀평을 바라보고 있었고 천무 또한 석상처럼 눈을 감고서 바위에 등을 기댄 채 미동도 없다.

유성은 좀이 쑤신다.

'나참…… 아무리 그래도 이 먼 곳에서 뭘 보시겠다고…….'

안달이 난 유성은 고개를 빼밀었다가 석상처럼 눈을 감은 천무를 보

고 내심 혀를 찼다. 하지만 감히 입을 열어 한효월의 심기를 거스를 수
야 없다. 전에는 모시던 공자였지만 지금은 기명제자의 신분이 아니던
가.

그때.

"호정단(護正團)은 모두 어디에 있지?"

한효월이 입을 열었다.

그러자 천무가 눈을 번쩍 떴다.

"칠십 리가량 떨어진 산 아래 협곡에서 명을 기다리고 있습니다. 이
리 오라고 할까요?"

한효월은 시선을 돌려 그를 보았다.

"그럴 필요는 없다. 너는 지금 내려가서 그들과 함께 내가 말한 곳
으로 출발하도록 해라."

"사숙께서는?"

"나는 지금 바로 출발하겠다. 그들을 이끌고 가능한 빨리 내 뒤를
따라오되, 누구도 너희들의 움직임을 눈치 채게 해서는 안 된다."

"알겠습니다."

천무는 한효월에게 고개를 숙여 보이고는 바람처럼 사라졌다. 전과
는 달리 그의 움직임은 유령과 같았다.

"가자."

한효월도 그 자리를 떴다.

그들이 있던 자리에는 아무런 흔적도 남지 않았다.

그가 암중에 모든 것을 지켜보고 있었던 것은 감천형조차도 알지 못
했다. 그가 이렇게 모든 상황을 감천형에게 맡기고 그 처리를 지켜본
것은 그의 사후를 대비해서였다. 자신이 계속해서 모든 것을 처리하면

감천형이 클 수가 없게 된다. 이런 일을 감천형이 처리하게 된다면 그의 입지가 굳어질 뿐 아니라, 자신이 없어진 다음에도 대임을 맡을 수가 있게 될 것이기 때문이다.

그의 그러한 고심(苦心)을 아는 사람은 아무도 없었다.

최소한 아직까지는…….

*　　　　*　　　　*

"뭐라?"

개왕은 어이가 없어 눈을 크게 떴다.

"저도 그 자리에서 처음 알았습니다."

"너까지 속였더란 말이냐? 봉신지약을 이미 가지고서?"

개왕이 미간을 찡그렸다. 은은히 노기가 드러났다.

"좀 늦게 알게 되었던 거지요. 워낙 질풍처럼 느닷없이 일 처리를 해서…… 아마 미적거리면서 뒤를 따르고 있었던 것이 그간 암중 작업을 하고 있었던 모양입니다."

"고려검왕과 요동권왕, 그리고 전대 서역법왕까지 한편으로 끌어들이고 있을 동안 너는 그것도 모르고 무엇을 했더란 말이냐?"

황엽은 쓴웃음을 머금었다.

그도 이번 일은 사실 뒤통수를 맞은 것이나 다름이 없었다. 어떻게 생각하면 무척 기분이 나쁜 일이기도 했다. 그러나 그는 천생이 편협한 사람이 아니었기에 그럴 만한 사정이 있으리라 치부하고 말았다.

하지만 뒤늦게 당도해 사실을 알게 된 개왕은 그렇지 않았다.

그는 대노했다. 만약 한효월이나 감천형이 앞에 있었다면 사생결단을 냈을는지도 모를 격노(激怒)였다.

"그들은 한편입니다. 같은 배를 탄……. 그들까지 감시할 수야 없는 일이 아닙니까? 그리고 누가 하든 강호를 위한다면 어차피 주체가 누가 되든지 큰 상관은……."

"닥쳐라!"

개왕이 소리쳤다.

"그 따위 소리를 해가지고 어떻게 개방의 성세를 볼 수가 있겠느냐?"

"그 말씀은?"

황엽의 안색이 굳어졌다. 누가 주도권을 가지고 가는가를 따진다면 이미 대의를 위해서라고 하기 힘들다. 대의가 아니라 개방의 성세를 위해서 움직인다면 행동 자체가 달라야 한다.

그는 아직까지 그렇게 움직인 적이 없었다.

그런데……

"그렇게 볼 필요 없다! 나는 사심을 가지고 궁가방을 만든 게 아니다. 우리 모두는 이 어려운 시기에 서로를 믿고 힘을 합쳐야 한다. 드러나지 않은 자들. 용화회가 얼마나 무서운 자들인데 그 따위 얕은 수를 써서 주도권을 잡으려 한단 말이냐? 그런 행동으로 우리들의 협동에 금이 가면 그 결과가 어찌 될 줄 알고 그런 짓을 해!"

그의 노호에 일대가 겁에 질려 떨었다.

"감 맹주가 죄송하다고 잘 말씀드려 달라고 하더군요."

"말씀드려 달라?"

개왕의 눈썹이 더욱 곤두섰다.

"제놈이 와서 하는 말이 아니라, 겨우 너를 시켜서 말이냐? 으핫하하하…… 이놈이 과연 무슨 속셈인지 내 직접 만나봐야만 하겠다.”

“예상대로군요.”

“……?”

난데없는 황엽의 말에 개왕은 의아한 빛으로 그를 보았다.

“그게 무슨 소리냐?”

“감 맹주가 말하길 개왕께서 진노하실 테니 잘 말씀드려 주시고, 그래도 믿고 부디 전면에 나서시지 말고 계속 뒤에서 지켜봐 달라고 하더군요.”

황엽은 쓴웃음을 머금었다.

“그렇게 되면 암중에 숨어 지켜보고 있는 자들이 신경이 쓰여서 행동을 조심하게 될 테니 적을 억제할 수 있는 효과가 있겠다고…….”

“나더러 암중에 숨어서 적을 견제하는 역할을 하라? 상의 한마디 없이?”

“그렇습니다.”

“고얀 노옴!”

개왕의 콧김에서 불덩이가 만들어지는 것 같았다. 한참을 씩씩거리던 그는 어이가 없는 듯 머리를 흔들어댔다.

“대체 그 맹랑한 계획을 누가 세웠다더냐?”

“기본 계획은 아마 한 공자가 세웠겠지요. 시행은 감 맹주가 하고.”

“허참…….”

개왕은 다시금 머리를 흔들었다.

“괘씸한 놈이로고. 이미 일을 벌여놨으니 깽판을 치기도 뭣하고 어쩔 수 없이 뒤를 따라야만 하게 만들었단 말이지? 고얀 노옴…… 네놈이 보기에는 어떻더냐?”

“뭐가 말씀입니까?”

“만박노유라는 자. 그에게서 이상한 걸 느끼지 못했느냐?”

“만박노유?”

황엽이 미간을 찡그렸다.

“그는 순수하게 봉신방을 찾고자 하는 열망에 노구를 무릅쓰고서 나선 걸로 보였습니다만?”

“흥! 순수 좋아하는군! 놈도 용화회의 회원이라는 것을 잊으면 안 된다. 비록 그의 무공이 별게 아니라고 알려졌지만 그건 시험해 보지 않으면 모를 일. 한시라도 눈을 떼면 안 된다고 감천형이 놈에게 전하도록 해라.”

“뒤를 따르시겠습니까?”

“그러지 않으면? 지금 내가 거기에 나타나 따라붙으랴?”

“……”

황엽은 쓴웃음을 머금었다.

감천형이 한 말과 꼭 같이 되었던 것이다. 불같이 화를 내시겠지만 잘 설득하면 결국 납득하실 것이라고.

“놈들은 어디 있느냐?”

“곧 출발할 것입니다.”

“태백산이라……”

개왕이 턱을 매만졌다. 생각에 잠기는 것이다.

*　　　*　　　*

한효월이 무산 신녀봉에 나타나기 하루 전.

좀 더 정확히 말하자면 반나절 하고 조금 더 시간이 보태진 때다.

의창(宜昌).

장강을 거슬러 올라가는 물길에서 보자면 가장 중요한 곳 중 하나. 그 의창의 객잔 등봉루(登鳳樓)에 주자미는 머물고 있었다.

주변에는 호위무사들이 엄중히 경계를 하고 또한 암중에는 보구회의 강시군이 숨어 있어 겉보기와는 달리 용담호혈이 바로 그곳이다.

후원 별채.

이층으로 이루어진 그 별채의 이층 창가에 서서 바깥을 바라보는 주자미의 얼굴에는 짙은 그늘이 드리웠다.

푸르고 붉은 계절의 변화도, 이층에서 바라보이는 장강의 도도한 흐름도 그녀에게는 아무런 의미도 없었다.

딸.

제대로 돌보지도 못했던 그 딸을 구하지 못했고 세상에 나와 한 일은 아무것도 없다. 그저 무력감만이 전신을 지배하고 짓누를 뿐이다.

"미안해요……."

그녀가 중얼거렸다.

창가에 섰던 그녀가 뒤로 돌아섰다.

침상 옆에는 한 사람이 석상과 같이 우뚝 서서 그녀를 바라보고 있었다.

독고해.

바로 그다.

"나는 당신의 기대를 저버린 것 같군요. 당신이 죽음으로서까지 지키려고 했던 것들을 나는 아무래도 지킬 수가 없을 것 같아요. 당신의 그 고심을 생각하면 나는 지금도 잠을 이룰 수 없지만…… 내 자식조차 지키지 못한 주제에 어찌 더 큰 것을 생각할 수 있겠어요?"

그의 앞에 선 그녀가 괴로운 표정으로 중얼거렸다.

"……."

그러나 독고해는 말이 없다.

그저 묵묵히, 또 물끄러미 그녀를 바라보고 있을 따름이다.

주자미는 손을 내밀어 떨리는 손길로 그의 볼을 어루만졌다.

가시 같은 수염이 가득하던 그의 뺨에는 여전히 거칠한 느낌이 남아 있지만 생기는 없다. 금방이라도 저 굳게 닫힌 입을 열고서 호탕하게 껄껄 웃어댈 것 같지만 그런 일은 일어나지 않는다. 저 까칠한 수염을 질색을 하는 그녀의 뺨에 대고 비벼댈 것 같지만…… 그저 딱딱히 굳은 바위 같은 인형이 거기에 존재하고 있을 따름이다.

"미안해요. 미안해요……. 아무래도 당신은 잘못했어요. 나를 선택 하는 것이 아니었는데……."

그녀가 입술을 물었다.

바로 그때다.

"그렇지 않습니다."

난데없이 들려오는 소리.

"누구냐!"

놀란 주자미가 황급히 뒤로 돌아섰다.

"죄송합니다, 놀라게 해드려서. 예를 갖출 수 있는 시간이 없어서 그 랬으니 양해하여 주십시오."

나타난 사람이 그녀에게 포권하면서 고개를 숙인다.

"한 공자……."

나타난 사람을 본 주자미가 뜻밖이라는 듯 중얼거렸다.

그러했다.

나타난 사람은 바로 한효월이었다.

"예가 아님을 알지만 다른 사람들이 알지 못하게 하기 위해서 부득이 월장을 하여 침입하였으니 해량(海量)해 주시길."

한효월이 다시금 손을 맞잡아 보였다.

"언제 여기에?"

그를 본 주자미가 놀라 물었다.

"방금 왔습니다. 바로 무산으로 출발할 겁니다."

"정말 신출귀몰하는군요. 정 대인이 사람을 풀어 사방을 물샐틈없이 감시하고 있는데 전혀 소식을 듣지 못했음에도 어느새 이곳까지 오다니……."

"과찬의 말씀을. 그보다 정 대인께서는 무산으로 가실 겁니까?"

"글쎄요. 잘 알지 못하지만 이미 시작한 일이니 아마 나와 함께 가게 되겠죠."

"어쩌면 그렇게 되지 않을는지도 모르겠습니다만 상황이 어떻게 될런지는 소생도 잘 모르겠습니다. 하지만 만약 마마께서 혼자 움직여야 한다면 무산으로 가지 말고 태백산으로 가십시오."

"태백산?"

얼떨떨한 빛으로 주자미가 물었다.

"그렇습니다. 그리고……."

한효월은 품에서 한 통의 봉서를 꺼내 그녀에게 내밀었다.

"이것은 반드시 태백산에 당도하셔서 보셔야 합니다. 그전에 보시면 안 됩니다. 이것은 마마께서 미처 생각하지 않았던 변괴(變怪)가 일어나면 그때 보셔야 됩니다."

"미처 생각하지 않았던 변괴라구요?"

"예. 그게 무엇인지는 그때 아실 수 있을 겁니다. 이것을 보시기 전까지는 누구도 믿지 말아야 합니다. 변괴가 일어나면 여기 적힌 대로 하시면 상황을 호전시킬 수 있을 겁니다."

말을 하던 한효월은 문득 안색을 굳혔다.

"이번 태백산행은 많이 흉험할 겁니다. 어쩌면 천하의 주인이 결정될런지도 모르고 세상이 도탄에 잠기게 될런지도 모르지요. 하지만 그 전에 제가 경아를 구해낼 테니 조금만 더 참아주십시오."

"경아가 어디 있는지 알아냈나요? 그 애가 지금 태백산에 있어요?"

주자미의 눈에서 갑자기 불꽃이 일었다.

"아무것도 단정할 수는 없습니다. 다만 최선을 다하겠다는 말씀만 드릴 수 있을 뿐입니다. 제가 여러 가지로 살펴보았는데 죽음 가운데 한 가닥 생기를 잡을 수도 있어서 제가 너무 늦지 않는다면 경아는 구해낼 수가 있을 겁니다."

"정말 그런가요? 정말 그럴 수 있겠어요?"

그녀가 한효월의 앞으로 다가왔다.

"최선을 다하겠습니다."

"부탁해요, 한 공자. 그 아이의 아버지는 아무런 말도 못하지만 아마 이 자리에서 말할 수 있다면 나와 같이 말을 할 거예요. 부디 내 딸아이를 구해달라고."

한효월은 시선을 돌려 무심히 자신을 바라보고 있는 독고해를 바라보았다.

일세의 영웅은 아직도 당당했다.

"후우……."

한효월은 길게 한숨을 내쉬었다.

"마마께 한 가지 부탁을 드릴 게 있습니다. 조정의 공주마마가 아니라 저분의 부인으로서, 제 형수님께 드리는 부탁입니다."

"무엇인가요?"

"저는 이번 태백산 일전에서 아마 생을 마치게 될 것 같습니다."

주자미의 안색이 돌변했다.

"무, 무슨 소리예요? 한 공자의 나이가 얼마인데? 게다가 한 공자의 능력이라면 누가 한 공자를 해할 수가 있겠어요? 설마 경아 때문에…… 안 돼요! 그럴 수는. 나와 같이 갑시다. 내 비록 모자라지만 호정대를 비롯 관군을 모두 움직여서라도……."

"그것과는 상관없습니다."

한효월은 머리를 흔들었다.

"하늘이 정한 바 수명이 그러하니 인간이 어찌 그것을 되돌릴 수가 있겠습니까? 제 사후 대국은 감 사질이 맡게 될 겁니다. 만에 하나 감 사질이 잘못된다면 개방의 황 방주가 그 대임을 맡게 될 가능성도 있습니다만 모든 것은 그 봉서에 따라 적임자를 도와주시길 부탁드립니다. 태백산 일전 이후의 혼란에는 형수님의 도움이 절대적이 될 테니까요."

"대체 무슨 소리를 하는 건지……."

주자미가 말끝을 흐렸다.

그녀는 한 번도 자신이 둔하다고 생각해 본 적이 없었다.

그러나 이 젊은 사람의 앞에 서면 아무것도 아는 것이 없는 것만 같았다. 그저 고개를 끄덕이거나 놀라거나 그것밖에는 아무것도 할 수가 없음을 매번 느껴야만 했다. 처음 만났을 때는 그렇지 않더니 만날 때마다 이 사람은 사람을 놀라게 한다.

한효월을 보면서 그녀는 천재라는 것이 어떤 것인지를 비로소 알게 되었다.

"그럼 부탁드리겠습니다."

한효월이 그녀에게 고개를 숙였다.

"벌써 가려구요?"

"예, 시간이 없습니다."

그런데 그 순간 밖에서 소리가 들려왔다.

"마마, 정화공께서 뵙기를 청하고 계십니다."

"가봐야 할 때가 된 것 같군요. 먼저 가보겠습니다. 제가 다녀갔다는 말은 정 대인께 하지 말아주십시오. 그리고 경아는 무슨 수를 써서라도 제가 반드시 구하겠습니다. 그럼!"

한효월은 다시금 그녀에게 머리를 숙여 보였다.

"한 공……!"

소리없이 사라지는 그를 보며 주자미는 그를 부르려고 하다가 입을 다물었다.

바람처럼 표홀한 그를 잡아서 뭘 어찌하겠다는 말인가.

그는 마치 나타나지 않았던 것만 같다.

손에 들린 봉서만이 그가 방금 이 자리에 있었던 것을 말해 주고 있을 따름이다.

"마마……."

밖에서 소리가 들려왔다.

"들어오라고 해라."

주자미는 대청에서 정화를 만났다.

"돌아간다구요?"

주자미는 미간을 찡그린 채로 앞의 정화를 노려보았다.

"황상께서 부르시니 어쩔 수 없이 잠시 다녀와야 할 것 같습니다."

"지금 상황이 어떤지 보고를 하긴 한 건가요?"

"물론입니다. 하지만 다녀가라는 교지를 내리셨으니 어쩌겠습니까? 가능한 한 빨리 돌아오겠습니다. 제천교주가 이미 죽었고 나머지에 대한 것도 감시를 게을리 하지 않고 있으니 큰 문제는 없을 것입니다."

"그게 말이나 된다고 생각해요? 그자의 시체도 찾지 못했는데!"

"시체는 찾지 못했지만 그 상태에서 살아난다는 것은 불가능한 일로 판단됩니다. 그가 살아 있다면 이미 뭔가 움직임이 있었겠지요. 너무 심려하지 않으셔도 됩니다."

"천하의 강자가 모두 다 모여들었어요. 듣기로는 지난 백 년 이래 가장 큰일이 지금부터 일어날 거라고들 해요. 당연한 것이 천하에 흩어져 있는 나라를 세울 만한 힘을 가진 자들인 천하십왕이 모두 모여들었는데 어찌 조용할 수가 있겠어요? 그런데 심려를 말라니?"

"가능한 빨리 돌아오겠습니다. 황상께서 일단 소환하신 이상, 어쩔 수 없음을 공주께서도 잘 알고 계시지 않습니까?"

정화가 난감한 기색으로 말했다.

"그러니까 지금의 상황이 어떤지 잘 말씀드리고 대국을 살펴야 할 게 아닌가요? 저들 중에서 만약 누구 한 사람이 득세하여 나머지를 지배할 수 있게 된다면 대명의 국세가 흔들릴 수도 있음을 설마 모르고 있단 말인가요?"

"알고 있습니다."

"그런데도?"

"후우…… 황상께서 지급이라고 단서를 다신 이상은 어떤 일이 있더라도 예외가 될 수가 없습니다."

정화가 난감한 빛으로 말을 받았다.

"당신도 말인가요?"

주자미의 추궁에 정화는 쓴웃음을 머금었다.

"신의 권력이라는 것은 황상의 명에 의해서 생기는 겁니다. 그분의 명을 거역하고서 어찌 살기를 바라겠습니까?"

"……."

주자미는 입을 다물었다.

황제의 권위는 가히 절대적이다.

누구도 그의 권위에 도전할 수도, 그래서는 아니 되었다. 죽기를 각오하기 전에는.

그것을 잘 알고 있는 그녀이기에 결국 입을 다물 수밖에.

"신이 간다고 할지라도 대국에 지장이 생기지는 않을 것입니다. 좀 있으면 신이 없을 동안 지휘할 사람이 올 테니까요."

"누가 온다는 거죠?"

"왕 시위(王侍衛)가 올 겁니다."

그의 말에 주자미의 안색이 달라졌다.

"그가 온단 말인가요? 그럼 홍무천위(洪武天衛)를 이끌고 올 거라는 말이오?"

"그렇습니다."

"왜 지금에서야 그가?"

정화의 안색이 침중히 굳어졌다.

"황상께서는 봉신지약의 실체를 아시고는 그것이 세상에 드러나기를 원하지 않으십니다."

"원하지 않다니…… 그런다고 뭐가? 설마 하니 왕 시위가 홍무천위를 이끌고 천하십왕을 공격이라도 하겠다는 것이오? 말도…….'

"불가능한 일은 아닙니다."

"그걸 가능하다고 생각한단 말이오?"

주자미가 어이가 없다는 듯 안색을 굳히고 코웃음 쳤다.

"쉽지 않지요. 하지만 봉신지약의 주인을 없게 하는 것이 꼭 천하십왕 모두를 죽이거나 공격해야만 될 수 있는 일은 아닙니다. 봉신지약만 없애면 가능한 일이지요. 전설은 전설로 남아 있을 때 가치가 있는 법이니까요."

정화가 미미하게 웃음을 지었다.

"황상께서는 공주마마께서 왕 시위를 도와주기를 바라십니다."

"내가 가진 힘은 황궁의 것이 아니에요. 그는 죽음으로서 무림을……."

정화는 굳게 문이 닫힌 그녀의 침실을 힐끔 보고는 굳은 얼굴로 말을 이었다.

"그분이 대협임은 누구나 알지요. 하지만 그도 대명의 신민(臣民)입니다. 황상의 신하이며 백성이니 죽어서라도 황상께 봉사함은 이치를 따져도 잘못된 것이 없지 않겠습니까?"

"그게 말이나 된다고 생각하는가요?"

주자미가 안색을 차갑게 굳혔다.

"신은 감히 황상의 용심(龍心)을 전했을 따름입니다."

정화는 그녀를 향해 고개를 숙였다.

“…….”

주자미는 입을 다물었다.

왕 시위.

그의 이름은 그녀도 잘 알지 못했다.

하지만 어둠 속에서 황제를 지키는 사람이 그다. 그가 거느린 홍무천위는 세상에 그 실체를 드러낸 적이 거의 없다. 아는 사람은 모두 죽었기 때문이다. 그들이 나타날 때마다 거기에 있던 사람들은 모두 시체가 되었다. 죽이기 위해서만 그들은 나타난다. 황위에 오른 홍무제가 그 자리를 지키기 위해서 정예고수들만을 모아 만든 직속 호위 부대가 바로 홍무천위이며, 세상에 알리지 않은 것은 그들이 척살만을 임무로 하는 까닭이다. 단순히 호칭을 왕 시위라 하는 그 수장(首將)은 누구의 말도 듣지 않는다. 오직 황제의 명만을 받을 뿐.

그들을 보냈다는 것은 황제가 유사시에 모두를 죽여서라도 봉신지약을 없애겠다는 의지의 표현이다.

‘아무리 그들이라도 천하십왕을 상대로 한다면…….’

주자미의 안색이 무거워졌다.

그러던 그녀는 문득 안색이 달라졌다.

어쩌면 한효월은 이런 상황마저 짐작하고 있었다는 것일까?

설마…….

*　　　*　　　*

동정호.

물빛은 탁하다. 하긴 수백 리 대호가 어찌 심산의 옹달샘처럼 맑을 수가 있겠는가. 수지청즉무어(水至淸則無魚)라는 말처럼 이 탁해 보이는 동정호에는 오히려 수많은 물고기들이 살고 있어 어민들의 든든한 배경이 된다.

그 탁해 보이는 동정호도 노을이 지면 붉어진다.

모든 물살이 황금을 뿌려놓은 듯 붉고 누렇게 뒤채고 하늘은 온통 붉은빛 구름이 장대히 세상을 누른다.

거기에 낚시를 드리운 자 하나 있으니 말 그대로 천연입화(天然入畵)다.

퐁퐁…….

낚싯대가 요동을 한다.

물살이 둥글게 둥글게 파문을 일으키면서 포말을 튕겨낸다. 팽팽히 당겨진 낚싯줄을 보면 필시 큰 고기가 물린 것이 분명했다.

그럼에도 이 낚시꾼은 낚싯대를 낚아챌 생각을 하지 않았다.

물끄러미 낚싯줄을 바라보고 있을 뿐이다.

그런데 가만히 보고 있음에도, 낚싯대를 손에 쥐고만 있음에도 불구하고 부러질 듯 휘어져 물속에 잠기던 낚싯대의 끝이 문득 천천히 위로 솟구쳐 오르는 것이 아닌가. 마치 기지개를 켜듯이, 누가 잡아당기기라도 하는 것처럼.

잉어 한 마리가 낚싯대에 매달려 올라오기 시작했다. 버둥거리며.

피잉…….

갑자기 낚싯대 끝이 하늘로 불끈, 치솟았다.

잉어가 하늘로 날아오른 것은 물론이다.

잉어는 낚싯줄의 흔들림에 따라 춤을 추듯이 요동을 쳤다. 이리 뒤집히고 저리 뒤집히고 마치 누가 허공에서 잉어를 가지고 장난치는 것만 같아 보였다.

"아!"

탄성이 들려왔다.

그 소리가 들리자 모든 것이 끝나 버렸다.

허공에서 춤을 추고 있던 잉어는 다시금 물속으로 들어갔고 낚시꾼은 낚싯대를 버리고 일어섰다.

대로 만든 삿갓을 쓴 사람, 그 아래 드러난 얼굴은 바로 좌백이었다. 내공을 이용하여 길게 늘어진 낚싯대의 줄을 조종했던 그의 얼굴에는 이미 지난날의 그 무기력한 모습은 보이지 않았다.

"이제 내공을 모두 회복한 건가요?"

다시금 예의 음성이 들려왔다.

"대충은 그런 것 같소."

미미한 웃음을 머금은 좌백이 고개를 끄덕였다.

"와아!"

여인, 종소교가 펄쩍 뛰어 그에게 매달렸다.

"엇~!"

좌백이 당황해 허둥거린다.

"그럼 그렇다고 진작 이야기를 하지, 오늘 같은 날 어떻게 그냥 있을 수가 있겠어요? 당장 가서 준비를 해야지!"

활짝 웃어 보인 그녀가 활달하게 뛰어 사라졌다.

그녀의 그런 뒷모습을 보는 좌백의 얼굴에 웃음이 떠오른다. 언제라도 보는 것만으로 흐뭇한 여인. 그녀를 생각하는 것만으로도 힘이 난다. 한 여인에 대해서 이런 생각을 하게 될 줄은 정말 상상조차도 해본 적이 없다.

그러던 어느 순간 그의 얼굴이 굳어진다.

그가 바라본 노을은 시뻘겋게 동정호로 무너져 내리고 있었다. 세상이 온통 불타고 있는 듯 보인다.

어쩌면 나 혼자 너무 호사하고 있는 것은 아닐까?

“룰루~”

종소교는 콧노래를 흥얼거리면서 음식을 만들고 있었다.

그냥 간병을 하는, 돌봐줘야 하는 사람이었다. 그런데 언제인가부터 그것이 즐거워졌고 그가 고뇌하면 괴로웠고 그가 웃는 것을 보면 즐거워졌다. 대체 언제부터인지 알 수 없었다.

그냥 그를 보면 좋았다.

그에게 힘이 되고 싶었다.

어이없지만 가끔은 그가 낫지 않았으면, 그대로 있었으면 하고 바랬을 때도 있었다. 그가 자신의 곁을 떠날까 두려워졌기 때문이다. 좀 더 정확히 말하자면 자신의 옆에 그가 없다는 것이 두려워졌다는 것이 옳으리라.

하지만 건강해진 그를 보자, 웃는 그를 보자 자신도 모르게 기분이 좋아졌다.

가짓수야 많지 않지만 정갈한 반찬이 상 위에 놓여졌다.

그리고 좌백은 종소교와 함께 그것을 맛있게 먹었다. 체력도 회복되고 무공도 거의 회복되었다. 그의 무공은 한효월의 도움으로 비약적으로 높아졌으므로 그의 무공이 거의 회복되었다 함은 이미 전과는 비교할 수 없이 높아졌음을 의미한다. 그러니 먹는 양도 많아서 종소교는 그런 그를 돼지라고 불렀다.

누가 감히 천수단혼 좌백을 돼지라 부를 것인가.

하지만 그 소리를 들으면서도 좌백은 웃기만 했다.

누가 보아도 그들은 행복한 한 쌍처럼 보였다.

좌백은 설거지를 하는 그녀를 마당에서 바라보았다. 반쯤 닫힌 문틈으로 간혹 보이는 그녀의 얼굴은 행복해 보였다.

하지만 그런 그녀를 멀리서 보는 좌백의 안색은 무거웠다.

'당신을 떠나고 싶지 않지만 나는 떠나야만 하겠소. 교매. 당신을 책임지겠다는 말은, 당신을 사랑한다는 말은…… 돌아와서 하겠소. 당신이야말로 내가 세상에 태어나서 처음으로 사랑한 여인이오!'

그의 눈빛이 일렁였다.

전혀 기대하지 않았던 무공의 회복.

그런데 한효월이 시킨 대로 하자 무공은 다시 살아나기 시작했고 좌백은 침식을 잊고 거기에 매달렸다. 한효월은 그에게 있어 단순히 사문의 어른, 사숙이 아니었다. 그에게 새 생명을 준 사람이었다.

그가 자신의 죽음을 담보로 천하를 위해 동분서주하고 있음을 알면서도 이렇게 여기에 웃으며 있을 수는 없었다.

살아서 돌아올 수 있다면.

그럴 수 있다면 그때 그녀에게 말하리라.

당신을 사랑한다고.

마계탐색(魔界探索)

―마계를 찾아가다
악마의 탄생(誕生)을 막고자 하다

마계탐색(魔界探索)

태백산(太白山)은 예로부터 신령스러운 곳으로 알려졌다.

동서로 길게 누운 이 태백산은 진령산맥(秦嶺山脈)의 주봉이다. 진령은 또 다른 이름으로 종남산(終南山)이라고도 하지만 종남산은 엄밀히 말해 진령의 한 봉우리라고 할 수 있다. 봉우리치곤 너무 넓은 것이 탈이긴 하지만. 이 진령은 황하와 장강의 분수령이 되는 곳이기도 하거니와 그 길게 뻗어난 산맥의 동단(東端)에는 유명한 서악(西嶽) 화산(華山)이 있기도 하다.

산에는 사시사철 눈이 쌓여 있어 고봉의 높음을 웅변한다.

곧 겨울이다.

하지만 태백산은 이미 겨울이다.

여름에도 눈이 녹지 않는 산속에서 계절을 논함이 무슨 의미가 있으랴.

휘이잉…….

휘몰아치는 칼날 같은 바람에 어제부터 흩날리기 시작한 눈발이 몸서리를 치며 이리저리 도망간다. 하지만 눈발이 어디로 도망갈 수 있을 것인가. 사방을 휘돌며 산봉을 휘감고 몸부림을 칠 뿐이다.

까마득히 올려다보이는 산봉.

산정에서 중턱까지 몰아치고 있는 눈보라는 여기에 없다. 살갗을 에이는 듯한 공포스러운 삭풍이 존재할 뿐, 하지만 눈이 없다고 해서 어찌 그 바람을 예사스럽다고 하랴. 뼛골에 스며드는 바람은 아무리 생각해도 심상치가 않다.

쒸아아앙…… 쓰쓰쓰으…….

귀신이 호곡하는 것 같기도 하고 악마가 벽을 긁어대는 것 같기도 한 소리가 사방을 메아리치니 과연 이곳이 이승인지 저승인지조차 알기가 힘들었다.

게다가 대낮에도 햇빛이 들지 않는다.

스멀스멀 목덜미로 파고드는 안개는 형체가 있는 것처럼 기괴한 숨결을 불어넣으니 제정신을 가진 사람이라면 누구라도 이런 곳에 오려고 하지 않으리라.

"정말 기분 나쁜 곳이군요?"

유성이 주위를 둘러보면서 투덜거렸다.

보이는 모든 것들이 검다.

아니, 칙칙한 검은빛이라고나 할까.

"뭔 놈의 안개가 흩어지지도 않고 형체가 있는 것처럼 이렇게 뭉쳐 있다니…… 게다가 이 바람은 정말……."

그의 투덜거림을 들으면서 한효월은 굳은 얼굴로 주위를 둘러본다.

정말 기분 나쁜 곳이 분명했다.

'평범한 곳이라면 결코 이런 기운을 뿜어낼 수가 없다. 제대로 찾아온 것 같기는 한데…….'

하지만 목적했던 곳은, 찾던 사람은 찾지 못했다.

어디가 어딘지도 찾기가 힘들다. 이곳에 이르기 위해서만도 태백산에 달려온 다음에 이틀을 소비했다.

"네가 찾아가야 할 곳은 절천애(絶天崖)다. 교장에 아마 마경의 소재가 기록되어 있다면 태백산 천마애(天魔崖)라고 되어 있을 게다. 하지만 천마애라는 이름은 교중에서 마경의 소재로 일컫는 지명일 뿐, 실제로 태백산에 사는 그 누구에게 물어도 알지 못한다. 그곳에서 불리는 이름은 절천애지."

괴노가 알려준 곳이다.

"절천애의 아래에는 마경이 있다고 알려진다. 하지만 그간 숱한 마교의 능인(能人)들이 그곳에 갔었지만 마경을 찾아내지는 못했다. 간혹 마경을 찾지는 못했으되, 마기(魔氣)를 얻은 자들이 있긴 했지만 그들은 모두 미치광이가 되어 마교를 흔들어놓았을 뿐이다. 그런 피해가 계속되자 마경의 소재는 극비에 붙여져 교주만이 알고 교장에 기록해놓았을 따름이지……. 마경은, 글자 그대로 마경이라 신비롭기도 하고 무섭기도 하다. 이미 네놈은 짐작을 했겠지만 나 또한 마경을 찾기 위해서 그곳을 헤맨 적이 있다. 그렇게 해서 내린 결론은, 마경이 늘 존재하는 것이 아니라 어느 순간에만 한시적으로 모습을 드러낸다는 것이다."

그 말이 의미하는 것은 때가 아니라면 마경을 찾을 수 없다는 의미다.

집에 들어가려면 문이 열려야만 한다.

마찬가지로 마경의 문이 열리지 않는다면 마경이 있는 곳에 있다 할지라도 들어갈 방도가 없음이 정상일 것이다.

과연 지금이 그때일까?

한효월은 하늘을 올려다보았다.

천신만고 끝에 절천애를 찾아왔다.

괴노가 이곳을 찾은 것은 정말 오래된 일이라 이곳을 찾는 것만도 쉬운 일이 아니었다. 길이 있는 것도 아니고 당연히 길이 없기도 했다.

손을 내밀면 자신의 손가락도 보기 힘든 안개가 시야를 가린다.

더욱 괴이한 것은 끊임없이 불어오는 바람이다. 그 바람은 음습하면서도 칼날과 같아서 어지간한 사람이라면 아마 금방 병이 나고 말 것 같은데, 그런 바람이 계속 불어옴에도 안개가 걷히지 않고 끊임없이 일어나고 있다는 점이 믿기 어려웠다.

"아무리 봐도 기분이 나빠……."

유성이 중얼거렸다.

무슨 몽환(夢幻)의 세계에 들어온 것만 같다.

그것도 지저 깊숙이 있는 지옥의 문턱 가까이.

태백산은 웅장한 산세를 가진 산이다.

그 상봉은 일 년 내내 눈이 녹지 않는다.

절천애는 바로 그 상봉의 뒤에 있는 깎아지른 절벽이고 협곡이었다. 군이 찾아들지 않는다면 아마도 평생을 두고 고심해도 들어갈 일이 없는 그런 곳이었다.

길도 없는 그런 곳을 따라 경공을 전개하여 내려왔다.

그러기를 대충 오백 장은 내려온 것 같으니 어찌 아무렇지도 않겠는가. 이젠 위를 올려다보아도 하늘은 보이지 않고 검푸른 흐름만이 하늘을 대신한다. 그렇다고 해서 칠흑 같은 어둠이 시야를 짓누르는 것은 아니다.

그저 음산할 뿐이다.

금방 옆에서 귀신이 피를 흘리며 나타나도 전혀 이상하지 않을.

공포(恐怖)!

유성은 한효월의 옆을 떠나지 않았다.

옆을 보면 바로 옆에서, 뒤를 보면 앞에서, 앞을 보면 뒤에서 귀신이 나타날 것만 같아서였다.

"아직 오지 않았을까요?"

"그랬을 리는 없다."

한효월이 간단히 답했다.

"천무."

한효월이 부르자 천무가 뒤에서 모습을 드러냈다.

"예, 사숙."

"위사들의 거리를 줄여서 서로가 서로를 볼 수 있게 하고 흩어지지 않도록 해라. 심상치 않은 기운이 느껴진다."

"알겠습니다."

천무가 뒤로 사라졌다.

그들의 뒤에는 불과 사오 장가량의 거리를 두고 위사들이 따르고 있었다. 좌우로 길게 늘어져 수색을 하면서 앞으로 전진하고 있었는데 더 이상 그렇게 전진하지 말라는 것이다.

"도대체 이 빌어먹을 곳은 뭐가 이리 음산혀?!"

궁시렁거리면서 소매에 경력을 주입하여 앞을 쓸었던 유성은 갑자기 안색이 창백해졌다.

부릅뜬 눈.

그리고 시뻘겋게 내민 혀가 가슴까지 늘어졌다.

산발이 된 머리카락에 안개인지 얼굴인지 알기 힘든 창백한 피부. 그런 존재가 허공에 둥둥 떠 유성을 노려보고 있었던 것이다. 언제부터 거기 있었는지 알 수 없었다. 하지만 유성이 손을 움직여 안개를 흩트리자 바로 눈앞에서 그를 쏘아보고 있으니 어찌 놀라지 않을 수가 있으랴.

"흐악! 이게 뭐냐!"

놀란 유성이 기겁을 하고 뒤로 물러나는 순간에 '크악!' 괴성과 함께 귀신이 뒤로 튕겨졌다.

"조심해라. 적이다!"

유성의 앞을 가로막은 한효월이 무겁게 소리쳤다.

하지만 그는 이미 앞으로 덮쳐 가고 있어서 하마터면 엉덩방아를 찧을 뻔했던 유성은 얼굴이 붉어졌다.

만약 한효월이 손을 쓰지 않았다면 낭패를 당했으리라.

'망할! 이런 창피가 있나?'

이미 한효월은 앞으로 달려갔다. 워낙 안개가 짙으니 금세 모습이 어른거렸다.

"이 엉터리 귀신 놈 같으니!"

유성은 한효월의 일장에 나가떨어진 귀신을 걷어찼다. 귀신은 피를 토한 채로 널브러져 있다가 유성의 발길질에 끙, 하는 신음과 함께 다시 일 장여를 굴러가 버렸다.

"별거도 아닌 놈이……."

혀를 차면서 고개를 돌린 유성은 다급해졌다.

그 잠시의 차이로 한효월의 모습이 보이지 않았던 것이다.

"이런 망할…… 되는 일이 없……!"

급하게 앞으로 달려가던 그는 음산한 기운이 자신에게로 엄습해 옴을 경각(警覺)하고는 놀라 앞으로 내딛으려던 발로 땅 끝을 찍으며 옆으로 튕겨져 나갔다.

휘잉~!

뭔가가 방금 자신이 지나가려던 곳을 휘젓고 지나갔다.

하지만 그것이 끝이 아니었다.

기다렸다는 듯이 그가 날아간 곳에서 음산한 경력이 유성을 공격했던 것이다. 그것은 얼마나 은밀한지 잔뜩 긴장한 상태가 아니라면 얻어맞고 나서야 알 정도였다.

"이건 또 뭐야!"

경호성을 지르면서 유성이 손을 뒤집었다.

펑!

폭음이 앞에서 일어났고 유성은 그 충격에 비틀, 뒤로 물러나야 했다. 상대는 뜻밖에도 막강했다.

음산한 바람과 함께 적이 다시 공격해 왔다.

이미 종적이 드러났다고 생각했음인지 전혀 망설임도 거리낌도 없어 보였다. 그러자 적의 위력은 더욱 증강되어 손을 움직일 때마다 음산한 경력이 첩첩이 일어 유성을 옭아맸다.

‘네놈이 날 얕잡아본다는 거지?’

내심 냉소를 친 유성은 잇달아 물러나면서 허우적거리다가 갑자기 소매 속에서 단검을 앞으로 찔러냈다.

섬광이 번뜩이면서 단검이 앞으로 무찔러 나가자 삼엄한 검기가 뛰쳐나가서 적의 장세를 잘라냈다.

금방이라도 쓰러질 것 같던 유성이 난데없이 앞으로 뛰쳐 들어와 단검을 휘둘러 검기를 쏟아내자 적은 놀란 빛을 드러냈다.

“한 수가 있는 놈이군!”

냉소가 흘러나왔다.

투박한 음성이지만 그의 음성에는 여유가 있다.

훌쩍한 키에 청포를 걸치고 묘하게 생긴 관(冠)을 쓴 그는 창백한 얼굴이었다. 눈에서는 날카로운 빛이 비수처럼 빛나고 있어서 보기 드문 고수임을 말하고 있었다. 그것을 의미하듯 뜻밖의 공격을 당했음에도 그는 뒤로 물러나지 않았다.

긴 손톱을 칼날처럼 세워 유성의 검세를 막아낼 뿐 아니라 다른 손에서도 날카롭기 이를 데 없는 경기가 뿜어져 나왔다.

“유명조(幽冥爪)!”

그것을 알아본 유성이 놀라 외쳤다.

바로 그때였다.

갑자기 하늘에서 태산과 같은 권세가 청포인을 눌러왔다.

“호웃!”

다급한 외침과 함께 청포인이 옆으로 이동하면서 잇달아 소매를 휘저었다. 말은 소매를 젓는 것이지만 실제로는 그의 손톱은 이미 반 자나 되게 길어져서 가위처럼 허공을 휘저었고 음산하고도 날카로운 경력은 자신을 눌러오는 권세에 정면으로 맞서가고 있었다.

파팡!

음산하고도 맹렬한 경풍이 사방으로 밀려났다.

그 힘을 이기지 못하고 그처럼 짙었던 안개가 서너 장 주위에서 비명을 지르듯이 사방으로 흩어졌다.

"크윽……!"

청포인이 신음을 흘리며 뒤로 물러났다.

"풍도귀왕의 좌하(座下)의 삼군 중 하나냐?"

일수로 그를 물리친 사람이 우렁한 음성으로 물었다.

천무였다.

그는 당당한 기세와 태도로써 상대를 일거에 누르며 대답을 강요했고 사실 대답을 기다리지도 않았다.

"너는 빨리 사숙을 따라가거라. 이자는 내가 처리하마."

그 순간.

스슷!

소리도 없이 천무의 좌우에서 서너 명의 귀영이 솟아나 그를 공격해 갔다.

동시에 청포인도 다시금 그를 공격해 갔다.

"감히 반딧불이 명월과 밝음을 다투려 한단 말이냐?"

천무가 껄껄 웃었다.

동시에 그가 양손을 떨쳐 좌우로 권세를 쳐내자 그 권세에 맞선 귀졸 둘이 단숨에 피떡이 되어 피를 토하고 뒤로 튕겨져 버렸다. 한 주먹을 견디지 못하는 것이다.

그것을 보고 청포인은 가슴이 섬뜩해졌다.

"알았어요. 귀신은 빨리 돌려보내는 게 좋지!"

말과 함께 유성은 전력을 다해 앞으로 쏘아져 가기 시작했다.

"흐흐흐…… 제법 능력이 있다만, 앞으로 간다면 죽음뿐이다."

청포인이 음산히 소리쳤다.

하지만 그 말에 겁을 먹을 천무일 것인가.

"죽음을 겁냈다면 이 자리에 오지도 않았다. 너나 가서 볼일 보거라."

천무가 앞으로 나서면서 일권을 뿜어냈다.

그의 한 걸음은 정말 기묘하여 청포인은 도저히 피할 수가 없었다. 그냥 맞설 수밖에.

"이제 보니 네놈이 거령신권 천무인 모양인데 감히 본 진군과 맞설 수 있을 것 같으냐?"

그는 음랭히 웃어대면서 세워진 손톱에서 가공할 음풍기(陰風氣)를 뿜어내어 천무에게 맞서갔다. 그가 펼치는 유명조는 풍도귀부의 삼대 절학으로서 결코 가볍게 볼 수 있는 것이 아니었다. 게다가 그는 정말 천무가 말했듯이 귀부의 삼군 중 하나인 유명진군인지라 실력이 만만치 않음이 당연했다.

하지만 천무는 코웃음을 칠 따름이다.

쾅!

좀 전과 달리 폭음이 터졌다.

충격을 받은 유명진군은 가슴이 섬뜩해졌다.

천무가 또다시 일권을 쳐오고 있었던 것이다.

그것이 시작이었다.

일권에 다시 일권. 또 일권…….

　권세는 마치 거대한 태산이 무너지듯이 끊임없이 밀려들었고 연달아 사오 권을 받아낸 유명진군은 공포에 휩싸였다.

　'마, 말도 안 돼! 어떻게 저놈이 이런 가공할 위력을……'

　급하게 되면 손발이 어지러워지는 것은 고수라도 다르지 않다. 이미 충격을 받은 그는 대체 이 빌어먹을 수하들이 왜 그를 공격하지 않는지 힐끔 주위를 둘러보다가 안색이 크게 변했다.

　소리도 없이 수하들이 쓰러지고 있었고 지옥의 악귀와 같이 그들을 공격하는 자들을 발견했기 때문이다.

　무슨 타작을 하듯 일방적이었다.

　쾅!

　"크윽!"

　그가 피를 뿜어내면서 뒤로 잇달아 십여 걸음이나 물러났다.

　하지만 천무는 아무렇지도 않은 듯이 다시 다른 손을 휘둘러 일권을 질러내고 있었다. 양손이 마치 풀무와 같이 잇달아 쏟아져 나오는데 그 면면부절함은 가히 천하일절이라 부를 만했다.

　말이야 긴 듯하지만 실제로는 전광석화와 같은 속도.

　콰쾅!

　"크악!"

　처절한 비명이 터져 나왔다.

　일권을 막아내면서 흐트러진 그를 향해 천무가 사정없이 다시 일권을 그의 가슴에다 내질렀던 것이다. 가슴이 허물어지면서 내장 조각이 섞인 핏덩이가 유명진군의 입에서 튀어나왔다.

　어찌 상상이라도 할 수 있는 일이겠는가.

　그가 이처럼 어이없이 쓰러질 줄이야.

그가 튕겨져 나가는 것을 보자 천무는 뒤도 돌아보지 않고 몸을 돌려 앞으로 나아가기 시작했다.

"모두 흩어지지 말고 내 뒤를 따르라."

전이라면 절대로 쉽게 상대할 수 없었던, 어쩌면 승리조차 장담하기 어려웠을 강적을 쉽게 처리하고도 그의 음성에는 흔들림이 없다. 기쁜 모습도 아니고 너무 당연한 일을 한 모습일 따름이다.

그들이 사라진 곳에는 다시금 안개가 몰려들었다.

한효월은 암암리에 숨을 들이마셨다.

몸을 날리는 와중에 적의 공격이 여기저기에서 계속되었다.

하지만 이미 경지를 벗어난 그의 무공으로는 위협을 느낄 정도가 되지 못했다.

적이, 그것도 귀왕의 수하들이 있다는 것은 바로 이곳에 그가 있음을 의미하는 것이니 그가 제대로 찾아왔음을 말하는 것이라 그의 마음은 급하기만 했다.

"크윽!"

귀졸 하나가 눈을 부릅떴다.

분명히 귀왕의 수하에서 한가락 하는 자일 터이다.

하지만 한효월이 손을 쳐들자 그는 찔러왔던 귀차(鬼叉)를 부여잡고 부르르 떨고는 그 자리에 무릎을 꿇어야 했다. 참을 수 없는 구토에 이어 핏물이 그의 입과 코로 흘러나옴을 보며 그는 땅바닥이 일어나 자신의 이마를 치는 것을 느껴야만 하였다.

그런 그의 머리 위를 유성이 날아 넘었다.

그러나 그것이 끝이었다.

한효월이 손을 들고 있음을 보고 그 자리에 멈추어야 했던 것이다.

한효월은 굳은 표정으로 앞을 살펴보고 있었다.

그처럼 짙었던 안개는 서서히 걷혀 시야가 회복되고 있었다. 그렇게 드러난 일대는 참으로 괴기하였다. 검고 흰, 음산한 흙과 바위. 거기에 앙상한 가지를 드러낸 괴목(怪木)들은 서로 엉기면서 덩굴과 같이 바닥을 기고 바위를 타고 절벽을 덮는다.

한효월이 멈춘 곳은 그런 곳의 바위 위였다.

일부러 올라간 것이 아니라 그의 앞에서 길이 끝난 것이고 그 자리에서 한효월은 주위를 살펴보고 있었다.

뜻밖에도 앞으로는 호수였다.

이곳에 그런 곳이 있으리라 믿어지지 않을 만큼 호수는 컸다. 그런데 물이 실로 괴이하다. 푸르다 못해서 검다. 보는 것만으로도 소름이 끼쳤다.

촤아아…….

물결이 일지 않는데 어디선가 모르게 물소리가 들린다.

'이노무 계곡은 도대체 뭐 이렇게 생긴 거야?'

둘러보는 것만으로도 기분이 나빠진 유성이 한효월의 뒤에서 인상을 썼다. 뒤이어 천무의 모습도 나타났지만 그는 그들의 옆으로 접근하지 않았다. 주위를 경계하는 것이다.

호수는 반달 모양으로 퍼져 길을 막았고 너비만 십여 장은 넘었다.

그리고 그 호수의 건너 쪽으로는 다시 희미한 안개가 있어 시야를 가로막는다.

하지만 지금까지 지나온 곳보다는 심하진 않아 보였다.

그러나 그보다 한효월을 긴장시키는 것은 뭔지 알 수 없는 기분 나쁜 기운!

"마기로군……."

한효월이 중얼거렸다.

"예?"

"마기가 점점 강해지고 있다. 어쩌면 마경이 정말 열리려고 하는지도 모르겠다. 너는 여기서 기다리고 있거라. 천무."

"예, 사숙!"

천무가 앞으로 달려왔다.

"주변을 경계해. 무슨 일이 생길지 모르니 경계심을 늦추면 안 된다."

"사숙께서는?"

"난 이 호수를 건너가 보겠다."

"혼자 가셔도 되겠습니까?"

"내가 필요로 해서 신호하면 건너오도록 해. 호수의 너비야 십여 장이지만 주변에 바위들이 암초처럼 솟아 있으니 건너오는 데 어려움이야 없지 않겠나."

"알겠습니다. 주변을 경계하면서 신호를 기다리겠습니다. 너무 무리하지 마십시오."

"알겠다."

한효월은 땅을 박차고 날았다.

그의 신형은 한 번의 도약으로 새처럼 날아 건너편 안개 속으로 사라져 갔다.

'정말 사숙의 무공은 끝을 모르겠군…….'

그것을 보고 천무가 암암리에 한숨을 내쉬었다.

쿠쿠쿵······.

거대한 진동이 울려 퍼지고 있었다.

긴장된 표정으로 풍도귀왕은 앞을 바라본다.

그의 앞에는 독고경이 허공에 둥둥 떠 있다. 마치 물 위에 누운 것 같은 모습으로 떠 있지만 형체는 서 있는 것이라 허공을 부유하고 있다는 것이 맞을 터이다.

마지못해 그의 명을 따랐던 독고경이었다.

하지만 태백산 경내에 들어서면서부터 사정은 달라졌다. 태백산에 들어서면서 마치 홀린 듯이 무섭게 질주하여 이곳에 당도했고, 그리고는 저렇게 둥둥 떠 부유하고 있었다.

"대체 무엇을 하고 있는 것이냐? 마기를 느꼈다면 그 근원을 찾아야 할 것이 아니냐!"

이미 반나절을 기다린 풍도귀왕은 더 이상 참지 못하고 꾸짖었다.

······.

천천히 독고경이 시선을 돌려 그를 본다.

'음!'

그녀의 눈을 본 풍도귀왕은 부지중에 신음을 흘려야 했다.

눈빛이 달랐다. 분명히 얼마 전까지 그렇지 않았는데 그녀의 눈빛이 온통 검붉었다. 너무 붉어서 검게 보일 정도라 눈에서 핏물이 흘러나올 것만 같은데 눈에서 가히 혈광(血光)이라 할 핏빛이 비수와 같이 쏟아져 그를 쏘아보는 것이다.

"기다려야 한다······."

그녀가 중얼거렸다.

"기다려야 한다고?"

"그렇다. 아직은 때가 아니다. 때가 되어야 마경이 문을 열게 될 것이다……."

"아직도 더 기다려야 한단 말이냐?"

풍도귀왕이 소리쳤다.

쿠쿠쿠…… 쿠쿠쿠쿠우우…….

거대한 진동.

그가 오기 전까지는 그리 느낄 수 없었던 진동. 그것은 이제 발 밑을 흔들고 그들이 있는 이 절천애의 비곡을 떨어 울리고 있었다. 그리고 확연히 달라진 점. 그것은 설사 세 살 먹은 아이라고 할지라도 느낄 수 있을 정도로 사방에 마기가 피어오르고 있다는 점이었다.

그와 독고경이 있는 곳은 하늘을 가리며 솟구쳐 오른 절천애의 바닥이다. 위로는 까마득한 절천애의 벼랑이 그냥 치솟아 있고 산자락이 좌우로 길게 펴져 있다. 그 뒤로는 그가 건너온 호수가 있었지만 호수를 건너 이곳을 보면 마치 악마가 날개를 펼치고 있는 것처럼 공포스러운 형상을 한 곳이었다.

"때가 가까워 오고 있다……. 문이 개방되려면…… 내 몸 안의 마기가 완성되어야 한다. 혼을 불사르고 백을 날려 피를 불러야 비로소 마의 진체(眞體)를 볼 수 있으리라."

뇌리를 파고드는 중얼거림.

풍도귀왕은 음산한 기운이 자신을 끌어들임을 깨닫고 놀라 꾸짖었다.

"무슨 짓을 하려는 거냐?"

독고경은 핏빛 광채가 이글거리는 눈빛으로 그를 보면서 요기롭게 웃었다. 그 웃음은 절가(絶佳)하고도 요악(妖惡)하여 이루 형용할 수가 없을 정도였다.

보는 순간에 혼백이 날아간다고 해도 틀림이 없을 웃음.

하얀 그 웃음을 머금은 채로 독고경은 요기롭게 말했다.

"피가 필요해……. 너는 마경을 보고자 하지 않느냐? 이제 때가 가까웠다. 마경을 열려면 제물의 피가 필요하다……. 마경을 보고자 한다면 너의 피가 필요해……."

말과 함께 그녀가 양손을 그에게 내밀었다.

옷자락이 펄럭이는 가운데 가공할 흡력이 일어나면서 일 장여 밖에 있던 풍도귀왕을 끌어당겼다.

그 힘은 절대로 얼마 전까지의 독고경의 것이 아니었다.

"네 이년! 네년이 감히 누구를 암해하려는 게냐! 본왕은 너의 주인이다! 그것을 잊지 말라. 너는 마경을 열고 마기를 받아들여 그것을 본왕에게 전달하기 위해 존재하느니, 어떤 경우에도 그것을 잊지 말아야 할 것이다! 알겠느냐!"

풍도귀왕은 두 눈을 부릅뜨고서 벽력같이 소리쳤다.

그 소리에는 그가 평생을 기울여 수련한 귀공(鬼功)이 스며 있어 가공할 마기의 침습으로 인해 마녀로서 홀로 존재해 가던 그녀의 뇌리를 온통 헤집어놓고 말았다.

"전달하기 위해 존재라고?"

그녀가 머리를 흔들더니 중얼거렸다.

"그렇다! 너는 본왕의 종이며, 본왕이야말로 마계의 주인이 될 것이고 마경의 마기를 받아들여 영세제일존으로 세상을 지배하며 마교천하를 이루게 될 것이니 너는 절대로 나를 거역할 수 없다!"

기회를 놓치지 않고 풍도귀왕이 소리쳤다.

그의 음성 하나하나에는 치가 떨리는 사기로 충만했고 그것은 그가 이미 펼쳐 두었던 마법의 힘을 되살리기 위해 사용되었다. 천군만마와 싸우는 것보다 힘든 눈싸움!

…….

두 사람의 사이에서 가공할 마기와 사기의 소용돌이가 피어올랐다. 일대의 마기가 더욱 짙어져 펑펑! 이곳저곳이 퍽퍽 갈라지면서 돌덩이들이 튀어 올랐다.

초목 하나 찾아볼 수 없는 이곳.

일각에 가까운 정말 긴 시간이 흐른 뒤.

독고경의 눈빛이 누그러졌다.

"마존을 위한 통로……."

그녀의 입에서 중얼거림이 흘러나왔다.

풍도귀왕은 그 말을 듣고서야 비로소 한숨을 내쉴 수 있었다. 그 말이야말로 그녀의 뇌리에 심어놓은 그의 지령이기 때문이다.

"그렇다. 너는 본왕의 종이니 영원히 본왕의 수족으로서 천마군림을 위한 생을 살아야 할 것이며 영생하여 천마의 수호신이 되리라."

"천마의 수호…… 세상을 마로 물들이라……."

문득 독고경이 미간을 찡그렸다.

"피가 필요하다…… 마경을 열기 위해서……. 절로 열리기를 기다리려면 앞으로 얼마를 더 기다려야 할지 알 수 없다. 마경이 피를 원하고 있다……."

그녀의 눈빛이 풍도귀왕의 뒤에 서 있는 귀부의 고수에게 향한다.

그 눈빛을 받은 귀부의 고수는 놀라 안색이 창백해졌다.

"카아……."

독고경이 괴기한 소리와 함께 그를 가리키자 그를 비롯한 풍도귀왕의 뒤에 둘러서 있던 고수들이 일제히 귀를 틀어막으며 전신을 떨었다.

독고경이 양손을 뻗었다.

"크아악……!"

그가 갑자기 전신을 떨면서 비명을 질렀다.

두 눈을 부릅떴다.

부릅뜬 두 눈에서 핏물이 솟구쳐 나왔다. 아니, 피분수가 터져 나왔다고 함이 옳을 터이다. 벌린 입에서도 코에서도 귀에서도 칠공에서 핏물이 쏟아져 나왔고 독고경이 가리킨 그의 심장 어림이 터지면서 심장이 튀어나와 담고 있던 핏물을 아낌없이 바닥에다 쏟아냈다.

그런 모습으로 그는 거미줄에 걸린 파리처럼 휘청거리면서 독고경에게로 걸어가려고 허우적거리며 앞으로 나서다가 앞으로 쓰러졌다. 그 옆에 있던 자들도 마찬가지다.

하나둘 풍도귀왕이 데려왔던 자들이 그렇게 쓰러졌다.

"사, 살려주세……."

누군가의 신음, 호소가 풍도귀왕에게로 들려왔지만 얼굴을 일그러뜨린 풍도귀왕은 신음을 흘리면서 그 자리에서 움직이지 않았다. 자신이 하지 않는다면 어차피 누군가가 해야만 될 일임을 그는 잘 알고 있는 것이다.

ㄱㄱㄱㄱㄱ…….

괴이한 현상이 일기 시작했다.

그들이 쏟아내는 핏물이 땅바닥에서 흐르거나 고이는 것이 아니라 모래 위에다 흘린 것처럼 남김없이 땅속으로 스며들어 가기 시작했던 것이다. 그리고는 지축을 울리는 진동이 느껴졌다.

쿠쿠쿠쿠쿠……

눈앞에서 상상하지 못했던 현상이 나타났다.

거대한 소용돌이와 함께 눈앞 절천애의 절벽이 허물어지면서 괴기한 형태의 동굴 하나가 모습을 드러내기 시작했던 것이다. 검붉은 마기가 줄줄이 쏟아져 나왔고 주변이 온통 붉게 물들면서 공포스러움이 세상에 가득 찼다.

쿠쿠쿠……

하늘 저 멀리에서 뇌성이 우는 듯하더니 하늘이 어두워졌다.

동굴은 동굴이되, 눈앞에서 절벽이 갈라지자 그 형상은 실로 공포스럽고도 괴이하여 악마가 입을 벌리는 것 같아 보였다. 지축을 울리는 가운데 검붉은 기운이 핏빛 광채로 쏟아져 나오고 있었다.

"마경(魔境)!"

그것을 본 풍도귀왕이 자신도 모르게 신음을 삼켰다.

전설은 있으되, 한 번도 그 모습을 드러낸 적이 없었던 마경이 정말 그의 눈앞에 그 공포스러운 모습을 드러낸 것이다.

"까아아아—!"

독고경이 그 앞에서 전신을 떨었다.

사시나무 떨듯 전신을 떠는 그녀의 몸 전체를 혈광이 감싸고 있었다.

"마기를 받아들이고 있군……"

그것을 본 귀왕이 소리쳤다.

동시에 그는 바람처럼 앞으로 달려가 독고경의 등을 쳤다.

"너는 나의 종이다!"

심혼을 파고드는 외침.

동시에 그는 독고경의 머리에다 손을 얹었다.

"잊지 말거라. 너는 나의 종임을! 천마군림할 이 세상에 유일존은 오직 본왕 혼자임을……. 너는 마교의 유일한 호교신(護敎神)으로서 남게 되나니 네 스스로 마가 되어서는 아니 될 것이다!"

귀마호혼대법(鬼魔呼魂大法).

천마대법에서 파생되어 발전해 나간 이 대법을 펼치지 않는다면 후일, 독고경을 제어할 방법이 없다. 마기를 받아들여 명옥지신을 완성하게 된다면 스스로 마의 종이 되어 누구의 지휘도 받지 않게 되니 이는 전혀, 귀왕이 원하는 바가 아닌 것이다.

마경을 찾는 것은 그 마기를 받아들여서 세상을 지배코자 함이기에.

"까아아아……!"

독고경이 두 팔을 쳐들며 기성(奇聲)을 질렀다.

붉은 빛이 파도처럼 그녀에게로 몰려들고 있었다. 그것은 모래 속에 물이 스며들 듯이 독고경의 전신으로 빨려 들어간다.

구구구우구우…….

거대한 중얼거림과 함께 동굴의 크기는 더욱 커졌다.

사람 하나가 겨우 들어갈 것 같던 동굴이 이젠 코끼리가 들어갈 만하게 커졌다.

쏟아져 나오는 마기의 양도 비교되지 않을 만큼 많았다.

"들어가거라! 진정한 마기를 받아들이기 위해서는 마경으로 들어가야만 한다. 이것은 마경의 외기(外氣)이니 전신이 마기에 잠기게 되면 비로소 안으로 들어가 마인이 될 수가 있다!"

그녀의 뒤에서 귀왕이 명했다.

“끄으으…… 알…… 았다.”

그녀가 휘청거리면서 가공할 마류(魔流)를 뿜어내고 있는 마경을 향
해 한 걸음씩 걸음을 옮겨가기 시작했다.

출렁이는 붉은 빛 가운데 소용돌이 속으로. 전신이 공포스러운 혈광
에 잠겨들었다.

바로 그때였다.

“멈춰라!”

천둥치듯 들려오는 호통 소리 하나.

남해신니(南海神尼)

−사부 나타나다
인연(因緣)의 흐름을 누가 막을 수 있으리오

<h1>남해신니(南海神尼)</h1>

한 사람이 앞으로 걸어가는 독고경의 앞으로 날아들었다.

그는 독고경의 앞을 가로막는 동시에 일장을 휘둘러 그녀를 쳤다.

펑!

"카악!"

그의 일장에는 배산도해의 힘이 깃들어 있어서 보통 사람이라면 단숨에 형해(形骸)가 분쇄될 정도로 강력했다. 전신이 마기에 휩싸인 독고경이라 할지라도 버틸 재간이 없어 세찬 경풍에 휩싸여 비틀거리면서 잇달아 칠팔 걸음이나 튕겨져 나갔다.

"네놈은?"

그를 알아본 귀왕이 눈을 부릅떴다.

한효월이 나타난 것이다.

"귀왕! 이 아이는 당신을 믿었던 내 사형 독고해의 유일한 한 점 혈육이오. 그런데 당신이 어떻게 이렇게 할 수가 있소? 사형의 원망하는 소리가 들리지 않으시오?"

한효월이 성목(睶目)을 부릅뜨고서 꾸짖었다.

"그의 호방함에 이끌려 해줄 만큼 해주었다. 더 무엇을 해주란 말이냐? 대체 여길 어떻게 알고 쫓아온 것이냐? 정말 귀찮은 놈이로구나! 하릴없이 무덤을 파다니……."

귀왕이 미간을 찡그렸다.

한효월은 비틀 물러난 독고경의 눈에서 혈광(血光)이 형체를 이루며 쏟아져 나오고 있음을 보고 가슴이 섬뜩했다.

'늦었단 말인가?'

"경아! 정신 차리거라. 나를 몰라보겠느냐?"

말을 하면서도 손은 쉬지 않는다.

그는 벼락같은 호통을 치면서 양손을 번갈아 휘둘러 그녀를 쳤다.

독고경은 전신에 주체할 수 없을 정도의 마기를 받아들여 제정신을 차리지 못한 상태였다. 그런 상황에서 한효월이 공격을 하자 그대로 맞을 수밖에 없었다.

"캬악!"

그녀의 입에서 고통에 찬 비명이 터져 나왔다.

마기를 받아들이면서 거의 금강불괴지신이 되어버린 그녀였는데도 고통을 느껴 비명을 지르는 것은 한효월이 지금 운용하고 있는 것이 바로 항마신공인 부동명왕공이기 때문이다.

하지만 그 고통은 그녀의 정신을 일깨웠다.

"캬악! 감히 네놈이 나를 공격하다니!"

그녀의 입에서 저주에 찬 외침이 흘러나오며 그녀의 신형이 훌훌 하늘로 떠올랐다.

"경아!"

한효월이 다시금 천둥처럼 외쳤다.

그 소리에 고통스러운 빛을 떠올린 독고경이 사납게 이를 갈아댔다.

"네놈의 입을 찢어버리고 말겠다!"

한효월의 음성에는 부동명왕공이 운기되고 있으니 그녀가 고통을 느끼는 것은 너무도 당연했다.

그녀의 양손이 교차되면서 독고경의 신형이 허공에서 거꾸로 내리박혔다. 그녀의 손에서는 이미 명옥수가 극성으로 운기되어 있어 가공할 위세가 있었다.

그런데 뜻밖에도 한효월은 그것을 피하거나 맞받으려 하지 않았다. 두 눈을 부릅뜨고서 자신을 공격해 오는 그녀를 바라보고 있을 따름이다.

그리고 그녀의 장세가 사정없이 자신을 치는 순간에 전신을 떨었다. 호신진기가 부드러운 솜과 같이 그의 전신을 떨어 울리면서 받쳤다. 그 공포스러운 명옥수를 몸으로 받아낸 것이다.

"명(明), 왕(王), 현(現), 세(世)!"

천둥치는 음성과 함께 한효월은 독고경을 향해 두 손을 뻗었다.

미처 손을 회수하지 못했던 독고경의 양손은 한효월에게 꽉 움켜잡히고 말았다.

각지를 끼듯 서로 양손을 잡아 쥐게 된 두 사람.

말은 긴 듯하지만 그것은 너무도 찰나간에 벌어진 일이었다.

파파팡!

그 충격을 말하듯이 한효월의 주위 땅이 크게 비명을 지르면서 거대한 울림을 토해냈다.

"미친!"

그것을 본 귀왕이 코웃음 쳤다.

제아무리 내공이 강하다 할지라도 사람으로서는 마기를 접한 명옥마녀와 겨룰 수 없기 때문이다.

그런데 이상했다.

"캬아아!"

한효월과 양손을 마주한 독고경이 미친 듯 고함치는 것이 아닌가.

그녀의 양손은 물론이고 전신이 옥을 깎은 듯 투명하게 변했음에도. 짜짜— 짜자장! 하는 공기의 찢어지는 파장이 연달아 터져 나옴에도, 한효월의 입에서 핏물이 흘러나오고 있음에도 괴이하게 그녀는 고통스러운 듯이 이를 갈아대면서 전신을 뒤틀고 있었다.

그제서야 귀왕은 한효월의 전신에서, 그의 손에서 기이한 금빛 광채가 일어나 독고경에게 밀려가고 있음을 보았다.

그리고 끊임없이 일어나는 한효월의 읊조림.

"부동명왕(不動明王)?"

그것을 듣고 문득 안색이 달라진 귀왕은 노성을 터뜨리면서 몸을 날렸다.

"감히 네놈이 명옥마공을 깨려는 것이냐!"

명옥마녀 독고경은 이곳에 와서 또 다른 경지에 올랐다. 귀왕으로서도 이기기 힘들었다. 그런 그녀이기에 당연히 한효월을 이길 수 있으리라 버려두었던 귀왕은 상황이 이상하게 돌아감을 보고는 당황해 한효월을 공격해 가는 것이다.

절대절명!

천하의 고수 두 명의 공세를 한 몸에 접하게 되었다. 게다가 한효월은 손이 묶여서 귀왕을 상대조차 할 수가 없다. 처음부터 너무 무리한 시도였었다.

순간, 한효월은 두 발로 땅을 굴렀다.

쿠웅!

큰 울림과 함께 그의 신형이 독고경과 함께 옆으로 돌아갔다.

하지만 귀왕이 그 정도로 피할 상대는 아니었다.

그는 코웃음을 치면서 허공에서 몸을 돌려 경력을 쳐냈다. 그는 조금도 사정을 보지 않고 그의 성명절학 귀왕음부인을 펼쳐 내고 있어 그 기세는 흉험하기 짝이 없었다.

쿠쿠쿠—

한효월이 다시금 옆으로 물러났지만 여세마저 피할 순 없어 금방 안색이 창백해졌다. 그러자 부동명왕공에 제압되어 가던 독고경이 기세를 찾아 눈에서 혈광이 되살아났다.

갑자기 한효월이 소리쳤다.

"그를 막아라!"

흠칫한 귀왕은 이내 냉소를 흘리며 사정 보지 않고 한효월을 공격해 들어갔다. 선기를 제압했으니 단매에 쳐 죽이고 말려는 것이다. 이곳에서 누가 자신을 막을 수 있단 말인가.

그런데!

가공할 기세가 그의 뒤에서 폭풍처럼 들이닥치는 것이 아닌가.

한효월을 쳐 죽이려면 그도 살아남기 어려운 기세였다. 자신이 죽는다면 한효월을 죽인들 무슨 의미가 있을 것인가.

"무슨 이따위! 어느 놈이냐!"

대노한 그는 빙글 몸을 돌리면서 한효월에게 쳐냈던 공세를 그대로 돌려 뒤에서 공격해 오는 자를 쳤다.

쾅!

벼락치는 폭음.

엄청난 충격에 귀왕은 어깨를 떨면서 한 걸음을 물러나야 했다. 그는 대경실색, 앞을 바라보았다. 대체 누가 있어서 자신을 한 걸음 물러나게 했는지 믿을 수가 없었던 것이다.

그의 앞에는 복면인 한 사람이 있었다.

한 걸음 반을 물러나 전신을 흔들고 있는데, 그가 공격을 했음을 감안한다면 귀왕이 반수가량 위에 있음은 분명했다. 하지만 그것만으로도 귀왕을 놀라게 하기에 족하였다. 저 당당한 체구의 복면인은 그와 비교해 별 차이가 없는 고수가 확실했기 때문이다.

그 복면인은 충격을 받았음에도 불구하고 전신을 한 번 떨고 나더니 두 눈에서 빛을 뿜어내면서 쿵쿵 힘차게 앞으로 육박해 왔다. 먼저 공격을 하지는 않지만 전신의 옷이 일제히 부풀어 올라 깃발처럼 펄럭여 기세를 불러일으키고 있음은 실로 놀라운 위세라 하지 않을 수가 없었다.

"너는 누구냐?"

놀란 귀왕이 물었다.

복면인은 아무런 말도 하지 않았다.

잔뜩 기세를 품고서 그를 노려보고 있을 따름이다. 그의 전심전력을 오로지 귀왕의 움직임을 차단함에 있어 한효월의 명을 충실히 지키는 것을 알아보고 남음이 있었다.

'대체 어떤 놈이길래 이런 능력으로 한효월의 명을 받는단 말이냐?'

그가 누구인지 짐작조차 하기 힘든 귀왕은 감히 태만할 수가 없어서 경계심을 늦추지 않는 가운데 암중에 한효월과 독고경을 바라보았다.

좀 전 자신의 공격으로 독고경은 수세에서 일단 벗어난 듯 보였다. 하지만 그렇다고 해서 승세는 아니었다. 한효월의 부동명왕공이 워낙 그녀의 명옥마공에 상극이었기 때문이다.

불승불패의 국면.

바로 그때였다.

구오오오…….

난데없이 거대한 울림과 함께 열린 마경이 소용돌이치면서 더욱 커졌다. 뿐만 아니라 그 속에서 쏟아져 나오는 것은 핏빛의 강. 거대한 장강대하와 같은 흐름이 핏물과도 같이 쏟아져 나와 한효월과 독고경을 집어삼키듯 덮어버리는 것이 아닌가!

"캬아악!"

독고경이 전신을 떨었다. 두 눈이 꿈꾸듯 몽롱해졌다. 더하여 일신에 서린 살기는 더욱 무섭다.

"으으……."

한효월이 신음을 흘려낸다.

난데없는 변고에 잔뜩 맞서 있던 균형이 깨어져 버렸다. 등 뒤로부터 전해지는 마기는 너무 강력하다. 그러자 독고경이 힘을 얻고 그를 밀어붙이는 것이 아닌가! 그는 그 마기에 저항하면서 그녀를 상대해야 했다.

"캬캬…… 네놈을 나의 종으로 만들겠다!"

한차례 머리를 흔들어댄 그녀가 사악한 외침을 흘려낸다.

얼마 전까지 그를 알아보기도 하던 독고경이 이젠 전혀 알아보지도 못하는 것 같았다.

"정신 차려라!"

한효월이 천둥처럼 고함쳤다.

그의 전신에서 금광이 일더니 그녀를 핍박해 갔다.

하지만 그와 손을 맞잡은 독고경에게서는 미동도 없다. 느긋하기조차 한 표정에 사악한 미소가 떠오를 뿐이다.

"캬캬캬아아…… 이따위 항마신공 나부랭이로 나를 어찌할 수 있으리라 생각하느냐?"

그녀의 전신이 변하고 있었다.

투명한 맑은 옥처럼 보이던 그녀의 몸이 핏빛을 머금은 투명한 옥처럼. 전신에서는 붉고도 흰 빛이 서리처럼 뿜어져 나오는데 주위에 하얗게 서리가 맺혀 한겨울이 찾아온 것만 같았다.

"으으……."

한효월의 얼굴이 조금씩 일그러졌다.

장소가 너무 좋지 않았다.

뒤에서 계속해서 마기가 쏟아져 나오고 이젠 흡력마저 느껴졌다. 흡력은 공포스러울 만큼 엄청나서 조금만 방심한다면 그대로 빨려들어 가버리고 말 터이다. 게다가 독고경에게는 계속해서 마기가 공급되고 있으니 끊임없이 흘러나오는 강물을 홀로 막아야 하는 형국이었다.

만에 하나 그가 중조산에서 새로운 깨달음을 얻은 상태가 아니었다면 이미 견디지 못했을 것이 분명했다.

"아약향지옥(我若向地獄)하니 지옥자소멸(地獄自消滅)하리라!"

한효월이 두 눈을 부릅뜨며 고함쳤다.

─내가 지옥으로 가니 지옥이 스스로 없어지리라!

한 자, 한 자가 천둥이 치고 온갖 삿됨을 산산이 부수는 위력을 가진
진언(眞言)!

그러나 한차례 몸을 떤 그녀는 사악하게 웃어대면서 양손을 떨었다.
한효월의 전신이 그 진동을 이기지 못하고 뒤로 밀리기 시작했다.

"그걸로 천마의 재림을 막을 수 있을 것 같으냐?"

그녀가 몸서리치게 깔깔 웃어댔다.

"아약향수라(我若向修羅), 악심자조보—옥(惡心自調伏)……!"

한효월이 일그러진 얼굴로 소리를 쳤지만 이미 그 음성에는 힘든 빛
이 역력했고 잦아들고 있다는 것이 맞는 표현이었다.

'왜 이 순간에 마계가 열린 것인가!'

한효월은 이유를 알 수 없었지만 그것을 따질 여유 따위는 없었다.

바로 그때였다.

"경아! 손을 거두거라!"

무서운 기세를 가진 경풍 한줄기가 호통과 함께 날아들었다.

콰쾅!

그 위세는 사정없이 독고경의 등을 후려쳤다.

"크윽!"

뒤를 잇는 신음 소리.

독고경을 공격한 사람은 바로 천무였다. 그의 그 놀라운 무공으로도
독고경을 상해할 수는 없었다. 그는 차마 전력을 기울여 독고경을 칠
수는 없어 힘을 남겼지만 충격을 받은 것은 그였다. 맨손으로 송곳을
찌르면 이런 고통일까?

"어떤 놈이 감히 나를 공격한단 말이냐?"

독고경이 사납게 소리쳤다.

“경아! 정신 차려라! 나다. 나를 알아보지 못하겠느냐? 이사형이다!”

천무가 이를 악물고 고함쳤다.

그를 돌아본 독고경이 눈을 깜박였다.

“이…… 사형?”

“그래! 나를 알아보겠느냐?”

천무가 반색을 하며 앞으로 다가섰다. 그는 오래전부터 홀로 그녀를 가슴에 두고 있었지만 한 번도 내색한 적은 없었다. 그런 그였기에 이렇게 변한 그녀를 보자 가슴이 찢어질 듯했다.

그를 보자 독고경의 눈빛이 크게 흔들렸다.

“사, 사형…… 이리 와서 나를 도와주세…… 요. 나, 나는 나를 마음대로 할 수가 없어요…… 어서…….”

“그, 그래. 내가 도와주마.”

천무는 조금도 망설이지 않고 성큼성큼 그녀에게 다가섰다.

“안 돼! 물러나거라!”

그것을 보자 한효월이 다급히 부르짖었다.

“오호호호호…… 늦었다!”

독고경이 요기롭게 웃음을 터뜨렸다.

그녀는 한효월과 아직도 두 손을 잡고 있었다. 그럼에도 한 가닥 투명한 혈광이 그녀에게서 뿜어져 나와 바로 앞에 당도한 천무의 가슴을 쳤다.

쾅!

“크악!”

천무가 피분수를 토하며 뒤로 튕겨졌다.

사오 장이나 홀홀 날아간 천무는 허공에서 몸을 뒤집어 땅으로 내려섰다. 금방이라도 쓰러질 듯 신형을 비틀거리지만 굳건히 버티고 서는 그의 주위로는 그의 수하들이 모습을 드러내고 있었다.

"호오…… 제법이군. 나의 명옥마기(冥玉魔氣)를 맞고도 쓰러지지 않다니?"

그것을 보자 독고경은 뜻밖이라는 듯 깔깔 웃어댔다.

"경아! 네 자신을 보거라! 너는 심마를 몰아낼 수 있다! 정신을 차리거라!"

한효월이 공력을 모아 부르짖었다.

독고경이 천천히 시선을 돌려 그를 보았다. 사악한 웃음이 그녀의 얼굴에, 눈 속에 가득 떠올라 있었다.

"뭘 보면 되지? 넌 뭘 보고 싶은가? 내 몸뚱이? 원한다면 주지. 가져. 여기 있으니까. 나를 가지고서 심마를 몰아내 봐……. 오호호호……."

그녀는 깔깔 웃으며 가슴을 앞으로 내밀었다.

한효월은 그녀의 몸짓에 밀려날 수밖에 없었다. 양손을 꽉 맞잡은 상태라 어떻게 다른 방도를 취할 수도 없고 앞뒤로 밀려오는 마기를 어떻게 할 방법도 없어 속수무책이었다.

"이 몸을 가져. 얼마든지…… 얼마든지 주지. 그리고 널 내 종으로 삼으마. 호호호호……."

그녀의 눈에서 사악한 빛이 한효월을 향해 쏟아져 갔다.

이젠 그녀를 제도(濟度)함이 문제가 아니라 침습해 오는 마기와 싸움이 더 큰 문제가 될 지경이었다. 다급해서 가로막은 한순간의 판단 착오가 돌이킬 수 없는 상태가 되어버린 것이다.

그런데 바로 그때였다.

"나—무—아—미—타—불—! 그럴 순 없느니……."

심혼을 떨어 울리는 긴 불호 소리가 들려왔다.

난데없이 들려온 불호 소리.

그 소리에는 놀라운 항마척사지력(降魔斥邪之力)이 실려 있어서 명옥마공을 극한으로 일으키고 있던 독고경은 고통스러운 빛을 떠올리며 주춤, 한 걸음 물러났다.

"그는 네 사숙, 그것이 가당키나 한 소리더냐? 어찌 악마가 세상을 악으로 물들이려 하는고. 썩 물러나거라."

꾸짖는 음성과 함께 전단향(栴檀香)이 일며 강대한 힘 한줄기가 소리 없이 밀려와 독고경을 쳤다.

파앙!

"캬악!"

독고경이 비명을 질렀다.

지독한 고통이 그녀를 엄습했던 것이다.

"나무대자대비불! 하늘이 호생지덕을 내리나니, 어찌 삿됨이 정기를 침범할 수 있으리오!"

다시금 전단향이 일며 독고경을 쳤다.

"캬아악……."

그녀의 입에서 다시금 비명이 터져 나왔다.

그녀는 잇단 충격에 전신을 떨었고 세상을 뒤엎을 듯하던 그녀의 마기는 급격히 위축되었다.

정신을 차린 한효월은 때를 놓치지 않고 소리쳤다.

"내 비록 도산지옥에 들어간다 할지라도 도산(刀山)이 절로 부서지리니 네 마음은 오직 너의 것임을 잊지 말라!"

눈을 부릅뜨고 고함치자 그 소리는 천둥과 같이 독고경의 정신을 뒤흔들었다.

"캬악! 캬아아……."

그녀는 손을 떨치려 몸부림쳤다.

그때 그녀의 등 뒤에서 그녀의 머리에 손을 올려놓는 사람이 있었다.

"아이야, 너는 이미 태어나면서부터 선근(善根)이 있었으니 마기가 너를 고통스럽게 한다 할지라도 그것이 너를 해할 수는 없으리라. 사부가 너를 도와주리니, 네 몸에 깃든 마종(魔種)을 몰아내도록 하거라…… 나무관세음— 보살!"

자애하고 장중한 음성이 그녀의 그 괴로움에 밀려들었다.

장엄한 빛이 그녀의 전신을 덮어내리기 시작했다.

한효월은 이미 독고경의 전신을 지배하던 마기가 온통 뒤흔들리고 있음을 알았다. 뜻하지 않게 나타난 불문의 절대신공에 의해 다시없는 호기가 도래한 것이다.

"명왕의 힘으로 명하노니, 악마는 물러날지어다!"

한효월은 눈을 부릅뜨고서 전신의 모든 부동명왕공을 양손을 통해 쏟아냈다.

"끄아아— 아— 악!"

처절한 비명이 독고경의 입에서 터져 나왔다. 비명뿐이 아니었다. 그 입을 통해서 붉은, 마치 피처럼 붉은 광채가 안개와 같은 기운을 머금고서 쏟아져 나오고 있었다. 귀에서도 코에서도 전신의 모공에서도 그러했다.

"안 돼! 무슨 짓이냐! 멈추지 못할까!"

대노한 고함 소리가 사방을 울렸다.

그 광경을 본 귀왕이 다급하여 부르짖었지만 이곳에서 그를 도와줄 사람은 아무도 없었다. 매복했던 수하들은 대부분 죽었거나 바깥에 있었고 여기 왔던 수하들은 독고경에 의해 제물로 죽어갔던 것이다. 그리고 그를 가로막은 저 원수 같은 복면인은 절대로 만만하지 않아 그를 놓아주지 않는다. 아무리 발광을 해도 일시지간 그를 어찌할 수가 없다.

"나무관세음보살…… 나무관세음보살……."

장중한 불호가 사방으로 울려 퍼졌다.

털썩.

과도한 힘을 쏟아낸 한효월이 마침내 견디지 못하고 무릎을 꿇었다.

그의 손에 잡힌 독고경도 무릎을 꿇었다. 그녀의 손에는 이미 힘이 없었다. 전신에 서렸던 그 기운도 사라져 그녀의 몸은 마치 해물처럼 늘어져 있었다.

얼굴을 보자 그녀는 정신을 잃고 고개를 떨구고 있다.

그 머리에는 아직도 빛을 발하는 손이 올려져 있어 한효월은 그 손의 주인을 볼 수 있게 되었다.

나이가 몇이나 되었는지 알기 힘든 노니(老尼)였다. 그러나 자애한 얼굴에 장엄한 빛이 어려 절로 고개가 숙여지고도 남음이 있는 위의(威儀)가 그녀에게서 느껴졌다.

한효월은 길게 한숨을 내쉬며 독고경의 손을 풀고는 몸을 일으켰다.

"혹시 남해 절진 신니이십니까?"

한효월이 묻자 노니는 미미하게 웃으며 고개를 끄덕였다.

"고맙소. 세상 모두가 한 시주를 칭찬하더니 이제야 보니 오히려 그

칭찬들이 모자람을 알 수 있겠구려. 한 시주가 아니었다면 이 아이는 영원히 마경에서 벗어날 수가 없었을 것이오."

남해 관음초.

보타산에 은거해 있다는 절세의 기인. 독고경의 사부인 절진 신니가 뜻밖의 장소에 모습을 드러낸 것이다.

"과찬의 말씀이십니다. 그보다…… 소생이 너무 과도히 손을 쓴 게 아닌가 싶습니다. 경아는 아마도…… 무공을……."

"무공이 있고 없고가 무슨 소용이 있겠소? 어차피 여인의 마음에서 정을 끊게 되면 그 여인은 죽게 되는 것이니…… 이제 이 아이는 속세에 더 이상 머물러 있을 이유가 없구료."

뜻밖의 말에 한효월은 얼떨떨해졌다.

"그 말씀은?"

"노니가 이 아이를 받아들인 것은 노니의 의발을 전수하기 위함이었다오. 다만 그러기 위해서는 속세의 인연을 끊어야만 했으니…… 이 모진 고초는 모두가 이 아이의 마음속에 깃든 정(情)을 끊기 위함이오."

"그럼 경아를 출가시키시겠다는……."

"그것이 이 아이의 운명이라면 그리될 것이오. 괘념치 마시구려. 한 가닥의 정에 의지하여 평생을 괴로움에 묻혀 사는 것은 이 아이의 어미로서도 족했으니, 이 아이는 고불청등(古佛靑燈)을 벗삼아도 외롭지 아니할 것이오."

그녀는 한효월에게 정중히 합장하며 고개를 숙여 예를 표하였다.

"나무관세음보살! 세상을 대신하여 한 시주의 숭고한 희생에 감사를……. 당금 세상에서 내가 지옥에 들어가지 않으면 누가 가리? 라는 화두를 몸으로 실천할 사람이 몇이나 되겠소?"

한효월은 황급히 그녀에게 마주 합장했다.

"과찬의 말씀입니다. 어차피 오래 남지 않은 생이니 헛되이 버림보다야 그것이 나으리라 생각했을 뿐입니다."

"나무관세음보살…… 선재(善哉), 선재라……."

불호를 외운 그녀는 문득 미간을 찡그렸다.

"마계가 좀 있으면 완전히 열릴 것이오. 어서 이곳을 벗어남이 좋을 듯하오. 어지간한 사람이라면 마기의 침습에서 벗어날 수 없을 것이니…… 마계가 열린다면 신계(神界) 또한 열렸다는 의미이니 봉신방이 세상에 모습을 드러낸 것 같구료."

"역시, 그렇습니까?"

한효월이 무거운 표정으로 고개를 끄덕였다.

신계와 마계는 전설이다.

하지만 봉신방이 생기면서 그 두 곳은 결계에 의해 닫혔다고 하였다. 비록 독고경이 명옥마녀로서 마기에 이끌려 찾아왔다고는 하지만 이렇게 개방된다는 것은 그 결계가 풀렸다는 의미.

감천형 쪽에 그가 안배한 것이 예정대로 흐르지 않고 있다는 것이니 한효월은 절로 마음이 급해졌다.

"어찌하시렵니까? 소생은 지금 상봉으로 올라가 보아야 하겠습니다만……."

"노니는 세상을 떠난 몸. 지금 이 아이와 더불어 남해로 돌아가겠소. 나머지는 아마도 한 시주께서 어려움은 있으되, 해결할 수가 있을 것이오……. 나무관세음보살, 노니가 무능하여 도움을 드리지 못해 죄만할 뿐이오."

"별말씀을…… 그럼."

한효월은 그녀에게 정중히 고개를 숙이고는 몸을 날려 귀왕에게로 향했다.

그것을 본 절진 신니는 길게 불호를 외더니 금강결(金剛結)을 맺어 마계의 문이 열린 소용돌이치는 혈광의 좌우를 향해 쳐내기 시작했다.

"관음보살의 힘으로 마를 봉하니, 사(邪)는 금강력에 의해 부서지리라! 옴마니반메훔! 옴마니반메훔! 옴마니반메훔! 나무 사다남 삼약삼못다 구치남 다냐타 옴 자례주례 준제 사바하 부림……."

육자대명왕진언(六字大明王眞言)에 이어 준제관음(准提觀音)의 진언이 사방을 울리며 퍼져 나갔다.

팡! 팡팡!

그녀의 손짓에 의해 마계의 소용돌이를 중심으로 한 암벽에 진언이 새겨지기 시작한다. 불력으로 마력을 봉하고자 하는 것이다. 아니라면 최소한 억제라도 할 생각.

과아아아…….

그것을 느꼈음인지 마계의 마기가 더욱 강하게 쏟아져 나온다.

사방이 온통 혈광으로 가득 찬다.

크게 진동이 일었다.

쾅! 콰콰콰…….

한효월은 귀왕과 복면인의 격렬한 싸움이 벌어지고 있는 곳에 당도하여 대뜸 귀왕을 공격하기 시작했다.

근소한 우세를 점하고 있었던 귀왕은 그의 가세로 허둥대기 시작했고 그는 노하여 부르짖었다.

"이 파렴치한 놈!"

“나무관세음보살, 노니 또한 당신을 그냥 두지 않으리…….”

옆에서 절진 신니의 음성이 들려오자 귀왕은 크게 당황했다. 한 사람씩이라면 전혀 겁이 나지 않았지만 절세고수 세 사람의 합공이라면 귀왕 아니라 귀왕 할아버지라도 감당할 방법이 없다.

그렇다고 몸을 빼낼 수 있을 만큼 한가하지도 못하다.

“크악!”

귀왕이 비명을 질렀다.

앞을 가로막던 한효월에게 생사를 돌보지 않고 전력을 다해 귀왕음부인을 쳐냈다. 그는 자신이 사생결단의 기세로 공격해 가면 유리한 입장의 한효월이 결코 자신과 맞서지 않고 피할 것으로 보았고, 그럼 그 자리를 벗어나 후일을 기하고자 생각했었다.

그런데 상황은 전혀 달라서 한효월은 피할 생각조차 하지 않았다.

그의 공세를 몸으로 받아넘기고 그 무서운 수인지력으로 귀왕의 귀왕음부인을 공격했던 것이다.

한효월의 무공은 그가 생각했던 경지를 넘어서 있었다.

마기를 받아들인 독고경과 맞설 수 있는 것이 얼마나 엄청난 것이었던지를 정작 귀왕은 간과했던 것이다.

아무리 수인지력이 무섭다 한들, 이라고 생각했던 귀왕은 그 생각의 잘못을 치를 떨면서 후회해야 했다. 수인지력이 거침없이 귀왕음부인을 뚫고 들어와 귀왕의 손바닥을 뚫고서 귀왕음부인을 파괴해 버렸기 때문이다.

평생을 두고 고련한 귀왕음부인이 파괴되는 고통은 이루 형용키조차 어려웠다.

“크흐으으으…….”

거의 걸레처럼 뭉개진 오른손을 움켜쥔 귀왕이 치를 떨면서 부들부들 떨고 있는데 복면인이 그를 사정없이 후려갈겨 버렸다.

펑!

채 비명조차 지르지 못하고 귀왕이 튕겨져 나갔다.

그런 그를 복면인은 유령처럼 다시 쫓아갔다. 살려두지 않으려는 것이다.

"그만두시오."

한효월이 그에게 명했다.

그러자 복면인은 허공에서 몸을 뒤집어 내려섰다. 절대적으로 충실한 태도. 그는 다름 아닌 대막사왕 완일이었다. 괴노에게 제압당한 그는 지금 한효월을 절대적으로 따르고 있었다.

"가시오. 그리고 다시는 나타나지 마시오. 당신의 능력은 이미 지난날에 비해 절반도 되지 못하니…… 세상에 나타난다면 다른 사람에게 수모를 당하게 될 것이오."

"……."

사납게 한효월을 노려보던 귀왕은 말없이 그 자리를 떠났다.

"왜 그를 죽여 버리지 않습니까?"

유성이 옆에서 물었다.

"그는 아직 죽을 때가 아니다. 이젠 더 이상 세상에 해를 끼칠 수도 없으니 자신이 저지른 업보가 있다면 스스로 받게 되겠지……."

한효월이 길게 한숨을 쉬었다.

피곤했지만 아직은 쉴 때가 아니었다.

"가자!"

말과 함께 그가 훌훌 몸을 날려 그 자리에서 사라져 갔다.

복면인 완일도, 유성도, 천무를 비롯한 그 수하들도 그 뒤를 따랐다. 천무만이 절진 신니의 품속에 늘어져 있는 독고경을 힐끔 바라보았을 뿐이다.

과아아아…….

마의 후인을 받아들일 뻔하다가 실패한 마계의 마기는 절진 신니가 쳐둔 진언의 결계에서 노한 듯 소용돌이치고 있었다.

삼십여 장이나 떨어진 바위 위에서 그 광경을 보고 있던 절진 신니는 길게 불호를 외었다.

"나무관세음보살……. 저것이 금생에 네가 볼 그의 마지막 모습이리라. 잘 보았느냐?"

"……."

그녀의 물음에 독고경은 아무런 대답도 없다.

하긴 정신을 잃은 그녀가 무슨 답을 할 수가 있을 것인가. 그런데 아닌 것 같았다. 꼬옥 깨문 입술은 금방이라도 피가 흘러내릴 듯하고 질끈 내려감은 두 눈에서는 맑은 눈물이 흘러내리고 있지 않은가.

"그래. 실컷 우는 것도 좋으리라. 네 마음속에 서린 한을…… 그렇게 풀어도 좋겠지. 하나 후일 너는 알게 되리라. 너와 저 사람은 인연이 아니었음을……. 그때까지는 이 사부를 원망하여도 좋으리라."

절진 신니의 말에 독고경은 어린아이처럼 그녀의 품에 얼굴을 묻었다.

그녀의 어깨가 들썩이기 시작했다.

한 가닥 바람이 그녀들을 감싸기 시작할 때 두 사람의 신형은 그곳을 떠나 남해로 향하고 있었다.

전설시현(傳說示現)

―전설이 드러나다
음모(陰謀) 속에 최후의 힘이 드러나다

전설시현(傳說示現)

태백산은 거대한 산이다.

수백 수천이 한꺼번에 몰려든다 할지라도 그 종적을 찾기 힘들다. 그 숱한 사람들을 다 삼키고도 아무런 흔적을 남기지 않는 것이다. 하지만 오늘은 달랐다.

거기 나타난 사람들이 워낙 엄청난 신분들인 까닭이다.

그들 개개인이 모두 무림 중에서는 종사(宗師)의 위치에 있었고 그들을 따르는 사람들은 하나둘이 아니었다. 그러다 보니 나타난 사람만 오륙백이 넘고 암중에 몸을 숨기고 있는 사람은 과연 얼마나 되는지 짐작하기조차 어렵다.

빙천설지(氷天雪地).

어디를 둘러보아도 얼음과 눈뿐이라 과연 이곳이 중원에 있는 산인가 의아할 정도이지만 하늘을 꿰뚫을 듯 치솟은 태백산의 위용을 보자면 이해가 갈 수밖에 없다.

태백산은 예로부터 따로 태일(太一)이라고도 불렸다.

유일한 산이라는 뜻을 받은 이 산을 일러 그 높이를 알지 못한다 하였다. 대체 수백, 수천 척이라는 높이를 모두 나타내면서 왜 이 태백산만은 그 높이를 알 수 없다고 한 것일까?

감천형은 태백산을 오르면서 그 기험한 산세를 보고 놀라고 감탄했다. 어쩌면 이곳에 지금 오르고 있는 모든 사람들의 공통된 생각인지도 몰랐다. 하지만 이 순간 그 누구도 경치를 보고 감탄할 마음의 여유는 없다.

그들의 앞으로 뜻밖에 커다란 호수가 나타났기 때문이다.

"삼태백(三太白)이군……."

남해의 고수 두 사람이 멘 교자에 앉아 주위를 둘러본 만박노유가 말했다.

"삼태백이라…… 그렇다면 이태백, 일태백도 있단 말인가?"

요동권왕이 주위를 두리번거렸다.

"이태백이 있는 건 맞다. 하지만 일태백이 아니라 대태백(大太白)이라는 놈이 있지……. 높이대로 세 개의 호수가 있고 그 가운데에 아마 봉신방이 있을 것이야."

"가운데라고? 그럼 이 부근에 봉신방이 있다는 겐가?"

요동권왕의 얼굴에 흥분한 빛이 떠올랐다.

"지도대로라면 그렇지!"

만박노유가 세찬 바람에 추운 듯 털옷의 옷깃을 올리며 말했다.

사방에 눈이 쌓여 있고 불어오는 바람에 눈발이 날리면 정말 칼날처럼 찬 바람이 서릿발처럼 느껴졌다.

그럼에도 호수가 얼지 않는 것은 신비다.

만박노유의 말대로 조금 더 가자 호수 하나가 다시 나타났다.

말은 호수이지만 실제로는 그다지 크지 않다. 그리고는 저 멀리 눈 덮인 봉우리 사이로 푸른빛이 일렁임이 보인다.

또 하나의 호수.

그곳으로는 길조차 없다.

눈과 삼림으로 덮인 길을 그냥 통과해 올라가야만 한다.

그리곤 좌우로 병풍처럼 산세가 날개를 벌리고 있음이 보인다.

굳이 그것을 형용하자면 세 개의 호수가 조금 기울고 벌어진 역삼각형의 형상을 하고 있고 그 호수들을 산들이 병풍처럼 둘러싸고 있다. 정상까지는 더 올라가야 하고 정상은 눈으로 흰머리처럼 하얗게 빛나고 있었다.

낙락장송이 눈을 이고 고고히 서 있는 모습은 경건함마저 느껴진다.

"어디까지 가야 합니까?"

감천형이 주위를 돌아보면서 물었다.

"거의 다 온 것 같은데."

고려검왕이 주위를 둘러보면서 말했다.

"다 온 것 같다고? 그럼 어디인지 한번 찾아보게나."

만박노유가 클클 웃음을 흘렸다.

"신수(神樹)를 찾는다면 봉신방은 찾은 거나 다름이 없을 거요."

"신수라? 그 전설이 사실이라고 믿나보군? 만약 그게 사실이라면 자네는 왜 장백산에 가서 놀고 있는가?"

만박노유가 냉소를 흘린다.

"장백산 또한 영산(靈山)이기 때문이오. 천손의 시작이 태백산 신단수(神檀樹)임을 대한수호신문에서 명백히 전해져 오고 있으니 그 옹졸한 지식으로 억지로 폄하하려 하지 마시오. 당신들의 그 위대한 역사는 대부분 날조되었으니 사가(史家)라는 자들마저 양심을 버린 지 오래임을 당신은 부인할 수 있소?"

고려검왕이 차갑게 힐난하자 만박노유의 얼굴에 노기가 어렸다.

"말도 안 되는 소리로 넘어가려는 겐가? 역사가 날조되다니……."

"구당서(舊唐書)를 고쳐 신당서(新唐書)로 만들고 불리한 부분은 삭제하는 게 그간 중화로 일컫는 당신들의 일상(日常)이었는데 그걸 아니라고 강변한다면 당신의 학자적인 양심은 어디에 있단 말이오? 만약 그렇다면 당신을 믿어도 될는지 알 수가 없군……."

고려검왕의 얼굴이 차가워졌다.

"으음……."

만박노유는 음랭한 시선으로 그를 노려볼 따름, 말을 하지 않았다. 길게 가서 좋을 게 없으니 참자는 의미일까.

"핫하하…… 만박노유께서는 평생을 오직 한 길, 학문으로만 매진해 오신 분이오. 당신의 학문이 아무리 높다 한들, 어찌 노선생의 학문에 비할 바가 되겠소? 쓸데없는 논쟁은 그만두시오. 지금은 그것이 중요한 것이 아니라 과연 봉신지약에서 가리킨 곳이 어딘가 하는 게요!"

옆에서 남해용왕이 간섭했다.

"흥!"

고려검왕은 냉소하며 입을 닫았다.

어차피 말로 해서 수긍할 자들이 아님을 잘 알고 있는 까닭이고, 이곳에 그들과 말다툼을 하러 온 것도 아니기 때문이다.

"이곳이 확실합니까?"

남해용왕이 물었다.

"그렇소. 아마 이 부근이 맞는 것 같은데……."

만박노유는 손에 들고 있던 봉신지약에서 뜬 탁본(拓本)을 들여다보았다.

〈석조수영(夕照樹影).〉

달랑 네 자가 글자라곤 전부다.

"석양에 비친 나무의 그림자라…… 큰 박달나무 하나를 찾아보시오. 천하십성이 남겼다면 아마 오래된 것이겠지. 수령이 가장 오래되어 보이고 홀로 서 있는 박달나무…… 그 그림자가 있는 곳에 아마 봉신방이 있을 테니."

그의 말이 채 끝나지 않아서 사람들이 흩어졌다.

멀리 갈 것도 없었다.

이 부근이라면 모두가 고수 아닌 자가 없는 형편이니 그처럼 확실한 목표를 찾아내지 못할 리가 없는 것이다.

하지만 보이지 않는다.

소나무도 있고 박달나무도 보인다.

그러나 올연(兀然)히 모든 것들을 굽어볼 만한 그런 존재는 눈에 띄지 않는 것이다. 다 나름대로 풍취를 가지고 있지만 이거다! 할 만한 것이 보이지 않는다는 의미다.

"한 가지 여쭤도 되겠습니까?"

감천형이 고려검왕의 곁으로 다가서면서 물었다.

"무엇인가?"

"신단수라는 나무가 실제로 존재합니까?"

"그렇네. 아니…… 그 오랜 옛날에 전설로 전해진 것이니 지금까지 그 나무가 여기 있으리라고 믿기는 사실 어렵네. 하지만 내가 보기로 봉신지약에 새겨진 지세라면 이곳이 분명해. 선조들의 진적(眞跡)을 찾기 위해서 여러 번 이곳에 왔다 갔었으니까."

"찾으셨었습니까?"

"그렇지 못했네. 그랬다면 이렇게 망설이고 있을 리가 없지 않겠나?"

"그렇군요……."

감천형은 미간을 찡그린 채 생각에 잠겼다.

'그렇듯 눈에 띄는 흔적이라면 보이지 않을 리가 없다. 진세로 보호되어 모습을 감추고 있다면 찾기가 불가능할 터…… 신단수라고 이름할 만한 무엇인가가 다른 모습으로 있는 건 아닐까?

나무가 아니다?

나무이지만 나무가 아니다…….

감천형은 주위를 돌아보기 시작했다.

그도 봉신지약을 뜬 탁본을 가지고 있었다.

그 탁본을 보자 주변의 지세는 신기할 만큼 닮아 있었다. 백여 년 이상이 흘렀다면 어떻게든 변해 있을 텐데도.

"그렇다는 말이지?"

감천형은 이곳이 분명함을 확인하자 나름대로 방위 계산을 하기 시작했다.

"한 공자가 없으니 답답하군……."

옆에서 황엽이 중얼거렸다.

그것은 감천형도 그렇게 생각하던 중이라 그들은 서로를 마주 보고 쓴웃음을 지었다. 아마도 한효월이 이곳에 있었다면 이 수수께끼를 벌써 풀었으리라.

그들은 그렇게 생각하는 것이다. 무엇이건 해낼 수 있는 존재. 그들은 한효월을 그렇게 생각하고 있었다.

"한 공자는 언제 오기로 했소?"

"늦지 않겠다고 하셨습니다. 그때까지는 기다리라고 하셨습니다."

"흠…… 기다린다? 대체 어딜 갔기에 지금 상황에서…….'

"저도 모르겠습니다. 그분의 행동을 저로서는 예측하기 워낙 힘들어서요."

"하긴…… 그런데 말이오. 정말 언제 한 공자가 올는지 모르오? 그가 왜 이렇게 신비스럽게 행동을 하고 나타나지 않는지?"

감천형은 주위를 힐끔 보더니 전음으로 말했다.

'솔직히 말씀드리면 저도 아는 게 별로 없습니다. 제 사매인 경아를 구하기 위해서 가신다는 말씀만 하셨지, 어디로 언제 어떻게 하겠다는 말씀은 하지 않으셔서…… 제게 남긴 것은 시간에 늦지 않게 돌아올 테니 그때까지 기다리며 추이를 보라는 말씀뿐이었습니다.'

"흐음…….'

황엽은 고개를 끄덕였다.

그때 문득 감천형의 눈이 빛났다.

그것을 놓칠 황엽이 아니다.

그도 감천형이 보고 있는 것을 바라보았다.

이젠 저녁 무렵. 비스듬히 저녁 해가 비치고 있었다. 그런데 그 저녁 햇살을 받으며 오연히 솟은 절벽.

그 절벽에 묘한 문양이 드러나 있었던 것이다.

높이 십 장여에 이르는 나무의 모습. 실제의 나무가 아니라 석양에 드러난 음영(陰影). 하지만 분명한 나무의 모습이 거대한 팔을 뻗고서 오연히 드러나 있었다.

"저거란 말인가?"

황엽이 부지중에 중얼거렸다.

"맞을 것 같군요……."

감천형도 중얼거렸다.

석조수영.

그것은 석양에 비친 나무의 그림자가 아니라, 석양이 만들어내는 나무를 찾으라는 의미였다.

그런데 무산에서부터 감천형의 주위를 맴돌던 부해옥이 슬그머니 그들의 뒤를 따라왔다가 그것을 발견하고 소리쳤다.

"세상에, 여기로군요!"

그녀는 감탄해서 소리친 것이지만, 그로 인해 주변의 모든 사람들이 그 주위로 몰려들었다.

감천형은 암암리에 혀를 찼다.

아직 한효월이 오기 전이니 좀 더 시간을 끌어도 좋았을 텐데라는 생각이 들었기 때문이다.

그의 생각을 알 리 없는 부해옥은 여전히 감탄한 눈으로 그를 보며 말을 걸고 있었다.

"대단하군요. 다들 나무의 그림자만 찾고 있는데 어떻게 이런 생각을 할 수가 있었죠?"

"우연일 따름이오."

감천형은 무뚝뚝하게 대꾸했다.

'원, 좀 부드럽게 말하면 뭐가 부러지남?'

부해옥은 눈을 흘기며 속으로 투덜댔다. 하지만 그것도 멋지게 보이니 난감한 일이라 하지 않을 수가 없다.

"절묘하군! 절묘해……. 여기가 대자연진세의 축이로군!"

그 자리에 와서 본 만박노유가 감탄을 금치 못했다.

"그렇다면 이제 찾은 것이오?"

"물론이지."

만박노유가 교자에서 몸을 일으켰다.

하지만 그는 멀뚱히 앞을 바라보아야 했다.

감천형이 그의 앞을 가로막고 서 있었기 때문이다.

"무슨 일인가?"

"잠시 기다리시지요."

"왜?"

"아직 사숙께서 도착하지 않으셨습니다."

"사숙? 자네 사숙이 누군가?"

"한효월. 설마 그 이름을 모른다고 하실 생각은 아닐 걸로 압니다만."

"알든 모르든 그게 지금 무슨 상관이 있나? 나는 지난 세월 전설이었던 그 위대한 비밀을 풀어내고자 한단 말이야. 그런데 감히 내 앞을 가로막고서 그걸 방해할 텐가?"

"사숙이 오시면 막으라고 해도 막지 않습니다."

"한효월이 일세의 기재이기는 하지만 어찌 천하십왕이 대사를 앞에 두고서 그런 아이를 기다린단 말인가? 어림도 없는 소리. 어서 비키지 못할까?"

남해용왕이 미간을 찡그리고서 꾸짖듯 말했다.

"어림이 있지……."

요동권왕이 옆으로 다가오면서 입을 열었다.

"뭐라고?"

"나는 이번에 중원에 들어와서 제대로 된 사람은 몇 만나지 못했지. 그런데 그 한가 녀석은 유일하게 제대로 된 놈이었어. 이놈(감천형)도 상당히 쓸 만하긴 하지만…… 어찌 자네 같은 자와 비교할 수가 있겠나? 더구나 봉신지약의 한쪽은 그 아이의 것이었어. 주인을 기다려 줌은 당연한 예의지. 설마 그런 예의도 모르나?"

냉소가 짙게 깔린 요동권왕의 비웃음에 남해용왕의 얼굴이 음침히 가라앉았다.

"이 자리에서 해보자는 건가?"

"얼마든지."

요동권왕이 마다할 사람이 아니다.

미루었던 싸움일 뿐. 그가 팔짱을 풀었다. 눈에서 신광이 쏟아지기 시작했다.

어차피 한 길을 갈 사람들이 아니었다.

일촉즉발(一觸卽發)!

갑자기 긴장이 감돌기 시작했다.

"아직은 싸울 때가 아닙니다. 잠시 참으시면 사숙께서 곧 오실 겁니다. 백여 년을 기다렸던 일입니다. 잠시를 더 못 기다릴 이유가 없지 않습니까?"

감천형이 나섰다.

"듣고 보니 그럴듯하군."

만박노유가 고개를 끄덕였다.

"이해해 주시니 고맙군요."

"그럴듯하다고 해서 그럴 수 있다는 건 아니지."

만박노유가 미간을 찡그린 채로 머리를 저었다.

순간, 다급한 외침이 감천형에게서 터져 나왔다.

"엇!"

퍼펑!

그는 급급히 손을 모았고 맹렬한 기파(氣波)가 그의 앞에서 터졌다. 놀랍게도 무형지기가 그를 공격하여 그 힘을 이기지 못한 감천형은 비틀거리다가 결국 두 걸음이나 물러나야 했다.

납덩이처럼 굳어진 그는 두 눈을 부릅뜨고서 앞을 바라보았다. 자신을 향해 천천히 걸어오고 있는 만박노유를!

"다, 당신이……."

"왜? 뜻밖인가?"

만박노유는 뒷짐을 진 채로 그에게 다가오며 물었다.

"당신은 무공이 높지 않다고 하던데, 어떻게 심인상인(心印傷人)의 무공을 펼칠 수가 있단 말이오?"

감천형이 신음하듯 물었다.

그의 대응이 조금만 늦었다면, 그의 무공이 조금만 더 낮았더라면 그는 이 자리에서 피를 토하며 쓰러지고 말았으리라.

"무공이야 늘 수도 있지. 오랜 세월을 살다 보면 놀랍고 뜻밖의 일이야 늘 보고 들을 수 있는 거라네. 내가 무공을 지니고 있다고 해서 그게 뭐 그리 놀라운 일이겠나?"

그는 태연히 웃으며 걸음을 멈추지 않았다.

“멈추지 않으면 그냥 있지 않겠다!”

노호가 들려왔다.

요동권왕이 두 눈을 부릅뜨고서 그를 쏘아보고 있었다. 강력한 기세를 어린아이도 느낄 수 있을 정도였다.

“그냥 있지 않으면? 한번 해보겠다는 겐가?”

“원한다면 얼마든지……..”

말과 함께 요동권왕은 앞으로 성큼, 한 걸음을 내딛었다.

그리고 그는 이미 일권을 앞으로 쳐냈다.

두 사람의 거리는 겨우 이 장여.

그의 권세는 가히 배산도해의 가공할 것이라야 했다. 그런데 실제로는 아무런 기세도 느껴지지 않아서 공연히 허장성세로 장난을 한 것 같은 모습이었다.

하지만 감천형은 주변의 공기가 한순간에 진공으로 변함을 직감하고는 두어 걸음 옆으로 물러났다.

요동권왕 막풍은 만박노유가 만만치 않은 상대임을 알아보고는 무적패권 중의 가장 무서운 무형일기권(無形一炁拳)을 쳐낸 것이다. 그것은 겉보기로는 아무렇지도 않은 듯 보이지만 실제로는 그의 필생 공력을 깃들여 쳐내는 것이라 생사대적(生死大敵)이 아니라면 결코 쓰지 않는 무공이었다.

만박노유 또한 한눈에 심상치 않음을 알아보았다.

천하십왕의 무공은 누구도 쉽게 보기 힘든 것이기에 그 또한 미간을 찡그릴 수밖에 없는 것이다. 설마 요동권왕이 손을 쓰자마자 최강의 무공으로 공격해 올 것은 미처 생각지 못했던 것이기에.

“교활한 놈이로고.”

말과 함께 그는 손을 뒤집어 요동권왕 막풍을 막아갔다.

쾅!

거대한 폭음이 일었다.

그 가운데 나직한 신음. 사방으로 경기가 소용돌이치며 산자락 여기저기에서 비명처럼 메아리가 울려 퍼졌다.

세차게 소용돌이치는 경기 속에서 태산처럼 우뚝 선 채로 태연히 자신의 수염을 쓰다듬는 만박노유.

하지만 회심의 무형일기권을 쏟아낸 요동권왕은 일그러진 얼굴로 잇달아 대여섯 걸음이나 물러나야 했다.

"크으윽! 이, 이건……."

"왜 불복인가?"

만박노유가 웃으며 물었다.

그가 보여준 신위는 가히 천하를 진동하고도 남음이 있었다.

"독왕! 네 이놈, 어디에 숨어 있는 게냐! 썩 나오지 못할까?"

느닷없이 요동권왕이 고함쳤다.

산 전체가 쩡쩡 울리는 그 고함 소리에 음산한 웃음소리가 들려왔다.

"본왕을 찾아, 뭐 하나?"

이 자리에는 어울리지 않을 듯한 기묘한 모습의 괴인 하나. 어눌한 발음과 함께 나타난 것은 바로 천하십왕 중의 하나인 묘강독왕이었다.

그가 불쑥 모습을 드러내자 감천형의 얼굴이 일그러졌다. 심상치 않은 생각을 하게 된 것이다.

"어, 언제 독을 썼느냐?"

요동권왕이 고함쳤다.

"케케케…… 무형지독 말인가? 독하긴 하지만 네놈이라면 뒈지지 않을 수도 있지 않나? 뭘 그리 광분, 지랄을 한단 말인고."

묘강독왕은 회심의 미소를 지으며 주위를 둘러보았다.

그 눈길을 받은 사람들이 놀라 모두 한 걸음씩 물러나면서 암중에 운기하여 자신의 몸을 살피기 시작했다.

감천형은 굳은 얼굴로 독왕을 보다가 만박노유를 보았다.

"독왕과 당신은 무슨 관계요?"

"맞춰보거라."

만박노유는 느긋하게 말했다.

"그렇군…… 이제 알았다. 당신이 바로 남해용왕이 손잡은 암중인 이로군. 허허실실. 겉으로는 힘이 없는 척하지만 실제로는 당신이 주재자라는 말이었군 그래."

"손을 잡았단 말은 좀 이상하지만…… 주재자라고 생각한다면 틀린 말은 아니로구나. 오늘의 이 국면은 전적으로 내가 조성해 낸 것이니까……."

만박노유는 여전히 태연하였다.

하지만 그 말을 들은 감천형은 물론이고 다른 사람들은 결코 태연할 수가 없었다.

"오늘의 이 국면을 전적으로 조성했다? 그럼 설마 당신이 용화회의 지배자란 말이오?"

"하하하하하하하하……."

만박노유는 길게 웃음을 터뜨렸다.

…….

사람들이 긴장된 모습으로 그를 주시했다.

이윽고 그가 웃음을 그쳤다. 그의 얼굴에는 아직도 웃음기가 남아 있었다.

"제법 가르칠 만한 놈이로구나."

그는 고개를 끄덕였다.

"어떻게 된 일인지 알았다면 이제 비켜날 수 있겠구나?"

"그럴 수는 없소."

"그럴 수가 없다? 상황을 알고도 말이냐?"

"……."

감천형은 침중한 얼굴로 그를 바라보며 입을 열지 않았다.

하지만 황엽을 비롯한 여러 사람들은 서서히 주변으로 모여들어서 세를 형성하고 있었다.

고려검왕은 이미 검자루에 손을 얹은 상태였다.

"이들로서 나를, 용화회를 막을 수가 있다고 생각한단 말이냐?"

"부족하다고 느낀다면 더 불러올 수도 있소."

"하하하…… 그럴 수도 있겠지. 하지만 넌 자격이 없다."

만박노유는 정색을 했다.

그 말에 감천형의 얼굴이 굳어졌다.

그러나 그것은 일순, 그는 이내 안색을 풀며 껄껄 웃었다.

"맞소, 맞아! 감 모는 아직 자격이 없지……. 그러니 내 사숙이 오실 때까지 기다리는 것은 어떠하시오?"

"그 아이가 특별나긴 하지만 그렇다고 상황이 달라질 것은 아무것도 없어. 비켜라. 비키지 않는다면 더 이상은 사정을 봐주지 않겠다."

그가 싸늘히 꾸짖어 말했다.

"한 가지만 물어보겠소."

감천형은 그가 답할 기회를 주지 않고 다시 말을 이었다.

"정말 당신이 제천교를 조종하던 그 용화회의 주인이오? 저들의 배후이기도 하고?"

"용화회는 천하십성의 사후, 아니…… 이 말은 적절치 못하군. 어쨌든 그들이 사라진 이후 주인이 없다. 굳이 지금 용화회를 이끌고 있는 것이 나인가를 묻는다면 그렇다고도 할 수 있겠지. 비켜라. 그렇지 않다면 모두 몰살시켜 버리겠다!"

그가 차갑게 말했다.

이미 모습이 달라져 있는 그였다.

전혀 다른 사람을 보는 것 같았다.

악연(愕然)한 빛으로 그를 바라보는 남해용왕의 얼굴을 보건대 그도 만박노유의 실체는 미처 알지 못했던 것처럼 보였다. 그것은 그가 얼마나 치밀한 사람인가를 보여주는 것에 다름이 아니다.

십의 자신이 없었다면 여기에서 자신을 드러내지 못했을 것이라는 의미.

"그렇게 자신이 있나?"

냉랭한 음성이 들려왔다.

그리고 모습을 보이는 사람. 그는 높다란 고송 위에서 낙엽처럼 천천히 밑으로 흘러내리듯 내려왔다.

그 경인한 신법과는 달리 허름한 옷차림의 그.

그 사람이야말로 개왕이었다.

"드디어 나타났군……."

그를 보고 만박노유가 냉소를 흘렸다.

"전부터 당신이 의심스러웠었는데, 잘도 나를 속였었군……."

개왕이 그를 쏘아보며 차갑게 말했다.

"하하…… 속이고 말고가 어디 있나? 필요하면 드러날 것이고 아니라면 그 자리에 있을 것이니 과연 누가 누구를 속인 것인지는 두고 보아야 알 일이겠지?"

"그 교활한 짓거리로 잘도 세상을 속였지만 이젠 끝이란 걸 알겠지?"

"하하하…… 뭘로 말인가? 그 잘난 궁가방의 떨거지들로?"

"궁가방의 고수들은 단순히 개방의 정예가 아님을 잘 알 텐데?"

"므흐흐흐…… 그렇다고 한들, 그들로 제천교의 정예와 여기 이 사람들을 다 해치울 수가 있을까? 거기에 용화회의 고수들까지?"

"여기 사람들은 계산에 넣지도 않나?"

"중독된 자들이 과연 얼마나 힘을 쓸 수 있을 것 같은가? 힘을 쓰면 쓸수록 죽음이 빨리 다가올 뿐이니 암중에 숨죽이고서 해독할 방법을 찾아보는 게 최선이 아니겠나?"

만박노유가 웃음을 머금었다.

요동권왕도 그렇고 고려검왕도 그러했다.

그리고 감천형을 비롯하여 황엽, 주변의 나머지 개방이나 맹의 고수들도 모두 숨죽인 채로 자신의 중독 여부를 검사하고 운기하여 독을 몰아내기 위해서 다들 정신이 없다고 해야 옳았다.

"그렇다고 해서 우리 모두를 쉽사리 이길 수 있다고 생각한다면 너무 일을 쉽게 생각하는 게 아닐까? 아무려면 이 늙은이가 일을 그처럼 간단히 생각하고 나타났을 리가 있겠나? 방주."

"말씀하십시오."

황엽이 나서자 개왕이 말했다.

“내가 맡겨둔 것을 모두에게 나눠 주도록 하게.”

“알겠습니다.”

황엽이 고갯짓을 하자 개방의 고수들이 일제히 움직이면서 품속의 단약 하나씩을 주변의 고수들에게 나누어 주었고, 감천형과 고려검왕, 요동권왕에게는 그가 직접 약을 건네 주었다.

“……?”

뭐지, 하는 표정으로 그것을 보던 만박노유의 얼굴이 굳어졌다.

“맞아. 생각하는 것처럼 해독제일세. 아! 물론, 독왕의 독을 한순간에 다 해독할 수야 없겠지. 그러나 반나절 정도는 충분히 발작을 제지하면서 당신들을 죽일 힘을 쓸 수는 있게 될 게야.”

“역시 교활하군…….”

만박노유의 중얼거림에 개왕은 껄껄 웃었다.

“날더러 교활이라? 독왕이 나타나지 않았는데 거기에 대비함은 너무도 당연한 일이 아닌가? 독왕의 졸개들이 암중에 따르고 있음을 이미 알아냈는데도 방비하지 않는다면 그 또한 바보일 터인데 그걸 교활이라니. 핫하…….”

개왕은 어이가 없는 듯 웃었다.

궁가방의 고수들은 사실 아직 한 번도 전력을 다한 적이 없다.

그들의 힘은 미지수라 결코 쉽게 볼 수가 없어서 만박노유도 가볍게 발동하기가 어려운 것이 사실이기도 했다.

그러나 그의 안색은 태연했다.

“대충 균형은 맞춘 듯하군. 어차피 그래도 몰살을 금치 못하겠지만…….”

“누가 죽을런지는 해봐야 알 일이지. 여기 있는 사람이 다 죽는다면 그것도 사실 그리 나쁜 일은 아니지. 살아 있어봐야 나쁜 짓만 할 놈들을 다 죽이고 죽을 수 있다면 그것도 헛된 죽음은 아니지……. 하하……."

개왕이 크게 웃어댔다.

만박노유는 미간을 찡그렸다.

저렇게 나오면 켕키는 바가 없지 않은 것이다. 하지만 그의 입에서 흘러나온 말은 여전히 태연할 뿐이다.

"그런가? 그럼 나머지 패를 보여줄 수밖에 없을 것 같군……."

그의 말과 함께 두 사람이 나타났다.

백의를 입고 얼굴 또한 얼음을 보는 듯한 사람 하나. 그는 서쪽에서 천천히 걸어나왔고 놀랍게도 그가 걸어오는 걸음 자국마다에 하얗게 서리가 맺혔다.

차가운 얼굴의 그를 보자 고려검왕이 신음처럼 중얼거렸다.

"북해빙왕 냉천추……."

"……."

백의냉면인은 아무 말 없이 고려검왕을 힐끔 보고는 천천히 걸어서 만박노유에게서 조금 떨어진 곳으로 가 섰다. 그의 뒤로 십여 명의 수하들이 모습을 드러내 그의 뒤에 늘어서는 것이 보인다.

"어이가 없군! 오기천세(傲氣千世)라는 북해빙왕까지 남의 명을 받드는 주구가 되다니……."

그의 그러한 모습을 보고 참지 못하고 고려검왕이 내뱉었다.

"본왕이 그의 주구라고 누가 그랬소?"

백의냉면인.

북해빙왕 냉천추가 음랭한 어조로 물었다.

"행동이 증명하지 않는가!"

"틀렸소. 나는 봉신방을 찾을 때까지, 천하십성의 유진을 찾을 때까지 협력하기로 했을 뿐이오. 본왕은 결코 그의 주구가 아니오."

그 말을 끝으로 그는 입을 닫았다.

남해용왕이 거만하기로 유명하지만 그의 오연(傲然)한 모습은 그보다 더하였고 실로 서릿발 같았다.

"천축마왕까지……."

누군가가 신음을 흘렸다.

또 한 사람.

북해빙왕 냉천추와 함께 나타난 사람.

비쩍 마른 대나무 꼬챙이와 같은 체구에 키는 구 척에 이르는 장신. 몸에 두른 것은 검은빛의 제의(祭衣) 하나. 얼핏 보면 서역의 승려와 같은 모습이지만 전신에 어린 마기는 삼엄하다 못해 공포스럽기까지 해서 거대한 악마가 다가오는 것만 같다.

그도 만박노유의 곁으로 가 섰다.

'이자까지…….'

그가 한편인 것이 뜻밖인 듯 남해용왕은 암중 신음을 흘렸다.

남해용왕과 묘강독왕, 거기에 북해빙왕과 천축마왕까지. 천하십왕 중 넷이 거기에 있었다.

개왕 쪽에 고려검왕과 요동권왕 둘이 있는 것에 비해 전력의 차이는 명백했다. 비록 얼마 전 서역법왕이 떠나가긴 했지만 두 사람의 출현은 그것을 상쇄하고도 남음이 있다.

비록 개방과 궁가방, 개왕 등과 감천형의 정의맹까지 그 인원을 모두 합한다 할지라도 제천교가 더해지고 용화회가 더해진 이상, 승리할 가능성은 십에 하나도 없어 보였다.

만박노유는 웃으며 개왕을 바라보았다.

"어떠신가? 이래도 다 죽일 수 있겠나?"

"……."

개왕의 얼굴이 일그러졌다.

뭔가 말을 하고 싶지만 입을 열기가 힘들었다.

백 번 천 번 생각했었는데, 이렇게 될 줄은 몰랐다.

동귀어진을 하고자 해도 쉽지 않은 상태였다. 적이 너무 강한 것이다.

그때였다.

"한 가지만 물어봐도 되겠습니까?"

감천형이었다.

"뭐냐?"

"누가 봐도 당신의 세력이 더 강하군요. 그런데 왜 이런 세력을 가지고도 말만 하고 있는지…… 그게 궁금해서……."

만박노유가 흘흘 웃었다.

"빨리 죽여달라고 하고 싶은 게냐?"

"죽고 싶은 사람이 어디 있겠습니까?"

"……."

잠시 그를 바라보던 만박노유가 고개를 끄덕였다.

"좋다. 말하지. 용화회와 내가 그 오랜 세월을 기다렸던 것은 바로 봉신방을 찾기 위함이었다. 어쩌면 내 생전에는 그 일이 가능하지 않을는지도 모르겠다고 포기를 하려고 마음먹었던 적까지 있었다. 그런데 그것이 지금 이 눈앞에 있다."

그는 머리를 저었다.

"이 마당에 싸워서 적을 다 죽인다고 한들 무슨 큰 의미가 있느냐? 무림을 정복하는 것 따위는 언제라도 할 수 있는 것이고, 용화회에 몸을 담았던 사람들은 그까짓 것은 안중에도 없다. 지금 중요한 것은 방해받지 않고 빨리 봉신방을 찾고 천하십성이 과연 무엇을 얻었는지를 확인하는 것이다. 다시 말해서 방해하지 않는다면 너희들을 그대로 두겠다는 말이다. 뒷일은 봉신방을 찾고, 천하십성이 남겨놓은 것을 찾은 다음에 해도 충분할 테니까."

말을 마치고 그는 주위를 둘러보았다.

"어떤가? 그래도 죽을 때까지 싸워볼 텐가? 그러고 싶다면 얼마든지 해주지. 그 오랜 세월을 기다려 왔으니 잠시 늦출 수도 있어."

"……."

감천형은 개왕을 바라보았다.

"네 마음대로 해라."

개왕이 입을 닫았다.

요동권왕과 고려검왕도 입을 열지 않았다. 결국 누구도 실익이 없는 생사결을 지금 상태에서 하고 싶지 않은 것이고, 그것은 감천형 등에게 하나 손해 볼 일이 아니었다.

"좋습니다."

말과 함께 감천형은 뒤로 물러났다.

"보면 볼수록 맘에 드는 놈이군. 너는 내 편이 되지 못한다면 살려두지 말아야 할 놈이로구나."

만박노유가 웃으며 말했다.

그 말에 감천형은 가슴이 섬뜩해져서 그를 보았지만 그는 이미 하늘로 치솟은 절벽의 나무 그림자 밑에 가 있었다.

절벽은 높이가 삼십 장가량 되었다.

그 가운데 나무의 그림자는 십여 장가량의 높이로 비치는데 석양이 강해짐에 따라서 나무의 모습도 좀 더 선명해진 듯했다.

"정말 신기한 능력이로군……. 그들의 능력은 여전히 나를 감동시키는군 그래."

만박노유는 연신 고개를 끄덕이면서 나무의 그림자를 살펴보았다.

몇 군데를 살펴보던 그는 품에서 봉신지약을 꺼내서 이리저리 맞추면서 계산을 하기 시작했다.

한 식경이나 흘렀을까?

"좋아, 좋아! 여기가 정말 대자연진세의 축이로구만!"

만박노유가 갑자기 껄껄 웃으며 한 곳을 내리쳤다.

쾅!

폭음이 일며 경색이 일변(一變)했다.

영웅서거(英雄逝去)

―마두 나타나다
마침내 봉신방(封神榜)이 모습을 드러내다

영웅서거(英雄逝去)

쿠쿠쿠쿠…….

거대한 굉음이 산 전체를 뒤흔드는 듯했다.

하지만 그것은 한순간이었고 사람들의 입에서 탄성이 튀어나왔다.

놀랍게도 그들의 시야를 가로막고 있던 그 거대한 암벽이 찰나간에 눈앞에서 사라져 버렸던 것이다. 뿐만 아니라 주변의 지형이 크게 일렁이는 것 같더니 한순간에 변해 버리고 말았다. 저 멀리 산상(山上)의 눈 덮인 고봉(高峰)을 제외하고는 주변의 산봉이 모조리 사라져 버리고 그들이 있던 주위를 온통 거대한 원시림이 둘러싸고 있다.

그리고는 눈앞이 펑, 뚫린 정경.

분명히 눈앞도 원시림이지만 뭔가 달랐다. 원시림은 원시림이되, 어딘지 모르게 기이한 빛이 흐르고 있는 그런 숲, 숲으로는 길 한 가닥이 어른거리며 보인다. 그리고 하늘을 찌를 듯 치솟아서 시야를 가로막던 그 절벽 대신 그들의 앞에는 높이 오 장가량의 바위가 우뚝 솟아 있었다.

그것은 그냥 바위가 아니었다.

강렬한, 정말 눈이 부시게 강렬한 인공이 가미된 바위였다.

〈봉신방(封神榜)!〉

거기에 새겨진 커다란 세 글자는 뭇 사람들의 가슴을 뛰게 만들기에 족했다. 가슴이 뛰는 정도가 아니라 코가 벌름거리고 벌떡거리는 심장이 금방이라도 터져 버릴 것만 같았다.

봉신방.

신비에 감춰져 있던 그 전설의 봉신방이 마침내 사람들의 눈앞에 드러난 것이다.

높이 오 장.

너비 일 장가웃.

산에 있던 바위를 그대로 깎아 만든 듯했는데 대체 어떻게 가공한 것인지 장방형(長方形:직사각형)의 몸체는 유리처럼 반들거린다.

봉신방이라는 커다란 세 글자가 정중앙에 세로로 새겨져 있고 그 옆으로 작은 글자가 새겨져 있었다.

〈살아서 신이 되고자 서원(誓願)한 사람 열이 있어, 여기에 그 흔적을 남기니 그 이름을 봉신방이라 하다. 후인이 있어 이것을 발견한다면 우리의 뒤를 따라 선계(仙界)에 들 수 있으리라.〉

“마, 마침내 찾았군!”

만박노유가 신음처럼 중얼거렸다.

그 음성은 숨길 수 없도록 떨리고 있었다.

“어, 어떻게? 이제 어떻게 해야 하는 겁니까?”

남해용왕이 곁으로 와서 물었다.

소리도 없이 십여 명의 노인들이 만박노유의 곁에 나타났다. 그들의 얼굴은 대춧빛이었지만 세월의 흐름을 느낄 수 있어 그들이야말로 나타나지 않았던 용화회의 반도들, 만박노유를 따랐던 사람들임을 알 수 있었다.

“저 길. 봉신방의 뒤로 난 저 원시림 사이로 보이는 길로 가면 됩니까?”

남해용왕의 말에 만박노유가 머리를 저었다.

“그렇게 쉬울 리가 있나? 이것은 대자연진세의 결계를 해제한 것뿐이야. 만약 저 길로 들어간다면 다시는 돌아오지 못하게 될 게야. 진세를 해제해야만 안으로 들어갈 수가 있지!”

“그럼 어떻게?”

그의 눈이 만박노유의 손에 들린 봉신지약을 향했다.

만박노유는 봉신지약을 들어 보이면서 말하였다.

“봉신지약은 말 그대로 열쇠지. 대자연진세를 여는…….”

말과 함께 그는 봉신지약을 반 장가량 앞에 우뚝 서 있는 봉신방을 향해 밀어냈다.

소리도 없이 날아간 봉신지약은 스스릉 소리와 함께 봉신방의 안으로 파고들었다. 이제 보니 봉신방의 하단에는 기묘한 생김의 홈이 있는데 그 홈으로 봉신지약이 들어간 것이다.

……

잠시 침묵이 흘렀다.

아무런 변화가 일지 않았던 것이다.

감천형조차도 긴장된 표정으로 우뚝한 봉신방을 지켜보고 있었다.

한순간.

쿠쿠쿠……

진동이 다시 일며 봉신방이 아래로 꺼져 내리기 시작했다.

그것과 함께 앞쪽 원시림에서 기이한 빛이 소용돌이치면서 좀 전의 길이 명확하게 그 형체를 드러냈다. 원시림은 그대로이지만 원시림이 갈라지기라도 한 듯이…… 그 길에는 상화로운 빛이 가득하여 보기만 해도 신비롭기 그지없다. 분명히 어둡지 아니하고 밝은데도 빛무리만이 보일 뿐 원시림 저쪽으로 뻗은 길이 어디로 통하는지는 보이지 않았다.

"좋아, 좋아……. 마침내 나타났군!"

만박노유가 떨리는 음성으로 중얼거렸다.

모든 사람들의 가슴이 떨렸다.

만박노유가 한 걸음을 내딛었다.

"잠깐!"

날카로운 음성이 그 걸음을 막았다.

만박노유가 고개를 돌렸다.

개왕이 그를 쏘아보고 있었다.

"혼자 갈 셈인가?"

"……"

만박노유가 주위를 둘러보았다.

모든 사람들의 눈이 그를 향하고 있었다.

그와 손을 잡은 사람들의 눈도 그의 답을 기다리고 있었다.

남해용왕, 북해빙왕, 천축마왕, 그리고 독왕과 심지어는 오랜 세월을 그와 같이해 온 용화회의 고수들마저.

만에 하나 자칫 욕심을 부린다면 모두가 등을 돌릴런지도 몰랐다.

제아무리 그일지라도 그것은 불가능한 일이다.

"가고 싶은 자가 누군가?"

"……."

선뜻 나서서 말하는 사람은 없다.

"아무도 가고 싶지 않다는 겐가?"

그의 말에 개왕이 입을 열었다.

"차라리 남고 싶은 사람이 누군가를 물어보는 것이 옳지 않겠나?"

"당신도 가고 싶은가?"

냉소가 개왕의 얼굴에 떠올라 왔다.

"무슨 답이 듣고 싶은가?"

"평생을 두고 염원해 오던 일이 이루어지기 직전. 굳이 다툴 필요는 없겠지. 그렇다고 해서 이 모든 사람이 다 간다는 것은 어불성설(語不成說). 가고 싶은 자가 누군지 나서라."

그가 주위를 둘러보자 멈칫거리던 사람들이 하나둘 나서기 시작했다.

'사숙! 대체 어디에 계시는 겁니까!

감천형은 초조하게 주위를 두리번거렸다.

"감 맹주는 어찌할 작정이오?"

황엽이 옆에서 물었다.

“저는…….”

감천형이 난감한 빛으로 채 말을 끝내지 않았을 때였다.

갑자기 빛의 통로 안쪽에서 한 사람이 불쑥 뛰쳐나오더니 다짜고짜 만박노유를 공격했다.

등을 돌리고 있던 만박노유는 대경실색할 수밖에 없었다.

설마 하니 안쪽에서 누가 나와서 그를 공격할 것을 제아무리 그라고 할지라도 어찌 상상이라도 할 수 있었을 것인가.

“어떤 노옴……!”

부르짖던 그는 한 생각에 얼굴이 흙빛이 되어 황급히 뒤로 몸을 꺾으며 후퇴했다. 하나 그를 공격한 사람의 무공은 기고하여 피해낸다는 것은 불가능했다.

그가 몸을 꺾으면서 후퇴한 것은 순간적이었지만 적의 공격은 이미 그의 코앞에 이르고 있어 의형수형(意形隨形)의 경지조차 넘어선 것임을 알고도 남음이 있었다. 손이 움직이기 전에 이미 기세가 사람을 공격하고 있었던 것이다.

쾅!

폭음이 터졌다.

“크윽…….”

만박노유가 신음을 흘리면서 뒤로 물러났다.

철퇴가 가슴을 친 듯한 충격.

그가 버티지 못하고 뒤로 서너 걸음이나 물러났을 때 가장 가까운 곳에 있던 용화회의 회원이 나타난 사람을 공격했다.

“웬 놈이 감히!”

나이가 팔십이나 된 사람이다. 평생을 고련한 그의 무공이 어찌 평범할 것인가?

인영은 물러날 수밖에 없었다.

하지만 결과는 전혀 달랐다. 나타난 인영은 빙글 몸을 돌리는 가운데 이미 그의 공세를 해소해 내고는 지난날 번천객(翻天客)이라 불렸던 그의 면전에 도달하여 일권을 그의 가슴에다 내질렀다.

휴―웅!

기이한 소리가 이는 가운데.

“학……”

용화회의 회원은 두 눈을 부릅뜬 가운데 입을 딱 벌렸다.

헛바람과 함께 피거품이 섞인 핏줄기가 입에서 쏟아져 나오면서 그는 허물어지듯이 그 자리에 무너지고 말았다.

단 일 격에 천하의 고수 한 사람을 격살시킨 그 인영은 조금도 쉬지 않고 그를 친 탄력으로 다시금 만박노유에게로 쏘아져 가고 있었다. 가공할 위력이었다.

“네놈이 누구냐!”

만박노유가 고함을 치다가 상대의 기세가 심상치 않음을 깨닫고는 어깨를 흔들었다. 윙! 강력한 회오리가 일면서 그의 신형이 강기막에 휩싸였다.

팡! 파파팡!!

적의 공격을 호신강기로 막아내면서 그는 잇달아 후퇴했고 적은 기세를 늦추지 않고 계속해서 그를 공격해 갔다.

가히 전광석화(電光石火)!

어찌 그 빠름을 형용이라도 할 수 있을 것인가.

만박노유가 채 대응도 하지 못하고 격살을 당할 것 같은 순간에 한 사람이 소리도 없이 나타난 인영의 뒤로 날아들었다.

검은 노을빛 광채가 강기를 이루며 인영을 덮쳤다.

독강(毒罡)이다.

오직 독왕만이 이루었다는 독강.

위기의 순간에 나타난 인영을 공격한 사람은 바로 묘강독왕이었다. 그는 그가 평생을 두고 고련(苦練)한 독강을 뽑아내어 인영을 덮쳐 갔다. 만박노유를 구할 수 있음을 의심조차 하지 않았다.

독강은 단순한 독기를 뽑는 독공(毒功)과는 차원이 틀린 무공이다. 독의 순수한 정기(精氣)를 수련하여 정련(精練)한 것과 같으니 가히 독중지독(毒中之毒)! 철판이라고 해도 그대로 녹아내리는 가공할 위력을 가지고 있는 것이 독강이라 일반 독공은 물론, 보통의 강기류와는 그 차원을 달리하는 것이다.

그런데 아니었다.

적은 만박노유를 포기하고는 어깨를 흔들 하는 사이에 이미 그의 독강에게로 덮쳐 오고 있었다. 두 사람이 서로를 향해 준비된 상태에서 덮쳐 갔다고 오해할 만하도록 그의 역공세는 믿기 힘들 만큼 빨랐다.

팡! 파파파파…….

인영은 양손을 연달아 쳐내면서 독왕의 공세를 풀어냈다.

묵이랄까? 해면 속에 빠진 사람이 그것을 양손으로 헤쳐 내면서 안으로 들어가는 것 같은 모습이었고 그 움직임은 실제로 뭐라고 형용키 어렵도록 신속무비하였다.

그리고 찰나간에 그는 대경하여 후퇴하려는 독왕의 가슴에다 회심의 일격을 가했다.

붉은빛의 서기를 띤 그것은 사납게 독왕의 가슴을 꿰뚫었다.

“크악!”

독왕이 가슴을 움켜잡고서 뒤로 튕겨졌다.

거의 찰나간에 십여 장을 튕겨져 나간 그는 믿기지 않는 눈으로 자신의 가슴을 움켜쥔 채로 신음을 흘렸다. 참고자 하나 참을 수 없는 고통이 그의 전신을 엄습한다. 독공이 파괴되면서 평생을 두고 수련했던 독기가 그의 전신으로 퍼져 나가니 어찌 고통스럽지 않을쏜가.

“네, 네놈이…….”

땅을 짚은 손이 극통으로 덜덜 떨린다.

순식간에 두 사람을 날려보낸 가공할 존재.

그 인영은 그제서야 신형을 멈추고서 만박노유를 노려보았다.

사방에서 경악과 경탄의 음성이 들려왔다.

“저, 저럴 수가?”

“대체 저게 누구기에…….”

“한효월…….”

“사숙!”

나타난 사람을 알아본 감천형이 신음처럼 중얼거렸다.

홀연히 모습을 드러내어 단숨에 두 사람의 절세고수를 일패도지시킨 사람은 놀랍게도 한효월이었다.

그는 늠름하게 버티고 선 채로 별빛 같은 눈으로 사방을 쓸어보았다.

그의 체구는 감천형보다 호리했고 천축마왕보다 키가 작았다. 그러나 한효월이 보인 신위(神威)는 가히 하늘을 찌를 듯하여 장중 그 누구도 그 눈빛을 제대로 받아내기 힘들었다.

감천형을 힐끔 본 한효월은 미미한 웃음을 머금어 보였다.

"늦지는 않았지?"

그의 웃음은 언제나 보아도 눈이 부시다.

감천형은 남자를 보면서, 그로 인해서 목이 메일 수 있음을 가끔 경험한다. 바로 저 나이 어린 사숙 한효월을 보면서.

그는 뛰는 가슴을 감격으로 누르며 고개를 끄덕였다.

"전혀. 전혀…… 늦지 않았습니다."

"좋아."

한효월은 가볍게 고개를 주억거리곤 시선을 다시 만박노유에게로 돌렸다.

"처음 뵙는군요."

방금까지 죽이려 했다가 깍듯이 인사를 해오자 만박노유는 어이가 없지만 또한 가슴이 서늘해졌다. 한효월이 지금 보인 무위는 상상키조차 어려운 것이었다.

"네가…… 한효월인가?"

"그런 거 같군요."

말과 함께 한효월은 앞으로 나섰다.

만박노유를 향해.

살기가 다시금 크게 일었다.

순간, 좌우에서 마주 살기가 일어 그를 쏘아온다.

천축마왕, 북해빙왕, 그리고 남해용왕. 거기에 더해 다른 용화회원들까지 한 걸음 앞으로 나서고 있었다.

그들이 준비를 갖추는 것을 보자 한효월은 내심 탄식하며 발걸음을 멈추었다.

이미 절호의 기회는 사라져 버린 것이다.

"왜 나를 죽이려 하나?"

"이 자리에서 굳이 그 대답을 해야 합니까?"

그 말에 만박노유는 고개를 끄덕였다.

"하긴, 필요없는 질문이군. 하지만 지금 죽을 수야 없지! 그 오랜 세월을 염원했던 일이 이렇게 눈앞에 있는데……. 하지만 네가 정말 한효월이라면 믿기 어려운 일이로군. 그처럼 강하다니? 어떻게 이처럼 강할 수가 있단 말인가? 설마 하니 네가 천하십성의 진전(眞傳)을 이었기라도 했다는 말이냐?"

그가 불신에 가득한 음성으로 물었다.

그럴 수밖에 없었다.

한효월을 모른다면 어불성설이다.

그렇기에 그가 어떤 능력을 지니고 있는지 누구보다 잘 안다고 해야 할 만박노유였다. 그런데 그런 한효월이 단숨에 독왕을 일패도지(一敗塗地) 땅바닥에 처박아 버리고 자신을 숨 쉴 틈도 없이 몰아붙였다.

그러한 무공은 절대로 현세(現世)에서는 볼 수 없었다.

오직, 천하십성에게서만 보였던 초월적인 무공.

그런데 그런 무공을 지닌 채로 한효월이 난데없이 진세 안에서 나타나자 그가 오해를 하는 것도 너무 당연했다.

"그렇게 보이시오? 만약 내가 천하십성이 남긴 것을 이었다면 어찌시겠소?"

"그, 그럴 리는 없다! 절대로 그럴 수는 없어……."

만박노유는 머리가 떨어져 나가라고 흔들어댔다.

그사이에 감천형을 비롯하여 황엽, 개왕, 요동권왕과 고려검왕 등이 한효월을 중심으로 주변에 모여들었다.

대치 국면이 조성된 것이다.

한효월은 주위를 살펴보곤 암암리에 숨을 들이마시며 입을 열었다.

"대자연진세는 여기만 펼쳐진 게 아니오. 이 일대 백여 리 모두가 대자연진세의 범위 내에 들어 있소. 길만 안다면 이 외곽에서는 어디로든 출입이 가능하오."

비밀은 거기에 있었다.

마계가 열리고 그곳을 떠난 한효월은 공간이 일그러지는 것을 보았다. 길이 바뀌고 수백 장 아래의 그 절곡이 돌연 산자락에 위치하게 된 것을 보고 경악해 마지않았다.

그렇게 그는 그 자리에서 대자연진세를 살펴보고는 마침내 이 자리에 당도하게 된 것이다. 물론 그도 진세 내부에서 밖으로 빠져나오게 될 것은 미처 상상하지 못했었다.

"그 말은?"

"나 또한 안으로 들어가 보지는 못했단 말이오."

"하하하…… 그렇다는 말이지?"

갑자기 만박노유가 크게 웃었다.

"그렇다면 네놈들을 모두 죽이고 안으로 들어가 보아야겠구나!"

"이미 늦었소. 모두를 죽이려면 내가 나타나기 전이라야 가능한 일이었소. 당신들로서는 이미 국면을 뒤집을 수가 없소."

"핫하하하…… 너 하나로서 말이냐?"

"시험해 보겠소?"

"굳이 그럴 필요가 있겠나? 네 무공이 아무리 강하다 해도 네가 천하십성의 진전을 이은 것이 아니라면 나는 너를 상대할 수 있다. 그럼 나머지 중독된 자들쯤이야……."

"나무아미타불…… 과연 그럴 수 있겠소?"

그 말을 끊으며 긴 불호 소리가 들려왔다.

그리고 나타난 사람. 그는 한효월이 익히 아는 사람이었다.

소림사의 대명.

그가 가사를 입고서 천천히 걸어나오자 수십 명의 사람들이 그 뒤를 따랐다. 대명의 옆에는 화산의 진자양도 있었다. 누가 보아도 그들이 구대문파의 고수들임을 알아볼 수 있었다.

그들을 보자 만박노유는 가소롭다는 듯이 웃었다.

"구대문파란 말인가? 하하하…… 구대문파도 여기에 한몫 끼어보겠다고? 정말 죽을 자리를 찾아서 잘도 왔구나. 구대문파라는 이름이야 세간에서나 통용되는 것인데 감히 절세이립(絶世而立)한 용화회의 일에 끼어들려고 하다니……. 내 오늘이 지나면 구대문파의 주춧돌 하나 남겨두지 않겠노라!"

그런 그의 광오함에 대명은 미간을 찡그렸다.

"당신은 잊어버린 모양이구료? 소림사에서도 용화회에 참여한 사람이 있었음을?"

"소림사에?"

만박노유의 안색이 조금 달라졌다.

"그럼 각전(覺全)이 아직도 살아 있었더란 말이냐?"

"그렇소. 그분께서 모든 걸 이 불민한 제자에게 주고 가셨으니 궁금하면 확인해 보셔도 되오."

대명이 합장하며 말했다.

그가 다시 소림사로 돌아가자 폐관에 들었던, 죽었다고 알려졌던 전대의 고수 한 사람이 그에게 모든 것을 남겨주고 죽었다. 그러한 그의 행적은 한효월과 연관되면서 여기까지 이어졌으니 감천형을 제외한 누구도 대명이 구대문파와 함께 이곳에 오리라는 것을 알지 못했다.

'으음…… 그 망할 놈의 화상(和尙)이 아직도 죽지 않았었다니? 분명히 처리한 것으로 알았었는데…….'

만박노유의 얼굴이 일그러졌다.

하지만 그렇다고 해서 만박노유가 안배한 모든 것이 허물어졌다고 속단할 수는 없었다. 아직은 충분히 싸울 만했다.

"모자란다면 더 보여줄 수도 있소."

한효월이 말했다.

아무런 움직임도 보이지 않는 것 같은 가운데 한 무리의 사람들이 모습을 드러냈다. 그들은 한효월의 뒤에 와서 섰다.

그 무리 가운데 있는 천무의 모습을 보자 감천형이 놀라 입을 벌렸다. 천무가 자신을 향해 고개를 젓는 것을 보자 말을 하지는 않았지만 격동의 빛이 역력했다.

그리고 또 한 사람의 복면인.

그의 기도가 심상치 않음은 누구라도 알아볼 수가 있었다.

"정말 만만치 않군! 너에 대한 보고를 처음 받았을 때 없애라고 이야기를 했어야 했구나. 하지만 그 정도로는 사태를 반전시킬 수 없을 것이다."

한효월이 미간을 찡그렸다.

"끝까지 아비규환의 소용돌이를 만들어가야만 하겠소?"

"포기할 수 없는 일이니까."

한 사람이 말하면서 앞으로 나섰다.

"선배님……."

그를 본 한효월이 중얼거렸다.

나선 사람은 개왕이었다.

개왕은 침중한 얼굴로 말했다.

"저들은 결코 포기하지 않을 것이다. 오늘까지 얼마나 많은 나날을 기다려 왔는데, 설혹 이 자리에서 죽는다 할지라도…… 그들은 포기하지 않을 것이다. 그러니……."

그는 말끝을 흐리며 한효월에게 전음으로 말을 계속하려 했다.

순간.

쾅!

"으악!"

한효월의 입에서 비명이 터져 나왔다.

"사숙!"

감천형과 천무가 두 눈을 찢어져라 부릅뜨고서 소리쳤다.

놀랍게도 개왕이 한효월을 공격한 것이다. 바로 옆에서 갑자기 그를 공격했으니 한효월로서는 아무리 준비하고 있었다 할지라도 도저히 피할 수가 없었다.

게다가 그는 한 번이 아니라 일장을 휘둘러 한효월을 공격하자마자 뒤따라가면서 미친 듯이 양손을 휘둘러 잇달아 공격해 가고 있는데 얼마나 빠른지 손이 보이지 않았다.

쾅쾅쾅!

한효월의 무공은 이미 의형수형의 경지를 넘어 외부의 반응에 호신강기가 절로 반응하는 지경에 이르러 있었다. 그러한 무공으로서도 개왕의 급습을 막아낼 수는 없었다. 첫 번째의 공격에서는 충격을 받은 것에 불과했지만 채 정신을 차릴 여가도 없이 잇달아 계속된 공격에 한효월은 피를 토하면서 나가떨어지고 말았다.

찰나간에 십여 번의 공세가 그를 공격했다.

쇠라도 으스러져 버릴 충격이었다.

너무도 상상키 어려운 사태에 바로 그 뒤에 있던 천무조차도 멍청했다가 뒤늦게 고함을 치면서 몸을 날렸지만 그때는 한효월이 이미 피를 토하면서 하늘을 날아가고 있을 때였다.

하지만 한효월은 그 와중에도 마지막 순간에 개왕이 후려친 최후의 일격을 막아내면서 몸을 뒤틀어 십여 장이나 떨어진 곳에 비틀거리면서 겨우 내려설 수가 있었다. 백지장처럼 창백한 얼굴에 핏물을 뿜어내고 있지만 그가 이렇게 땅에 내려설 수 있었다는 것만으로 그의 일신무공이 이미 세상을 놀라게 할 경지에 이르러 있었음은 알고도 남음이 있는 일이었다.

그때였다.

그가 내려선 자리.

그 숲에서 돌연 한 사람이 튀어나와 기다렸다는 듯이 한효월을 공격했다.

쾅!

등 뒤에서의 이 일격은 가히 치명적이었다.

"웩─!"

핏물이 폭포수처럼 입에서 튕겨 나갔다.

한효월은 그렇게 앞으로 튕겨져 나갔는데 앞으로 튕겨져 나가는 그를 기다렸다는 듯이 개왕이 손을 뻗었다.

마지막으로 숨을 끊겠다는 의미다.

조금의 사정도 두지 않는 정말 무서운 살수였다.

쾅!

"크으윽!"

신음과 함께 한 사람이 비틀거리며 뒤로 밀려났다.

"무슨 짓이냐!"

개왕이 노해 꾸짖었다.

그의 앞을 가로막은 사람은 뜻밖에도 개방의 방주, 황엽이었다.

황엽은 창백한 얼굴로 이를 악물고서 다시금 한효월을 가로막고 섰다. 그는 두 눈을 찢어질 듯 부릅뜨고서 외쳤다.

"저야말로 물어야겠습니다! 대체 이게 무슨 짓입니까?"

"당장 비키지 않으면 널 쳐 죽이고 말겠다!"

"죽더라도 영문을 알지 못하면 비키지 못하겠습니다! 왜 그를 공격한 겁니까?"

황엽이 두 눈을 부릅뜨며 마주 소리쳤다.

"감히 네놈이……."

개왕의 얼굴에 살기가 이글거렸다.

그사이에 천무와 감천형, 복면인 대막사왕이 한효월을 가로막았고 대명과 고려검왕 등을 비롯한 사람들이 달려왔다.

"사숙! 사숙! 정신 차리십시오!"

감천형이 한효월을 부둥켜안고서 소리쳤다.

사색이 된 얼굴, 입에서는 선혈이 끊임없이 흘러나온다. 하지만 그는 아직 죽지 않았다.

억지로 눈을 뜨는 것을 보고 감천형은 감격에 겨워 그를 불렀다.

"사숙! 제가 도와드리겠습니다!"

"소용…… 없다……. 마지막 일격에…… 이미 심맥마저 끊어졌…… 쿨럭……."

한효월은 피를 게워내면서 쿨럭거렸다.

그렇지 않아도 잠력으로 간신히 버텨오던 삶이다. 그것이 일순간에 모조리 무너져 버린 것이다.

말 그대로 대라신선(大羅神仙)이 온다 한들 어찌 그를 살릴 것인가.

쾅! 콰쾅…….

뒤쪽에서는 연신 폭음이 터져 나온다.

한효월의 뒤쪽에서 그를 공격해 치명상을 입힌 자를 복면한 대막사왕이 맞아 싸우고 있는 것이다. 대막사왕이 적시에 나서지 않았다면 그는 계속해서 공격했을 것이고 한효월은 즉사를 면치 못했을는지도 몰랐다.

대막사왕과 싸우고 있는 자도 복면을 했다.

그때.

"이 더러운 놈……!"

요동권왕이 노호하면서 하늘을 날아 개왕에게로 덮쳐 갔다.

쾅! 콰쾅!

계속해서 개천벽지(開天闢地)의 굉음이 터진다.

그럴 수밖에 없는 것이 싸우는 사람마다 불가일세의 고수들이니 어찌 그렇지 않겠는가.

하지만 그 싸움은 오래가지 않았다.

콰쾅!

고막이 터지는 굉음과 함께 신음을 흘리며 요동권왕이 튕겨져 나가 버렸기 때문이다.

"크으윽! 이, 이럴 수가? 이제 보니 좀 전에 준 것이 독약이로구나……."

피를 토하면서 물러나는 요동권왕의 얼굴은 사색.

개왕이 냉소했다.

"그럼 보약을 줄 것으로 생각했었느냐?"

"그, 그런 일을……."

황엽은 안색이 창백해진 채로 전신을 떨었다.

망연자실(茫然自失).

넋을 잃은 듯한 모습이었다.

감천형의 부축을 받은 채로 그의 품에 안긴 한효월은 안간힘을 써서 일어나 앉으며 말했다.

"역시…… 당신이었군요……."

그의 말에 개왕은 놀란 빛으로 그를 보았다.

"짐작하고 있었다는 말이냐? 누구도 알지 못하는 일인데?"

"확신을…… 가…… 졌다면 이런 결과는 없었을……. 쿨룩! 하지만…… 뭔가 의심스러운 건…… 사실이었소. 집법존자로서…… 당신이 한 일은 어딘지 불확실해 보였으니까……."

"빈틈이 있었다고?"

반문한 개왕은 머리를 저었다.

"아무런 빈틈도 누구도 알지 못하게 모든 것을 만들었는데…… 그래도 파탄을 찾을 수 있었다니 내가 마지막까지 한 수를 남겨두지 않았더라면 큰일 날 뻔했구나. 하늘이 너를 만들어내었으되, 수명과 운(運)을 주지 않았음이 다행이로다."

"내가…… 쓰러짐으로써 당신을 막을 사람은…… 크으으윽…… 사, 사실상 없소……."

힐끔 그를 본 한효월은 다시금 피를 한 모금 토해냈다.

거품이 이는 핏덩이다.

'살아날 수 없다……'

그것을 본 개왕은 내심 회심의 미소를 지었다.

저렇게 피에 거품이 인다는 것은 회생 불능을 의미하기 때문이다.

헐떡거리던 한효월이 다시 입을 열었다.

"당신에게…… 대항할 수 있는 사람도 사실상…… 구대문파와 내가 이끄는…… 사람들뿐. 하지만 그들도 당신이 마음만 먹는다면 지금 상황에서는 전멸시킬 수도 있을 것이오. 그러나…… 지금…… 그게 무슨 의미가 있겠소?"

"살려주라는 게냐?"

"그렇소. 모두 죽인들…… 의미가 없지 않소?"

한효월은 눈이 감기는지 머리를 흔들며 안간힘을 썼다.

"어, 어차피…… 천하십성이 남긴…… 것을 얻는…… 다면 누, 누가…… 당신의 행보를…… 막을 수…… 있겠…… 지금에도 막을 사람이 없는데……."

"……."

개왕은 물끄러미 그를 보다가 머리를 저었다.

"참으로 알 수 없는 놈이로구나. 너의 삶이 끝났는데, 그런데도 남을 위해서 그렇게 발악을 하면서까지 애원을 한단 말이냐?"

씁쓸한 웃음이 피투성이의 입술에 흘러간다. 한효월의 그 모습은 누구도 형용키 어려웠다.

"남을 위함이 아니오……. 어차피 한 번은 죽는 것……. 죽는 것에 후회도…… 애착도 없소. 그저…… 조금 빨리 가는 것일 뿐……. 그것이 옳다고 느껴졌었기 때문에 그 길을 갔을 뿐…… 부타악…….”

그 말을 끝으로 말이 잦아들었다.

무엇인가 안간힘을 쓰면서 말을 하고자 하지만 말이 되지 않는다. 눈을 뜨고자 마지막 힘을 다해 끔벅거리지만 눈이 떠지지 않는다.

눈꺼풀이 이리도 무거울 줄이야.

…….

갑자기 정적이 찾아들었다.

“사숙!”

문득 감천형이 갈라진 음성으로 한효월을 불렀다.

하지만 한효월은 답이 없다.

감은 눈을 뜨지도, 그의 말에 반응을 보이지도 않았다.

설마?

믿기지 않았다.

아무려면 사숙이, 그 위대한 사숙이 이렇게 죽을 리가…….

“소용없다. 그 녀석은 이미 죽었으니까.”

개왕이 말했다.

“…….”

휙! 소리가 나는 것 같았다.

감천형은 무서운 눈빛으로 고개를 쳐들고 그를 노려보았다.

만약 한효월을 안고 있지 않았다면 몸을 날려 개왕을 덮쳐 갔을 모습이었다.

한효월 주변의 수많은 군웅들 모두의 눈빛이 그러했다.

개왕은 냉랭한 눈빛으로 그들을 힐끔 보고는 머리를 저었다.

“한효월을 봐서 너를 비롯한 무리들의 한 목숨은 조금 더 연장해 주

기로 하마. 그렇듯 죽음으로써 부탁을 하니 지금은 그냥 두기로 하
지……."

말을 마치자 그는 한 걸음 나서며 오연히 주위를 둘러보았다. 허름
한 옷차림이지만 누구도 그를 우습게 보는 사람은 없었다.

그를 향해 만박노유가 허리를 굽혔다.

"그간 수고 많으셨습니다, 대형(大兄)!"

"우리 사이에 무슨 인사는. 되었네. 자, 이제 가보기로 할까?"

만박노유를 향해 웃음 지어 보인 그는 주위를 돌아보았다. 누가 같
이 갈 것이냐는 무언의 물음이기도 했지만 사실 갈 사람은 이미 정해
져 있었다. 너무나 오랜 기다림이었기에 그런 것조차 정해두지 않았을
리가 없는 것이다.

그는 이중삼중의 복선을 깔고 철저하게 자신을 감추면서 오랜 세월
동안 자신의 반대파를 모두 제거했다.

이제 그를 막을 사람은 아무도 없었다.

태백산, 지금 이곳에 모인 사람들, 모습을 드러낸 사람만도 근 천 명
에 이른다.

그들 모두는 무림을 대표할 만한 고수들.

하나 그들 중 그 누구도 그와 맞설 수 있는 사람은 없었다.

유일한 존재라고 할 수 있었던 한효월이 죽고 난 지금에는.

"감 맹주!"

대명이 굳은 얼굴로 감천형을 불렀다.

"정말 한 공자가……?"

차마 그는 뒷말을 잇지 못했다.

그가 죽었는가를 어찌 물어볼 수 있겠는가.

그가 살았다면, 살아날 가망성이 있다면 결코 개왕이 저렇듯 쉽게
물러나지 않았을 것이다.

하지만, 하지만 어찌 그럴 수가 있단 말인가.

다른 사람도 아닌 그.

한효월이 어찌 이렇듯 어이없이 죽을 수가 있단 말인가. 그는 이렇
게 죽을 사람이 아니었다. 이렇게 죽어서는 아니 되는 사람이었다.

비분강개한 빛이 역력했다.

어찌 그뿐이겠는가.

구대문파의 사람들 모두가 죽음을 각오하고 잃어버린 명예를 되찾
기 위해서 달려왔다. 여기서 이렇게 꼬리를 말고 만다면 영원히 명예
를 되찾을 가능성은 없었다.

모두 죽어도 좋았다.

그것은 화산 장문인 진자양도 마찬가지이고 다른 사람들도 같았다.

그들뿐 아니라 정의맹에 가담한 고수들도 다 그러했다.

한효월이 저렇게 죽어가는 것을 보면서, 그가 자신들의 목숨을 부탁
하는 것을 보면서 어찌 아무렇지도 않겠는가. 모두들 그렇게 생각했
다. 자신의 목숨이 이 자리에서 초개처럼 흩어질지라도, 이렇게 굴복
하고 말 수는 없다고.

피가 끓었다!

하지만.

"……."

감천형은 입술을 짓물면서 머리를 저을 뿐이었다.

'이대로 있으란 말이오?'

이미 그와는 암중에 연락을 했던 대명이었다. 한효월은 암암리에 많

은 일을 했고 그 모든 것의 대부분을 감천형이 대행했었다.

감천형은 핏발 선 눈으로 대명을 바라보았다.

"사숙의 죽음을 헛되이할 순 없습니다."

"그래도 어떻게 이렇게 이대로……."

대명의 얼굴이 격동을 참지 못해 일그러졌다.

"감 맹주……."

옆에서 진자양이 참지 못하고 그를 다시 불렀다.

"……."

감천형은 다시금 머리를 저었다. 그리곤 입을 굳게 다물었다. 즈려문 입술로 핏물이 흘러내린다.

그 핏물을 보자 누구도 더 이상 말을 하지 못했다.

그 앞에 무릎을 꿇고서 어깨를 떨고 있는 천무의 그 너른 등을 보면서 사람들은 아무 말도 할 수가 없었다.

그 철혈호한(鐵血好漢)의 눈에서 눈물이 뚝뚝 떨어지는 것을 보면서 누가 무슨 말을 할 수 있을 것인가.

누가 그들보다 더 슬퍼할 수가 있을 것인가.

위대한 별이 진 이 자리에서.

대풍운연의(大風雲演義)

—위대한 이름
영웅은 천하(天下)를 위해 살아가다

대풍운연의(大風雲演義)

<만에 하나, 형수님이 제 글을 보신다면 그때 저는 아마도 이 세상 사람이 아닐 것입니다.

하지만 이제부터 형수님께서 해주시는 것에 따라 우리들은 마지막 역전의 패를 가질 수가 있게 됩니다. 그 시도가 성공한다면 다시금 저들의 야욕을 분쇄할 기회를 갖게 될 것이니 절대 서둘지 마시고 냉정히 그들이 진세를 뚫고 안으로 사라질 때를 기다려 주셔야 합니다.

이제부터 형수님께서 해야 할 일은…… (후략).>

*　　　　*　　　　*

한효월은 죽었다.

그의 죽음으로 개왕에게 반기를 들 사람은 없어졌다.

비록 감천형 등 몇 사람이 남아 있다고 한들 시끄러운 수준일 따름, 한효월에 비길 수 있는 존재는 이 세상 어디에도 없었다.

개왕은 승리한 것이다.

언제라도 무림은 그가 손에 넣을 수 있는 주머니 속의 물건.

그보다 천 배 만 배 더 귀한 것…….

천하십성의 모든 것이 이제 그의 눈앞에 있었다.

저 길을 가면 거기에서 그를 기다리고 있을 그것을 얻을 수 있을 터이다.

누가 감히 그를 넘볼 수 있을 것인가?

천하십성이 남긴 용화회도 남김없이 그의 수중에 들지 않았던가.

개왕은 주위를 둘러보았다.

자신을 노려보는 자들의 이글거리는 눈빛이 보였다.

말 한마디면 저들을 이곳에서 모두 죽여 없앨 수 있다.

하지만 하지 않는다.

그럴 가치를 느끼지 않기 때문이다.

여기서 싸운다면 죽기를 무릅쓸 저들로 인해 상당한 희생을 치러야 한다.

한효월의 죽음은 저들의 가슴속에 투지(鬪志)를 불러일으켰다.

개왕은 그가 일부러 자신에게 저들을 죽이지 말라고 하여 그 감정을 최대한 격앙시켰음을 이미 알고 있었다.

끝까지 교활한 놈이다.

그러나 지금 참는다면 저들의 분노는 사그라들 것이고 자신이 천하십성의 유진을 얻고 난 다음에 분노마저 사라진 저들 하나하나를 격파한다는 것은 너무도 쉬운 일이었다.

그렇기에 그는 지금 손을 쓰지 않는 것이다.

그가 어떤 사람인데 한효월의 부탁을 들어주려고 공격을 하지 않겠는가.

"아우."

"예, 대형."

만박노유가 그를 보았다.

"가지. 과연 무엇이 우리를 기다리고 있는지…… 가보세."

"그러지요!"

만박노유도 힘있게 고개를 끄덕였다.

용화회의 핵심 회원들 몇이 그 뒤를 따랐다.

그리고 상기된 표정의 남해용왕, 북해빙왕, 천축마왕 등이 거기에 합류했다.

독왕은 거기에 합류하고 싶었지만 그는 죽어가고 있었다. 가슴을 부여잡고서 봉신방이 있던 곳, 그 통로를 향해 마지막 힘을 다해 기어가고 있었지만 그를 막는 사람도, 도와주는 사람도 없었다.

그들의 모습이 사라졌다.

일렁이는 빛 속으로.

독왕만이 아직도 그곳을 향해 기고 있을 뿐이었다.

요동권왕과 고려검왕은 서로를 바라보았다.

저들과는 다른 같은 땅에 있는 뿌리가 같은 민족인 두 사람이다.

"저들이 갔는데 우리가 여기 있는다면…… 지난 세월이 너무 허무하지 않겠나?"

요동권왕이 말했다.

"갈 수 있겠소?"

고려검왕의 말에 요동권왕은 껄껄 웃었다.

"죽을 때 죽더라도 죽을 자리에서 죽어야 하지 않겠나? 쥐새끼처럼 죽어간다면 선조들께 너무 미안하지! 카악, 퉤!"

갑자기 그가 침을 뱉어냈다.

입에서 튀어나간 침이 삼 장 밖에 있는 바위에 닿자 바위가 이글이글 녹아내렸다. 뻥 뚫어진 구멍이 그의 가공할 공력을 말해 주는 것 같았지만 괴이하게 구멍이 뚫어진 주변이 계속해서 녹아내리는 것이 아닌가.

"지독한 독이군……. 더러운 놈! 시간이 지나면 저절로 다 죽을 것 같으니 선심 쓰는 척하고 그냥 간 것이지?"

요동권왕이 냉소를 흘렸다.

고려검왕이 손가락을 뻗었다.

그러자 그의 손가락 끝에서 검은 핏방울이 맺혀 아래로 떨어졌다. 치익, 치익! 하는 소리와 함께 핏방울이 닿은 바닥에서 시커먼 연기가 잇달아 피어올랐다. 바위임에도 저렇듯 구멍이 뚫어지니 그 독의 지독함을 말하고도 남음이 있었다.

'역시…… 천하십왕…….'

그것을 보고 사람들은 감탄을 했다.

그들은 자신의 공력으로 체내에 만연한 독기를 몰아낸 것이다. 아니, 어쩌면 모든 걸 짐작하고 일부러 중독이 심한 척했는지도 모르는 일이었다.

"갈까?"

"가지."

두 사람은 땅바닥에 누운 한효월의 주검을 한 번 바라보고는 이내 통로를 향해 몸을 날렸다.

통로 주위를 막고 있던 자들이 그들을 맞았다.

용화회의 회원 몇과 제천교의 고수들. 특히 강령루의 고수들이 일제히 그들을 막으려 했지만 천하십왕과 그들과의 싸움은 너무 심한 차이가 났다.

더구나 두 사람이 한꺼번에 뚫고 나갔음에랴.

한차례 격렬한 싸움 소리가 일었다. 일직선으로 통로가 만들어지면서 그들을 통과한 요동검왕 등은 이내 그 빛의 통로 안으로 사라져 버렸다. 그들이 전력을 다해 안으로 들어가려고 하자 실제로 여기 남은 사람 중에서 그들을 막을 만한 능력을 가진 사람은 없었던 것이다.

그런데 그들이 사라지고 통로를 막은 자들의 진영이 흔들린 그 순간에 허공을 밟으며 한 사람이 모습을 드러내는가 싶더니 이내 그들의 머리 위를 날아 통로 안으로 날아들어 갔다.

그를 막기 위해서 몇 사람이 떠올랐지만 그의 손짓에 비명을 지르며 떨어지고 말았다.

사람들은 회의에 복면을 한 그가 누군지 알지 못했다.

하지만 그의 무공은 천하십왕 누구에게도 뒤지지 않는 듯했다.

"저건 또 누구지?"

사람들이 웅성거렸다.

회영이 사라진 쪽을 바라보고 있던 감천형이 문득 중얼거렸다.

"어쩌면…… 공일도일런지도 모르겠군요."

"공…… 무슨 소리를? 제천교주라면, 그는 죽지 않았던가요?"

한효월 등과 그를 추적했던 정의맹의 몇 사람이 놀라 중얼거렸다.

"워낙 교활한 자라서 단정을 할 수가 없었습니다. 해서 마지막까지 그의 죽음에 대해서는 유보를 해두고 있었지요.”

확신을 하지 못하는 감천형이 말끝을 흐렸다.

하지만 그가 공일도임은 확실했다.

처음부터 그는 죽지 않았었다. 마지막 순간에 금선탈각(金蟬脫殼)의
계로 몸을 피한 그는 대막사왕 완일과 함께 마경의 위치를 알아내기
위해서 중조산으로 갔었다. 대막사왕 완일로 하여금 배반을 하게 한
것은 그가 용화회의 지배에서 벗어나기 위함이었고 암중에 마교의 교
장을 뒤져 마계의 위치를 알아낸 사람은 바로 그였다.

하지만 태백산에 이르러 마계에 당도한 그는 귀왕을 덮치는 한효월
을 보고는 숨어서 그 뒤를 따르며 기회를 보고 있었다.

그리곤 이제 이것이 마지막 기회라고 생각하고 몸을 날려 통로 안으
로 들어간 것이다.

안의 사정은 아무도 알지 못한다.

다시 말해서 인연이 있는 자가 모든 것을 차지할 수도 있는 것이니
그가 모험을 걸 만했다.

어차피 모든 것을 다 잃은 그이기에.

그때였다.

“멈추시오!”

“그 자리에 서지 못할까!”

여기저기에서 노한 외침과 사람들이 움직였다.

황엽이 다가오고 있었다.

검이 자신의 목을 노림에도 황엽은 굳은 빛으로 우뚝 서 있을 뿐, 피
할 생각을 하지 않았다.

“그를 막지 마시오.”

감천형이 말했다.

"감 맹주!"

몇 사람이 노해 소리쳤다.

"그를 막지 마시오!"

감천형이 눈을 부릅뜨고서 노한 음성으로 부르짖었다.

한효월의 시신은 감천형의 겉옷 위에 뉘어져 있고 감천형은 그 앞에 무릎을 꿇고 앉아 있었다.

그가 그렇게 소리치자 누구도 황엽의 앞을 막지 못했다.

황엽은 묵묵히 걸어와 한효월의 앞에 무릎을 꿇었다.

그리곤 고개를 숙였다.

"한 공자…… 뭐라고 드릴 말씀이 없소. 내 스스로 목숨을 끊어 한 공자에게 사죄하리다."

그가 일그러진 얼굴로 중얼거렸다. 그리고 그가 막 심맥을 끊으려는 순간.

펑!

크악!

황엽이 벌떡 뒤로 나자빠졌다.

세차게 황엽의 가슴을 쳐 그를 날려 버린 감천형이 눈을 부릅뜬 채로 꾸짖었다.

"황 방주께서 진심으로 사숙께 미안함을 가지고 있고, 개왕과 공모한 적이 없다면 이 자리에서 목숨을 끊는 것은 아무런 의미가 없소! 보시오!"

감천형은 품속에서 봉서 하나를 꺼내 그에게 날렸다.

입에서 피를 흘리며 엉거주춤 일어나 앉아 그 봉서를 받아 든 황엽은 얼떨떨한 빛으로 감천형을 바라보았다.

"……?"

"사숙께서 자신이 죽고 난 다음에 황 방주께서 배신하지 않았음이 확인되면 주라고 부탁한 글이오."

"……!"

그 말을 듣자 황엽은 놀라 눈을 부릅떴다.

"새, 생전에 오늘 일을 이미 예측하고 글을 남겼단 말이오?"

"그분은 천재였소. 어찌 우리와 같은 범인과 같을 수 있겠소?"

"……."

황엽은 말을 잊고 봉서만을 바라보았다.

그리고 그가 떨리는 손으로 봉서를 개봉하려는 순간이었다.

갑자기 격렬한 싸움 소리와 함께 일대를 봉쇄하고 있는 제천교의 고수들을 뚫고 한 무리의 사람들이 나타났다.

누구도 그 앞을 막지 못했다.

막는 자는 모두 죽거나 튕겨져 나갔다.

당당한 체구. 위압적인 눈빛. 이미 죽었으되 그 위태(威態)는 조금도 덜하지 않은 사람.

바로 건곤무적 독고해가 앞장서 진격해 들어오고 있는 것이다.

그의 뒤에는 주자미가 따랐고 보구회의 고수들이 있었다. 뿐만 아니라 금빛이 번뜩이는 갑주를 갖춘 정예병 수백 명이 나타났는데 그들의 움직임은 일반 병사와는 전혀 달라 모두가 무공고수임을 알고도 남음이 있다.

"조정의 군대로군……."

몇 사람이 중얼거렸다.

"앞을 막는 자는 모두 반역도로 간주하여 구족을 주살하리라!"

앞장선 위장(衛將)이 눈을 부릅뜨고서 고함쳤다.

그의 고함 소리는 굉량(宏亮)하여 일대가 온통 쩌렁쩌렁 울렸다. 황궁의 비밀 세력인 홍무천위가 나타난 것이다.

주자미는 적들의 저지를 뚫고 안으로 진격해 들어왔다.

주위를 둘러본 그녀는 한효월과 감천형 등을 발견하자 곧장 그곳으로 달려왔다.

그녀의 앞을 건곤무적 독고해가 뚫었음은 물론이다.

"한 공자는?"

"……."

감천형은 입술을 물었다.

주자미는 한쪽 무릎을 꿇으며 그 자리에 주저앉아 한효월을 내려다보았다.

창백한 얼굴.

입가에 흘러내린 핏자국이 아직 채 마르지도 않았다.

하지만 가슴의 기복은 전혀 보이지 않는다.

그녀의 무공은 약하지 않다.

굳이 그의 코에다 손을 대거나 맥을 짚어보지 않아도 한 점의 생기도 없는 사람임을 알 수 있다. 귀식법이나 기타 그런 것과는 전혀 다른 그런 모습이다.

죽은 사람이었다.

"정말 죽었나?"

그녀가 믿기지 않는다는 듯이 다시 물었다.

"예."

감천형이 대답했다.

"비켜라."

"사모님?"

"어서 비켜. 그를 정말 죽일 셈이냐?"

주자미는 감천형을 밀쳐 내면서 독고해를 향해 뭔가 지시를 했다.

그러자 독고해는 허공을 격하고서 한효월의 전신을 향해 기묘한 손짓으로 지풍을 쏘아내기 시작한다.

바로 한효월이 그녀에게 남긴 서찰에 있는 요상지법(療傷之法)이다.

"뭘 하시는 겁니까?"

독고해가 사정없이 지력을 쏘아내어 한효월이 그 충격에 이리저리 튕겨 나가는 것을 보자 참지 못하고 천무가 일어서며 물었다. 아무리 사모님이라 할지라도 여차직하면 대들 모습이다.

"나도 모른다."

"예?"

"나도 모른다고 했잖느냐? 그가 내게 부탁한 대로 하는 거다. 자신이 숨을 거둔 지 한 시진만 지나지 않았다면 자신의 시신을 찾아 이렇게 해달라고 해서 지켜보고 있다가 지금 나타난 게다."

"사, 사숙이 말씀입니까?"

"그렇다!"

그녀의 답에 모든 사람들은 다시금 눈이 휘둥그레졌다.

특히 감천형은 더욱 그랬다.

하지만 그는 격동의 빛을 떠올린 채로 연신 고개를 끄덕였다.

"이것이었나……."

그가 참지 못하고 중얼거리자 천무가 그것을 듣고 다시 물었다.

“사형, 그게 무슨 뜻입니까?”

“나도 모르겠다. 기다려 볼밖에. 사숙께서는 돌아가시기 전에 내게 사모님께서 나타나기 전까지는 절대로 경거망동하지 말고 기다리도록 말씀하셨었다……..”

“그래서 참았던 겁니까?”

“그렇다.”

“으음……..”

천무도, 대명도 모든 사람들이 한숨을 내쉬었다.

대체 이 사람은 어디까지 세상의 일을 내다볼 수가 있다는 것일까.

그때였다.

팡!

독고해가 마지막 일장을 가하자 한효월의 입에서 검은 핏덩이가 왈칵! 쏟아져 나왔다.

그리곤 긴 숨이 한효월의 입에서 뿜어져 나왔다.

“한 공자!”

“사숙!”

“한 대협—!”

거의 비명에 가까운 외침들이 여기저기에서 터져 나왔다.

죽었던 사람이 다시 살아나려 하다니?

그러한 외침과 더불어 천무가 번개처럼 일어나 고함쳤다.

“모두 주변을 엄호하라!”

그의 고함과 동시에 그의 수하들이 일제히 흩어지면서 한효월의 주위를 둘러쌌다.

삽시간에 살기가 가득 찼다.

꿈틀, 한효월의 손이 움직인다.

그리고 눈까풀이 떨리는가 싶더니 그가 눈을 떴다.

몇 번 눈을 감았다 뜬 그는 감천형과 주자미를 발견하자 희미한 미소를 떠올렸다.

"제때 오셨군요……."

"저, 정말 괜찮소?"

주자미가 믿기지 않는 듯 물었다.

"괜찮아 보이십니까?"

한효월은 웃으며 몸을 일으켰다.

그가 몸을 일으키려 하자 감천형은 얼른 그의 몸을 부축했다.

"되었다. 나는 금방 정상을 회복할 수 있을 것이다."

한효월은 가볍게 그의 등을 두드렸다.

자신보다 나이가 많은 사질이건만 그의 그러한 행동은 저만큼 어린 조카를 돌보는 삼촌과 같았고 그것은 너무나 자연스러웠다.

"무리하지 마십시오. 지금까지 사숙은 너무 무리하셨습니다. 이제부턴 제가 다 하겠습니다. 명령만 내려주십시오. 소질의 목을 내놓고서라도 무엇이건 하겠습니다!"

감천형이 목메인 음성으로 외쳤다.

"우리도 마찬가지입니다."

옆에서 대명이 끼어들었다.

"오셨군요. 고맙습니다."

그를 보고 한효월은 웃으며 고개를 끄덕였다.

그가 감천형의 어깨를 짚고서 몸을 일으킴을 보자 대명이 참지 못하고 말했다.

"정말 대단합니다! 거짓 죽음(假死)으로써 그 교활한 개왕을 속여넘기다니…… 정말 대단합니다."

그의 말에 한효월은 쓴웃음을 머금었다.

"거짓 죽음이 아닙니다."

"……?"

일순.

대명은 얼떨떨해져서 한효월을 바라보았다.

그것은 그뿐 아니라 모든 사람들이 다 그러했다.

이렇게 멀쩡히 살아났는데…… 그런데 거짓 죽음이 아니라니?

누구도 이해할 수가 없었다.

*　　　*　　　*

"빨리! 빨리 가요!"

다급한 외침.

천리마 네 필이 죽을힘을 다해서 발굽을 내달았다.

마차가 미친 듯이 네 바퀴를 굴렸다.

금방이라도 바퀴가 튕겨져 나갈 것 같았다.

"무리다! 마차도 말도 견디지 못할 게다. 더 이상은……."

송옥교가 말했다.

그녀의 부축을 받은 서문운하는 입술을 물고서 고개를 도리질한다.

"아뇨. 그래도 가야 해요. 그가 죽어요. 그가 죽어요……."

"더 이상은 무리다. 차라리 약을 종 노괴를 시켜서 보내도록 하자. 그의 경공이라면……."

"안 돼요. 아직 법제(法製)하지 않은 약이라서 내가 아니면 약의 효력을 발휘할 수가 없어요. 제발, 제발……."

어두운 밤하늘을, 미친 듯 뒤로 달려가는 밤하늘을 마차 창문을 통해 내다보려던 그녀가 갑자기 찢어지듯이 비명을 질렀다.

"아악!"

"왜, 왜 그러느냐?"

놀라고 당황한 송옥교가 서문운하를 잡아 흔들었다.

"그, 그가……."

서문운하가 창백해진 얼굴로 중얼거렸다.

"그가, 그가, 그가……."

넋을 잃은 듯 하늘을 쳐다보면서 그녀가 계속해서 같은 말만 중얼거린다.

"이 빌어먹을 늙은이야! 마차를 멈춰! 좀 멈추란 말이야!"

송옥교가 찢어지도록 고함쳤다.

"워, 워어……."

다급하게 말을 정지시키는 소리가 밖에서 들려왔다.

"무슨 일이야?"

활염라 조과가 고개를 디밀었다.

"왜 그래? 무슨 일로 그러는 게냐?"

송옥교가 다시 물었다.

창백한 얼굴의 서문운하. 그녀의 눈에 맑은 눈물이 가득 차는가 싶더니 이내 방울방울 흘러내리기 시작했다.

"그가…… 그가 죽었어요……."

"무슨 소리냐? 그 녀석은 아직 수명이 남아 있다고 어제만 하더라도 네가 좋아했지 않느냐? 불사회혼단 약재만 늦지 않게 가져갈 수 있으면 놈이 죽지 않을 거라고!"

"그가…… 그가 스스로를 죽였어요……."

그녀가 입술을 깨물었다.

핏물이 입술에서 넘쳐 났고 오열이 저 깊은 곳에서부터 가득 용솟음쳐 올랐다.

"무, 무슨 소리냐? 그놈이 스스로 자살이라도 했단 말이냐?"

"말도 안 돼! 왜 그 따위 짓을!!"

강호삼괴.

그들 세 노인이 일제히 소리쳤다.

나도 몰라요.

내가 그걸 어찌 알겠어요?

하늘이 알고 땅이 알지라도 나는 알지 못해요.

나는 믿을 수 없어요. 믿고 싶지 않아요…… 그가 죽었다는 것을. 그가 이젠 이 세상에 없다는 것을.

*　　　　*　　　　*

한효월은 잠시 운기조식에 들었다가 눈을 떴다.

그의 얼굴에는 홍광이 깃들어서 전혀 상처를 입은 사람 같지 않았다.

누구도 믿기 어려운 일이었다.

방금까지 죽었던, 죽어 있던 사람이 이렇게 단숨에 소생할 수 있다니.

사람들의 토끼눈을 보면서 한효월은 쓴웃음을 머금었다. 하지만 그것은 내심일 뿐 그는 조용하고 확신에 찬 태도로 일어나 황엽에게로 갔다.

"한 공자…… 정말 뭐라고 해야 할 말이…….”

"부탁드리겠습니다."

한효월은 그의 손을 잡았다.

"제가 죽고 난 다음, 감 사질과 손을 잡고 무림을 안정시켜 주십시오. 나머지 사안은 제가 남겨 드린 글을 보시면 될 겁니다."

"그게 무슨 소리요?"

한효월은 놀란 황엽을 보며 웃었다.

"이제 아시게 될 겁니다."

"천무."

"예, 사숙!"

"내 사후에 너는 네 사형과 같이 세상을 안정시키도록 해라. 네 사형제들의 능력이라면 그간 혼란했던 무림을 안정시키는 데 큰 힘이 될 게다."

"대체 무슨 말씀을 하시는 겁니까? 이렇게 되살아나셨는데 왜 또 그런 말씀을?"

"못다 한 일이 있어서 잠시 생을 연장한 것뿐이다."

한효월의 말에 사람들은 말을 잃었다.

어찌 사람의 목숨이 마음대로 연장했다 줄였다 할 수 있는 것이란 말인가?

하나 그들이 어찌 알겠는가.

마교비전의 천마강신지법으로 마교의 유일한 호법존자가 한효월의 몸에다 베풀어놓고 간 그 힘으로 지금 한효월이 생을 이어가고 있음을……. 하긴 그것을 이용하여 그의 삶을 조금이라도 연장하려 한다면, 어쩌면 그것도 불가능하지는 않으리라.

그러나 한효월은 처음부터 그럴 마음이 전혀 없었다.

"대체 무엇을 하려는 것이오? 한 공자!"

황엽이 한효월의 손을 움켜잡았다.

"대자연진세를 폐쇄코자 합니다."

"대자연진세를?"

웅성거림이 여기저기에서 흘러나왔다.

"그걸 폐쇄한들, 그들이 천하십성의 공부를 모두 얻는다면 다시 진세를 해제할 것이 아니오? 아니, 해제하지 못한다 할지라도 그들의 그 능력이라면 무슨 수를 써서라도……."

한효월은 고개를 저었다.

"그렇지 않습니다. 대자연진세는 말 그대로 자연입니다. 있는 그대로 천지지간의 기를 끌어 모아서 진세를 형성합니다. 인위적인 진세와는 처음부터 다릅니다. 그렇기에 천하십성이 위대한 것이지요. 아마 생전의 그들이라 할지라도 대자연진세가 모두 발동되면 그곳을 벗어날 수가 없을 겁니다."

"그런데 왜 한 공자께서 목숨을 내놓아야 한단 말이오?"

"한 사람이 안으로 들어가서 진의 중추를 발동시켜야 합니다."

"내가 하겠소."

황엽이 조금도 망설이지 않고 말했다.

"황 방주께서?"

"그렇소. 내가 하리다. 그 어른께서 이런 말도 안 되는 죄를 천하에 지었으니 그 죗값을 내가 조금이라도 받겠소이다. 진세를 발동시켜서 그들을 묶어버릴 수 있다면…… 내가 하리다."

한효월은 웃으며 머리를 저었다.

"황 방주께선 자격이 없습니다."

"그건……."

문득 한효월이 손을 들었다.

그러자 그 손에서 항거불능의 거력이 쏟아져 나왔다.

황엽의 무공은 발군이다.

천하십왕이라 할지라도 한순간에 그를 격퇴할 수 없을 정도로.

그런데 한효월의 손에서 쏟아져 나온 그 힘에는 항거할 수가 없었다. 마치 거한에게 떠밀린 어린아이처럼 비칠거리면서 뒤로 물러날 수밖에 없었다.

"왜 자격이 없는지 아시겠습니까? 진세를 폐쇄하려면 천지지교(天地之橋)가 운통된 사람의 능력이 필요합니다. 그런 사람이라고 할지라도 가능할지는 장담하기 어렵습니다."

"서, 설마…… 한 공자는?"

"얼마 전에 천지지교를 통했습니다. 지금의 제가 전력을 다한다면 천하십왕 중 세 사람이 합세해도 저를 이기기는 그리 쉽지 않을 겁니다."

"오오……."

"세상에 그런 엄청난……."

여기저기에서 탄성이 터져 나왔다.

누구도 그의 말을 의심하지 않았다.

거짓을 말한 적이 없을 뿐 아니라 이미 그가 펼치는 가공할 능력을 이미 보았던 그들이었기 때문이다.

"그런 엄청난 능력이라면 한 공자의 지금 능력은 아마 고금제일이라고 해도 과언이 아닐지 모르오. 천하십성이라고 해도 승부를 장담하기 어려울 거요."

황엽의 말에 한효월은 고개를 끄덕였다.

"그럴지도 모르지요."

"그런데 왜 굳이 스스로의 목숨을……."

"하늘이 제게 준 수명이 그렇습니다. 굳이 역천을 하면서까지 삶을 늘리고 싶진 않습니다. 세상에는 순리(順理)라는 게 있습니다. 천지의 모든 것들은 그렇게 돌아가는 것이지요. 하지만 한 사람이 역천을 하고 그렇게 돌아가면 모든 것이 여기저기에서 어긋나기 시작합니다. 인(因)이 있으면 연(緣)을 맺게 되듯이 과(果)를 지었으니 보(報)를 받게 됨은 필연인 것이지요. 어차피 언제인가는 죽게 될 몸. 좀 더 생을 연장코자 버둥거린다는 것은 크게 보면 우스운 일에 다름이 아닙니다."

말과 함께 한효월은 주위를 둘러보았다.

사람들 모두가 숙연해졌다.

이 청년은 이미 청년이 아니었다.

아마도 무림사 천여 년 이래 가장 기억에 남을 위대한 사람임을 이 자리에 있는 모든 사람들은 누가 말해 주지 않아도 절로 느끼고 있었다.

"천무."

"예, 사숙."

"이것을 운하에게 전해다오."

그는 품에서 봉서가 든 금낭을 꺼내 천무에게 주었다.

"이건……."

"지난날 네 사조께서 나에게 남기신 봉서다. 후일 내 신세가 밝혀지면 보라고 하셨는데 알아내지 못했으니 없애야 옳겠지만 정신을 잃고 있는 가운데 문득 그녀에게 나의 뿌리를 남겨두어야 할 것이란 생각이 들었다. 전하면 그녀가 알아서 하리라."

"알겠습니다."

천무는 무릎을 꿇고서 두 손으로 그것을 받았다.

한효월은 주자미를 보았다.

"형수님."

"예."

한효월의 얼굴에 상스러운 광채가 어리고 있음을 본 주자미가 절로 급히 답했다.

"사형께서는 살아생전 대협이었고, 죽어서까지 강호의 평화를 염원하셨습니다. 이제 그렇게 될 것이니 사형을 그만 돌려보내 주십시오."

"어디로 말인가요?"

"저와 같이 가겠습니다. 언제까지나 사형을 저렇듯 죽지도 않는 괴물로서 옆에 두실 수야 없지 않겠습니까?"

갈등의 빛이 주자미에게 어렸다.

"닥치거라. 네가 감히 마마께 강요한단 말이냐?"

위장 한 사람이 앞으로 나서며 눈을 부릅떴다.

그의 기세는 정말 보통이 아니었다.

그를 보자 한효월은 빙긋 웃었다.

"이것은 강호의 일이오. 관에서는 백성들을 잘 다스리면 되오. 당신은 앞으로도 황제의 권위를 빌어 호가호위하지 말고 나라를 위함이 먼저라는 것을 늘 잊지 마시오."

그의 말과 함께 위장은 감당할 수 없는 거대한 힘이 자신을 밀어내려는 것을 느끼고 노해 얼굴이 붉어졌다.

"감히 본관을……!"

그것이 끝이었다.

그는 너무 막강한 힘에 말조차 잇지 못하고 단숨에 십여 장이나 물러났다. 발 밑에서 바윗돌들이 튕겨 오르면서 흙먼지가 풀풀 일어나 그를 급하게 쫓아가는 것이 보였다.

이 가공할 광경에 모두는 말을 잃었다.

밀려나는 것만 보아도 그가 어느 정도의 실력자인지는 대충 짐작할 만한 능력을 여기 있는 모든 사람들은 다 가지고 있었던 것이다. 그런 능력으로도 항거조차 하지 못하다니!

위장의 얼굴도 창백해졌다.

그 광경을 본 주자미는 입술을 물었다.

"후우…… 그분이 필요한가요?"

"그렇습니다."

"그렇다면 그렇게 하도록 하세요."

"죄송합니다. 하지만 언제라도 보시고 싶다면 또 보실 수 있을 겁니다. 이 자리에서……."

한효월은 그녀에게 길게 읍하여 예를 표했다.

주자미는 자신도 모르게 황급히 예를 표해 답례했다. 왜인지는 자신도 몰랐다. 그래야 할 것 같았고 지금의 그는 지난날과 또 다른 사람처럼 보였다.

"사형."

한효월의 부름에 건곤무적 독고해는 무표정히 그를 보았다.

"같이 가십시다."

한효월이 말하자 건곤무적 독고해는 성큼성큼 앞장섰다.

그것을 보자 주자미는 놀라 벌린 입을 다물 수가 없었다. 건곤무적 독고해는 실혼인이다.

그녀의 명이 아니면 움직이지 않는다.

그런데 저런…….

"사숙!"

갑자기 천무가 소리쳤다.

한효월이 그를 보았다.

"그런 능력을 가지셨는데…… 그래도 꼭 이렇게……."

천무가 목이 메어 외쳤다.

"사람의 능력이 무에 그리 대단한가? 개왕이 천하십성의 유진을 얻는다면 아마도 나보다 더 강할 것이고 다른 사람들도 마찬가지겠지. 그럼 천하가 어떻게 되겠나? 누구도 그들을 막을 수 없을 텐데……. 그리고 만에 하나…… 천하십성이 아직 죽지 않았다면?"

"주, 죽지 않았다구요?"

모든 사람들의 눈이 동그래졌다.

"그래, 그럴 수도 있겠지."

한효월의 말에 사람들은 입이 얼어붙었다.

맞았다.

개왕이 살아 있고 만박노유도 살아 있었다. 그런데 그들보다 월등한 능력을 지녔던 천하십성이 살아 있지 말라는 법이 어디에 있단 말인가.

"저 안의 세계가 과연 어디인지 우리는 알지 못합니다. 천하십성이 현세지선(現世之仙)이 되고자 서원하여 만들어낸 이 길이…… 과연 어

디로 통하는지 어느 세계로 가게 되는지 모르는 것이지요. 신선의 세
계인지 악마의 소굴인지……."

그것을 끝으로 한효월은 시선을 돌려 앞을 보았다.

그의 시선을 받는 용화회 측의 모든 사람들이 주춤거렸다.

"당신들이 어떻게 살아갈 것인가는 이제 당신들에게 달렸소. 올바른
결정을 하시기 바라오."

"말로써 모든 걸 해결할 수 있다고 생각하지 마라! 싸우게 된다면 몰
살하게 되는 것은 너희들이다!"

용화회의 회원 하나가 소리쳤다.

그는 지난날 중양서원에서 도주했던 대학사 구대처였다.

"지난 세월 학문과 수양을 쌓아왔으면서도 아직 헛된 미망에 사로잡
혀 있단 말이오?"

"공격해라!"

구대처가 고함쳐 명했다.

한효월에게서는 기이한 힘이 느껴져서 누구도 그와 맞서 말로써 싸
우는 것이 불가능함을 느낄 수밖에 없었다.

그러나 누가 한효월을 막기 전에 구대처는 한효월이 자신의 앞에 이
르러 있음을 보고 대경실색했다.

"물러가거라!"

그가 양손을 휘둘러 한효월을 공격하자 다른 용화회의 회원도 가세
했고 제천교의 고수들이 일제히 밀려들었다.

하지만 헛된 일이었다.

한효월이 지금 이른 경지는 궁극(窮極)의 것이었다.

선(禪)에 일러 무념위종(無念爲宗), 생각없음으로 기둥을 삼고 무상

위체(無相爲體), 형상없음으로 몸을 삼으며 무주위본(無住爲本), 머물지 않음으로 근본을 삼는다 하였다. 하나 거기서 말하는 무념위종이 어찌 생각없음으로 기둥을 삼는다는 한마디로 표현될 수 있는 것이랴. 무상위체나 무주위본도 마찬가지다. 그것은 한효월이 수련한 것과 무관하지 않았다. 아니, 무관이 아니라 선가(仙家)의 무공 또한 거기에 뿌리를 둔다 할 수 있었다.

무념(無念)이라는 두 글자야말로 선가는 물론 선가(禪家)와 도가(道家)까지 아울러 쓰는 중요한 것이다. 그것은 곧 부동념(不動念)으로 이어지고 념(念)이 일지 않으면 심체부동이라 하여 마음과 몸도 따라 움직이지 않게 된다.

바로 그러한 경지에 올라선 그이기에 이 자리에서 그를 막을 수 있는 사람은 아무도 없었다.

강하지 않으면서도 힘이 깃든 그의 손짓에 따라 사람들이 견디지 못하고 흩어졌고 사정없는 독고해의 철퇴 같은 일격에 걸린 사람은 어육이 되어 튕겨져 나갔다.

막는다는 것 자체가 무리였다.

그들 두 사람을 막는 것만 해도 그런데 나머지 군웅들이 밀려들자 버티는 것 자체가 어려웠다. 절세고수 두 사람이 앞서자 그들을 상대할 수가 없는 것이다.

구대처는 굳은 얼굴로 고민하다가 결심을 굳힌 듯 통로 안으로 몸을 날려 사라져 갔다.

그는 이곳을 책임진 사람이었다.

대국을 관장하고 퇴로를 확보하기로 되어 있었지만 세불리하자 천하십성이 남긴 것에 마음을 두고는 자리를 피하고 만 것이다.

지휘자가 없자 무너지는 것은 순간이다.

한효월은 남해용왕이나 기타 천하십왕의 수하들에게 말했다.

"더 이상 피를 흘릴 필요는 없소. 무익한 싸움은 멈추도록 하시오. 이 자리를 물러나든지 아니든지 내 앞만 가로막지 않는다면 누구도 당신들을 공격하지 않을 것이오."

"그게 정말이오?"

한효월의 신위에 질려 있던 부해교가 나서 주춤거리며 물었다.

"그렇소."

"조, 좋소! 그럼 할아버님께서 돌아오실 때까지 이곳에서 기다리겠소. 물론, 누구도 방해하지 않겠소."

그가 그렇게 나서자 남은 천하십왕의 수하들도 뒤를 따랐다.

결국 남은 것은 용화회와 궁가방, 제천교의 수하들.

천지격변의 대혈하(大血河)가 이루어질 것 같았던 격전의 현장은 그것으로 일단락되어 버렸다.

궁가방의 고수들은 황엽이 나서서 설득했고 제천교의 수하들은 우왕좌왕 군웅들에게 밀리면서 후퇴를 거듭했다. 용화회의 고수들은 실제로 몇 되지 않고 그나마 최고수들은 이미 진세의 안으로 들어가 버렸으니 더 말할 것이 없는 형편이었다.

그렇게 장내는 정리되었다.

도저히 역전이 불가능할 것으로 보였건만 한효월 한 사람의 부활로써 그것이 가능해진 것이다. 아직 싸움은 끝난 것이 아니었지만 한효월은 그 모든 싸움이 끝나기를 기다릴 시간이 없었다.

그는 천천히 진세의 안으로 들어갔다.

그 뒤를 독고해가 따랐다.

그런 그의 모습을 모든 사람들이 지켜보았다.

대체 그가 무엇을 하려는 것인지 알지 못하는 까닭이다.

그때 한효월이 비틀거렸다.

군웅들 사이에서 놀람의 외침이 흘러나왔다.

그가 피를 흘려내고 있음을 보았기 때문이다. 아무렇지도 않게 보인 것은 그저 그렇게 보였을 뿐이었다. 사람들은 그제서야 한효월이 죽었던 사람임을 경각해 냈다. 그리고 그가 지금 아무렇지도 않은 것이 아니라 그렇게 보이고 있을 뿐이라는 것도 알았다. 그는 죽어가고 있는 것이다.

억지로 그것을 누르고 있을 뿐.

"사숙……."

그가 비틀거리면서 피를 토하는 것을 보자 감천형이 입술을 물었다.

한효월은 주변을 살피더니 한 군데에 가 섰다.

독고해도 거기에 섰다.

그리고 한효월이 그 자리에 가부좌를 하고 앉자 독고해도 그 자리에 앉아 두 사람은 서로를 마주 보는 자세가 되었다.

대체 무슨 일을 하려는 것일까.

감천형은 그들이 앉은 자리가 봉신방이 사라진 그 자리임을 알았다.

웅웅…….

아무런 변화가 없는 시간이 조금 지나더니 기이한 울림이 서서히 진세에서 일기 시작했다. 그리고는 봉신방이 사라진 그 자리에서 빛 한 줄기가 천천히 피어올랐다.

얼핏 보기에 나무처럼 보이는 빛…….

그것은 점점 강렬한 빛으로 변하는가 싶더니 빙글빙글 돌면서 한효월을 감쌌다. 그리고 독고해마저 감싸면서 그 빛은 점점 더 강한 빛무리로 화해갔다.

쿠쿠쿠쿠…….

그리고 마침내 사방에서 커다란 진동이 울려 퍼지기 시작했다.

산악을 흔드는 거대한 굉음은 진세가 깨어져 통로가 나타날 때보다 더 큰 듯하였다.

환상을 보는 것 같았다.

여기저기에서 환영(幻影)처럼 산악이 솟아나고 눈앞에서 숲이 만들어졌다. 보지 않았다면 절대로 믿지 못할 광경.

그렇게 하여 나타났던 통로가 사라졌다.

"아아……."

주자미가 탄성을 흘려냈다.

모두가 마찬가지였다.

한효월이 있던 자리에서는 거대한 빛줄기가 허공으로 치솟아오르고 있었다.

일 장에서 오 장으로, 다시 십 장으로…….

십여 장이나 치솟은 빛줄기는 서서히 형상을 갖추어가기 시작한다. 빛에서 실체로. 그렇게 해서 나타난 것은 하늘을 꿰뚫을 듯이 솟구쳐오른 거대한 박달나무 한 그루였다.

나무는 시야를 가로막는 거대한 절벽 속에서 솟아나 있는데 기이하게도 그 나무 뒤로 은은히 가부좌한 한효월과 독고해의 모습이 보인다. 얼핏 보면 보이지 않고 다시 보면 보이는데, 눈을 비비고 다시금 유심히 보면 보이지 않아 신비롭기가 이를 데 없었다.

"신단수(神檀樹)……!"

그것을 지켜보고 있던 감천형은 참지 못하고 중얼거렸다.

전설로 전해지는 그 옛날 환족의 유래. 태양의 아들로 신의 자손으로 불려져 천손(天孫)이라는 그들의 기원은 신단수의 아래라고 들었었다.

'어쩌면 그것이 저곳을 통해서 이루어진 것은 아닐까?'

감천형은 그 가운데 자신이 알지 못하는 어떤 거대한 비밀이 있을 것 같았다.

그러나 지금 이 자리에서 그가 알아낼 수 있는 것은 너무 없었다.

진동이 사라지고, 사람들의 앞에 나타났던 그 울창하고 기이한 원시림도 모두 거대한 절벽과 산악들로 인해 사라져 버렸다.

오로지 신단수와 그 가운데 자리한 한효월의 모습만이 이 모든 것이 사실임을 증명하려는 듯 그렇게 존재했다.

"맙소사! 이건 실체인데!"

신단수를 두드려 보고 절벽을 만져 본 사람들이 경악해 실성을 흘린다. 절벽을 두드리니 돌 가루가 떨어진다. 절벽을 차고 올라가니 태백산의 그 산세가 그렇게 보인다. 어디에서도 환영은 없다. 보이고 존재하는 모든 것이 실체였다.

그것이 바로 대자연진세의 위대한 점이었다.

그때.

감천형이 신단수를 향해 절을 하기 시작했다.

정확히 말하자면 자신을 바쳐 신단수를 만들어낸 한효월을 향해. 자신의 사부를 향해.

대명이 길게 불호를 외면서 독경을 시작한다.

그렇게 하여 모든 사람들이 신단수를 향해 경배했다. 모두가 머리를 땅에다 대었다.

세상을 위해 자신을 바친 위대한 영혼을 위해.

까마득히 저 멀리 사람들의 모습이 보인다.

그들은 무엇을 하고 있는 것일까?

모두가 자신에게 절을 하고 있는 것처럼 보인다.

그럴 필요까지는 없는데…….

한효월은 미미하게 웃음 지었다.

길지 않은 생이었다.

하지만 후회는 없다.

서문운하를 비롯한 몇 사람에게 미안하고, 자신의 손에 생을 마친 사람들에게 죄송스러울 뿐…….

평화와 정의, 그 무엇으로도 다른 생(生)을 끊는다는 것을 정당화할 수는 없다.

이제 그 속죄를 하리라.

평생을 두고 이 자리에서…….

한효월은 눈을 감았다.

〈『대풍운연의』 全卷 終〉

후기(後記)

〈네 부모는 용화회에서 가장 젊은 사람이었다.

봉신지약은 네 선조가 만들었고 선계(仙界)에 이르는 길을 발견하여 대자연진세를 설치하는 기초를 닦은 사람은 바로 네 고조부이다. 그는 초기 용화회에서 중추적인 인물이기도 하다.

네 할아버지를 비롯한 부모들이 모두 알 수 없는 화를 당한 다음, 나는 너를 안고 중조산에 은거하였다. 여러 가지 이유가 있지만 가장 큰 이유 중 하나는 너를 키우기 위해서였고 또한 네 할아버지로부터 부탁받은 봉신지약 하나를 지키기 위함이기도 했다.

나는 이제 강호로 나가거니와, 만에 하나 네가 이 글을 본다면 나의 예측과 같이 그들이 네 부모를 해한 것이 틀림없을 것 같구나……(하략).〉

         *   *   *

태백산의 대회전이 있은 지 오 년.

하늘을 향해 솟구친 태백산의 위용은 예전과 변함이 없고 산봉마다 이고 있는 만년설 또한 여전히 희게 빛난다.

늦가을.

찬바람이 옷깃을 여미게 한다.

늦단풍이 스러진 산자락과는 달리 높이 올라오자 삭풍(朔風)이 눈보라를 불어내면서 걸리는 모든 것을 쥐어흔든다. 태백산에 있는 세 개의 호수조차 그 추위에 웅크러 든 것처럼 보이지만 한 무리의 사람들은 추위를 아랑곳하지 않고 조용히 전진하고 있었다.

이윽고 그들의 눈앞에는 이제 무림의 성지(聖地)가 된 곳이 나타났다.

신단수(神檀樹).

하늘을 찌를 듯 솟아오른 오연한 나무 한 그루.

장정 대여섯이 팔을 둘러야 겨우 안을 수 있는 둘레를 가진 거대함에다 세상을 향해 팔 벌린 당당함으로 우뚝한 그 신단수의 뒤를 보면 하늘을 찌를 듯한 절벽 가운데 보일 듯 말 듯 기묘한 형상이 있다.

정좌한 채로 오 년 전부터 그 자리에서 움직이지 않는 사람.

전 무림이 숭배하는 일대의 대협이 그였다.

세상을 위해 자신을 버린 사람.

"보렴……."

격한 감정을 누른 맑은 음성이 문득 들려왔다.

이 산정까지 가마를 타고 온 그 음성의 주인공은 찬바람을 아랑곳하지 않고 밖으로 나와 입을 열었다.

여인이다.

이름을 서문운하라 하는 여인.

그녀의 손에는 이제 너덧 살 정도 되어 보이는 어린아이 하나가 버둥거리고 있음이 보인다.

복숭앗빛 볼에 씩씩한 생김을 가진 그 아이는 사내다.

서문운하는 아이를 들어 올려 그 대협, 한효월을 보게 했다.

"네 아버지다, 월아(月兒). 세상에서 대협이라 불리는 저 바보 같은 사람이 바로 네 아버지란다."

"웅? 어디? 어디?"

신기한 듯 여기저기를 둘러보고 있던 꼬마가 반색을 했다.

"어디 아버님이 계셔?"

"저기."

서문운하가 아이를 들어 올려 그곳을 보게 한다.

정좌한 한효월의 모습은 희미한 빛줄기 속에서 금방이라도 살아서 튀어나올 것만 같다.

"아빠! 아빠!"

꼬마가 버둥거리더니 이내 서문운하의 손에서 벗어나 달려가기 시작하였다.

"월아! 어딜 가는 게야!"

서문운하가 소리쳤다.

"그냥 둬, 하매. 어차피 데려왔다면 아빠를 곁에서 보게 해주도록 해."

옆에서 그녀의 손을 잡는 사람이 있었다.

이심환이었다.

그녀는 서문운하가 한효월을 닮은 아이를 낳을 때부터 지금까지 서
문운하의 곁을 떠나지 않고 같이 아이를 키웠다. 서문운하는 가끔 언
니가 없었다면 난 어떻게 살았을까? 라는 말을 할 정도로 그녀와 서문
운하는 서로를 의지했다.

다행히 아이는 아버지와 엄마를 닮아 총명한 데다 영리했다.

"제가 옆에서 지켜보고 있으니 걱정 마십시오."

나직한 음성이 공명을 일으키면서 또렷이 들려왔다.

한 사람이 어느새 꼬마 한억월(寒憶月)의 뒤에 서 있음이 보인다. 좌
백이라 이름하는 그는 서문운하가 해산한 날부터 한시도 그녀의 곁을
떠나지 않고 아이와 그녀를 지켜왔다. 더불어 그를 따르던 여인, 종소
교까지 그들과 같이 살았고 세 살된 계집아이까지 낳았다.

감천형과 천무가 흐트러진 무림을 잡기 위해 동분서주함을 보면서
도 좌백은 한 번도 서문운하의 곁을 떠나지 않았다. 마지막 순간 한효
월을 보지 못했던 그는 언제까지라도 사숙모인 서문운하와 꼬마 사제
를 지켜줄 참이었다. 과묵한 좌백과는 달리 유성은 늘 한억월의 친구
가 되어 놀아주었고 온갖 궂은 일을 도맡아했다.

그런 그들을 보면서 무림삼괴 세 노인은 우리가 죽은 다음에도……
라고 하면서 안도의 한숨을 내쉴 수가 있었다.

황엽은 감천형을 도와 한시도 쉬지 않았고 강호가 안정되는 대로 은
퇴하겠다고 공언했다.

무너졌던 구대문파도 새로 소림의 장문인으로 취임한 대명을 필두
로 해서 서서히 자리를 찾아가고 있었고 천하십왕의 잔존 세력들은 한
효월이 그렇게 생전에 남겨둔 안배로 인해 전혀 힘을 쓰지 못했다. 유
일하게 움직이는 사람이 있다면 남해의 부해옥 정도랄까, 그녀는 늘 감

천형이 있는 정의맹 옆을 맴돌아 이젠 그녀의 존재를 모르는 사람이
없을 정도였다.

주자미는 모든 것을 감천형에게 넘겨주고 다시금 남해로 돌아갔고
그곳에서 출가한 자신의 딸을 보아야 했다.

"……."

서문운하와 이심환은 깡충거리며 앞으로 뛰어가는 꼬마를 말없이
바라보며 서 있었다.

"아빠! 아빠! 월아가 왔어요!"

꼬마가 환하게 웃으며 벽을 두드린다.

하지만 희미한 빛 속에 정좌한 한효월이 눈을 뜰 리 없다.

"아빠의 아들 월아라니까요! 정말 월아의 아빠죠? 제가 왔어요……."

계속 불러도 답이 없자 꼬마의 눈에 글썽글썽 눈물이 맺힌다.

"아빠! 아빠……."

아이의 목이 메인다.

얼마나 불러보고 싶고 만나보고 싶었던 아빠였는데…….

아빠는 왜 저기에 저렇게 앉아서 쳐다보지도 않는 것일까?

그런 아이의 모습을 바라보면서 좌백은 불현듯 목이 메었다. 그는
암암리에 길게 한숨을 몰아쉬면서 하늘을 바라본다.

푸른 하늘은 눈이 시리도록 푸르기만 하다.

정말 무심히.

하지만 아버지를 보는 아이의 눈은 세월이 지나면서 점점 뚜렷해졌
고 힘을 가지게 되었다.

아버지를 잊지 않겠다는 이름을 가진 한억월.

어쩌면 아버지가 못다 한 일이 장성한 그의 앞에 펼쳐지게 될런지는 아직 아무도 모르는 일이었지만 호랑이의 새끼는 결코 강아지는 되지 못하는 것이 고래의 진실이다.

그는 대협 한효월의 아들 한억월이니까.

大風雲演義를 맺으면서……

참 곤란한 세상이 되었다.

제자가 스승을 패고 스승이 제자를 욕보인다.

아들이 아버지를 죽이고 아버지가 자식들을 학대하고 죽이기까지 한다.

정치가는 국민을 등치고 국민은 정치가를 조소한다.

성직자가 유부녀를 넘보고 유부녀는 가정에 충실치 못하며 아이들은 의리와 올곧은 삶을 배우기 전에 성(性)을 배워 캠화면에서 바지와 치마를 벗어내리는 세상. 한 푼의 돈에 자신의 가치를 팔아버리는 그런 정말 곤란한 세상이 눈앞에 있다.

그런 세상을 보면서 세상을 살아온, 또 열심히 사는 수많은 사람들은 허탈해진다.

전통이 흔들리고 가치가 무너진 사회.

우리 아이들은 무엇을 배우고 무엇을 위해서 살아갈 것인가.

이 대풍운연의는 10년 하고도 더 오래전에 기획되었고 그 계획이 많은 분들에게 알려져 궁금증을 자아냈었다.

신문에 3년 가까운 시간 연재를 하고 여러분 앞에 내놓게 되었다.

그 세월은 결코 적은 것이 아니라 그간 무협시장은 많이 변했다. 그렇기에 금강식 무협, 아니, 전통적인 무협의 모든 것을 보여주기 위해서 만들어졌던 이 대풍운연의는 시기적으로 오히려 빠르거나 너무 늦게 나온 감이 없지 않아 있다.

그렇기에 대풍운연의는 1, 2부 전20권 이상의 대장편 기획에서 일단 11권으로 그 막을 내리기로 하였다.

원래 이 대풍운연의는 1부 아버지. 2부 아들로 계획되었었고 아버지 편에서는 전통적인 무협의 세계로 그리되, 천하십왕을 등장시켜서 세상 모든 곳에서의 세력들 간의 투쟁을 거대한 스케일로 그리고자 하였었다.

하지만 신문 연재로 말미암아 많은 인물을 등장시키는 것에 제약을 받게 되어 처음의 의도와는 조금쯤 다른 형태가 되어버린 것이 못내 안타깝기도 하다. 각처의 풍물과 그들의 삶, 생각까지 정말 많은 것을 담아보고 싶었기 때문이다.

더구나 2부 아들 편에서는 아버지가 찾아낸 미지의 세계.

봉신방 저 너머의 이차원(異次元)으로 가면서 지금은 많이 나오고 있었지만 사실 당시로는 아마도 혁신적이었을, 차원 이동의 세계가 그려질 예정이었었다. 정통무협에서 일신하여 신괴무협(神怪武俠)이 나타날 때에 과연 시장은 어떻게 반응할까? 라는 실험적인 시도였던 셈이다.

그것을 하지 못했음이 대풍운연의를 끝내는 지금도 못내 아쉽다. 이 신괴무협 쪽은 일반적인 차원 이동물과는 매우 다르기 때문이다.

앞으로 다시 기회가 있다면…….

하는 바람을 가지고 일단은 대풍운연의를 여기에서 접기로 하였다.

대풍운연의의 주인공은 한효월이다.

그는 시작에서 끝까지 협골(俠骨)이며 대협(大俠)이다.

그는 강호에 나오는 순간부터 나를 위해 살지 않았다. 죽음 직전까지 남을 위해서 그 삶을 바치는 데 주저함이 없었다.

앞부분의 세태 이야기를 하다가 갑자기 대풍운연의의 이야기로 돌아감을 보고 이게 무슨 일이야? 했던 분이 있다면 이제 그 답을 보게 된 셈이다.

　이런 시대에 한 사람, 나보다 남을 먼저 생각하는, 세상의 빛이 될 사람을 그려도 좋지 않겠는가? 라는 것이 또한 이 대풍운연의가 담고 있는 의미라는 말로써 이 글을 마감하고자 한다.
　11권에 이르는 짧지 않은 글을 봐주신 독자 여러분께 진심으로 감사를 드린다.
　모두 건강하시기를.
　그리고 차기작인 소림사(少林寺)에서 여러분을 만나뵐 수 있기를…….
　(홈페이지:http://www.gomurim.com)

단기 4336년 6월 초하(初夏)
연화정사(蓮花精舍)에서 금강(金剛).

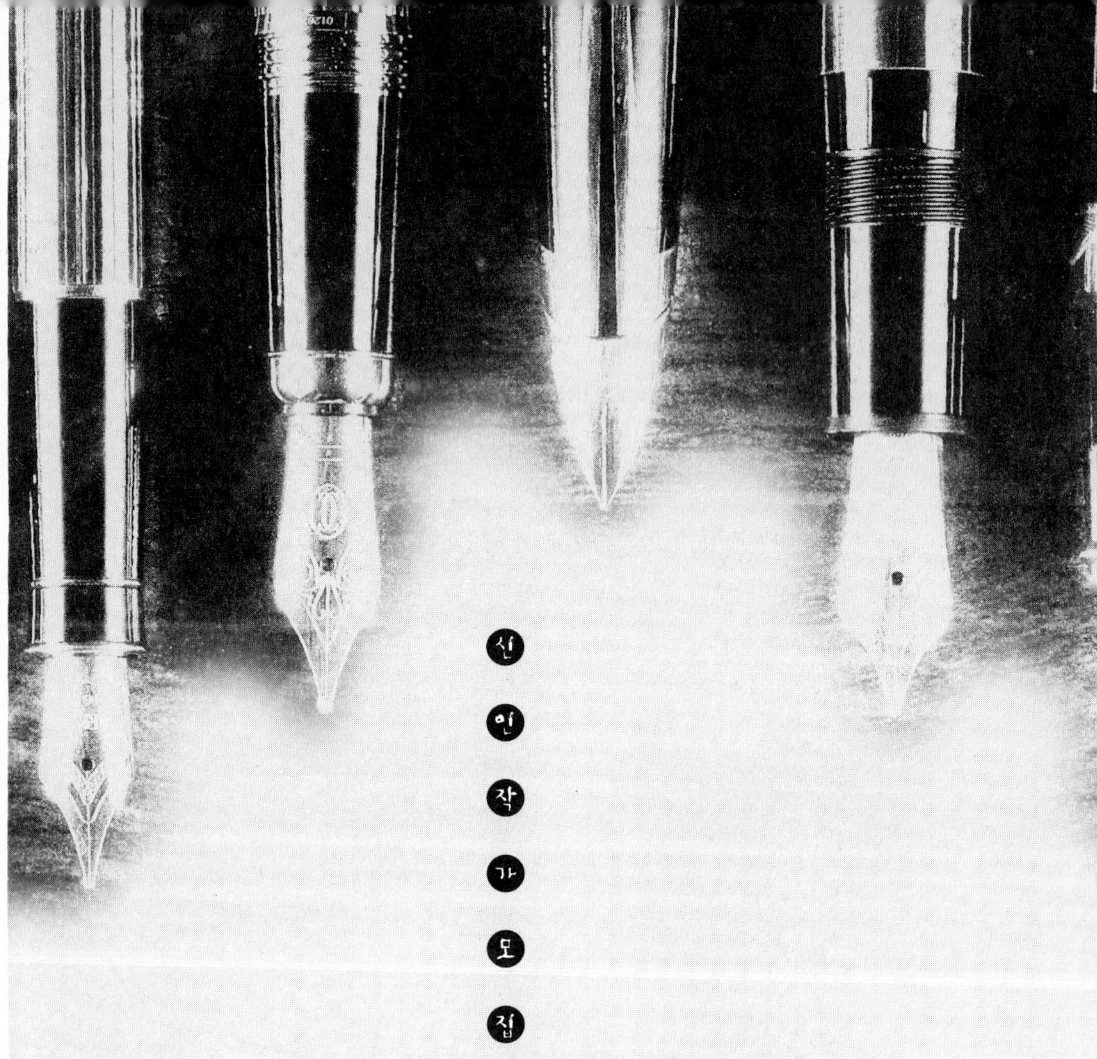

신
인
작
가
모
집